Süddeutsche Zeitung Bibliothek – München erlesen | Herbert Achternbusch – Die Olympiasiegerin • **Alfred Andersch** – Der Vater eines Mörders • **Friedrich Ani** – Süden und der Straßenbahntrinker • **Ernst Augustin** – Die Schule der Nackten • **Max Bronski** – München Blues • **Lena Christ** – Die Rumplhanni • **Lion Feuchtwanger** – Erfolg • **Oskar Maria Graf** – Wir sind Gefangene. Ein Bekenntnis • **Ödön von Horváth** – Der ewige Spießer • **Wolfgang Koeppen** – Tauben im Gras • **Annette Kolb** – Die Schaukel • **Walter Kolbenhoff** – Schellingstr. 48. Erfahrungen mit Deutschland • **Thomas Mann** – München leuchtete • **Andreas Neumeister** – Salz im Blut • **Gräfin Franziska zu Reventlow** – Herrn Dames Aufzeichnungen • **Josef Ruederer** – Das Erwachen • **Andrea Maria Schenkel** – Kalteis* • **Siegfried Sommer** – Und keiner weint mir nach • **Ludwig Thoma** – Münchnerinnen • **Uwe Timm** – Heißer Sommer • **Karl Valentin** – Die Jugendstreiche des Knaben Karl

Ausgewählt von der Feuilletonredaktion der Süddeutschen Zeitung | 2008

Süddeutsche Zeitung **Bibliothek**
München erlesen

Die komplette Bibliothek mit allen 21 Bänden gibt es für nur 138,- Euro. Den ersten Band erhalten Sie gratis. Erhältlich unter Telefon 01805 – 26 21 67 (0,14 €/Min. aus dem dt. Festnetz, abweichender Mobilfunktarif mögl.), unter www.sz-shop.de oder im Buchhandel.

* exklusiv für Bezieher der Gesamtedition, in dieser Ausgabe nicht als Einzelband erhältlich

Thomas Mann

München leuchtete

Thomas Mann

München leuchtete

*Mit einer Einführung
von Joachim Kaiser*

Süddeutsche Zeitung Bibliothek

Bibliografische Information der Deutschen Nationalbibliothek
Die Deutsche Nationalbibliothek verzeichnet diese Publikation in der
Deutschen Nationalbibliografie.
Detaillierte bibliografische Daten sind im Internet über
http://dnb.d-nb.de abrufbar.

Die vorliegende Ausgabe ist eine Werkzusammenstellung und
versammelt Werke verschiedener Thomas-Mann-Ausgaben.
© Alle Rechte vorbehalten, S. Fischer Verlag GmbH,
Frankfurt am Main
Titelfoto: Stephan Rumpf/SV-Bilderdienst
Autorenfoto: SV-Bilderdienst
Klappentext: Dr. Harald Eggebrecht
Gestaltung: Eberhard Wolf
Grafik: Dennis Schmidt
Projektleitung: Dirk Rumberg
Produktmanagement: Sabine Sternagel
Satz: vmi, Manfred Zech
Herstellung: Hermann Weixler, Herbert Schiffers
Druck und Bindearbeiten: CPI – Ebner & Spiegel, Ulm
Printed in Germany
ISBN 978-3-636-641-8

Inhaltsverzeichnis

Lokal-Patriot und Lokal-Pessimist
von Joachim Kaiser
7

Gladius Dei
17

Beim Propheten
35

Musik in München
45

Zwei Briefe
63

Was dünkt Euch um unser bayerisches Staatstheater?
65

Briefe aus Deutschland
69

München als Kulturzentrum
79

Rede zur Eröffnung der ›Münchner Gesellschaft 1926‹
87

Über München
93

München und das Weltdeutsche
95

Lebensabriß
99

Leiden und Größe Richard Wagners
145

Hans Knappertsbuschs
Rundschreiben vom 3. April 1933 und
Thomas Manns Tagebucheintrag
207

Protest der Richard-Wagner-Stadt München
und Thomas Manns Tagebucheintrag
209

Erwiderung auf den ›Protest der Richard-Wagner-Stadt
München‹ und Tagebucheintrag
213

Zwei Tagebucheinträge 1942
217

Deutsche Hörer! Radiosendung 1943
219

Erinnerungen ans Münchner Residenztheater 1950
225

Herzliche Wünsche für Münchens Wohl
229

An den Oberbürgermeister von München
231

Werkverzeichnis
233

Lokal-Patriot und Lokal-Pessimist

Thomas Manns temperamentvoll ambivalentes Verhältnis zu München.

Oberflächlich betrachtet glichen die 40 Jahre Thomas Manns in München nach triumphalem Beginn einem bayerisch derben Trauerspiel. Nachdem es ihm gelungen war, als Schüler in Lübeck immerhin dreimal sitzen zu bleiben (und dann gerade noch die Obersekunda-Reife zu erlangen), begann Thomas Mann im Jahre 1894, 19jährig, seine Münchner Existenz und Laufbahn brillant. Er hatte nie ernsthaft an seiner intellektuellen Besonderheit, seinem künstlerischen Rang gezweifelt, die einstigen schulischen Misshelligkeiten berührten ihn kaum. Seine frühen Erzählungen, die er in München schrieb – er war da noch Junggeselle, wechselte häufig die Wohnung –, fielen sogleich auf ungewöhnliche Talent-Proben. Die »Buddenbrooks« von 1901, wurden nach zähem, aber doch beachtlichem Start in der sodann von S. Fischer 1903 gewagten einbändigen Ausgabe zum Welt-Erfolg. Nun konnte es auch zur Ehe mit der hinreißenden, sehr wohlhabenden Professoren-Tochter Katja Pringsheim kommen. (Ich habe sie als hochbetagte Dame noch während einiger Wochen in Wildbad Kreuth kennengelernt, bin nie zuvor einer weltläufigeren, souveräneren deutschen Dame, die ihrem gleichfalls anwesenden Sohn Golo an Temperament wie Schlagfertigkeit und Ungeduld turmhoch überlegen war, begegnet).

Die Lebensumstände des jungen Dichters waren jetzt glänzend. Katja hielt ihm, lebenslang, den Rücken frei. Nach den »Buddenbrooks« folgten geniale Novellen – »Tonio Kröger«, »Tod in Venedig« – Sie befestigten Thomas Manns Ruhm – und hatten alle konkret mit München zu tun.

Während des 1. Weltkrieges entstanden mühsam die meisterhaft geschriebenen »Betrachtungen eines Unpolitischen«. Sie schufen die stofflichen, episch verwertbaren Voraussetzungen für den »Zauberberg«, der Mitte der zwanziger Jahre wiederum zum – in Anbetracht seines intellektuellen Anspruchs höchst erstaunlichen – Verkaufs-Kritik- und Übersetzungs-*Erfolg* geriet.

Doch dem »Hosianna« dieses Karriere-Anfangs zwischen »Buddenbrooks« und spät gekommenem Nobel-Preis (1929) folgte prompt ein grausames »Kreuzige«. Die Honoratioren der *Wagnerstadt München* jagten Thomas Mann samt seiner Familie aus Deutschland, wegen eines angeblich Wagner unzulässig kritisierenden Vortrags. Heydrich hätte Thomas Mann sogar gern in ein Konzentrationslager gesperrt, musste aber ärgerlich zugeben, des Dichters nicht habhaft werden zu können – weil der, samt den Seinen, klug im Ausland blieb.

Was seine politische Haltung angeht, so hatte Thomas Mann als konservativer, aufgeklärter Patriot begonnen. Im ersten Weltkrieg chauvinistische Bekenntnisse keineswegs gescheut. Ja, im Jahre 1917 die Geldsumme, die ihm der Verkauf seines Landhauses in Bad Tölz an einen Begründer der *Bremer Presse* (Dr. Wiegand) einbrachte, als »Kriegsanleihe« so vaterlandsliebend wie sinnlos verloren. Welch glühender, den deutschen Sonderweg geistvoll verklärender Patriot! 1930, im »Lebensabriß«, erläuterte der Dichter sein chauvinistisches Verhalten von 1914 höchst edel pathetisch: »Ich teilte die Schicksalsergriffenheit eines geistigen Deutschtums, dessen Glaube soviel Wahrheit und Irrtum, Recht und Unrecht umfaßte und so furchtbaren ins Große gerechnet aber heilsamen, Reife und Wachstum fördernden Belehrungen entgegenging. Ich habe diesen schweren Weg zusammen mit meinem Volke zurückgelegt, die Stufen meines Erlebens waren die seinen, und so will ich's gutheißen«. Freilich: G.B. Shaw, Romain Rolland, Stefan Zweig und sogar Richard Strauss verhielten sich im 1. Weltkrieg aufgeklärter, liberaler, pazifistischer, progressiver als der Autor der »Buddenbrooks«.

Im Winter 1922/23 vollzog Thomas Mann sodann eine Aufsehen erregende Kehre in seiner Lobrede »Von deutscher Republik«. Sie wurde ihm von manchen verstockt konservativen Freunden als opportunistischer »Verrat« ausgelegt. Und von den Nazis, die er nun mutig, konsequent und entschieden bekämpfte, erst recht. So bereitete sich seine Verfemung vor, die gewiss nicht nur zusammenhing mit der Wagner-Rede, die von seinen Gegnern kaum ernsthaft zur Kenntnis genommen worden sein dürfte und nach wie vor die schönste, gedankenreichste poetische Würdigung darstellt, die je zum Ruhme Wagners verfasst wurde. München rächte sich an der Rolle, die Thomas Mann während der »Systemzeit« zu spielen gewagt hatte.

Natürlich äußerte sich der tief getroffene Dichter daraufhin ungemein bitter über München und Deutschland. »Ich kann nicht wieder unter Menschen leben, die ihres nationalen Rausches so wenig Herr waren, daß sie diese Roheit begingen«, befand er im August 1933. Am 20. IX. 1942, längst in den USA, notierte er grimmig im Tagebuch: »Bombardierung Münchens mit 200 Flugzeugen und größten Kalibern. Die Explosionen bis in die Schweiz hörbar, die Erde viele Meilen weit erschüttert. Der alberne Platz hat es geschichtlich verdient.«

Nach dem Kriege, als viele wohlmeinende Deutsche, die Thomas Manns Werk bewunderten und den Dichter flehentlich baten, doch wieder zurückzukommen, als sogar Adorno ihm vom geistigen Klima unter den jungen Deutschen Schwärmerisches berichtete (Darauf Thomas Mann zu Adorno: »Ich gönne Sie den Deutschen nicht«) gab es unendlich viel nervöses Hin und Her. Die Heroen der »Inneren Emigration« wurden von Thomas Mann als »Ofenhocker, über denen der Ofen zusammengebrochen ist« verspottet. Aber seine hochbegreifliche Abwehr konnte der alte Herr glücklicherweise nicht konsequent durchhalten. Nachdem er noch beim ersten Wiederbesuch in München die Ruine seiner einstigen Villa in der Poschingerstraße keines Blickes gewürdigt hatte, war er bei seinem letzten München-Aufenthalt, 1952, infolge der herzlichen Aufnahme, die er erfuhr, infolge der von seinem Publikum laut gerufenen Wünsche »Wiederkommen!!« dankbar gerührt. Und dem Münchner OB Wimmer, der ihm zum 80. Geburtstag gratuliert hatte, schrieb er versöhnlich: »Ich bin ja München, wo ich die Hälfte meines Lebens verbrachte, von Herzen zugetan ... und nie habe ich Ihrer Stadt gegrollt, auch zu Zeiten nicht, wo mir Böses kam von dort ... ich versichere Sie: Wann immer ich Münchener Laute höre; Münchner Tonfall, wird es mir warm ums Herz ...«

II.

So nahe es liegen mag, Thomas Manns Lebens-Beziehung zu München als Tragödie zu begreifen, als die bittere Geschichte von ruhmreichem Aufstieg und schmählichem, unverdienten Fall: Thomas Manns Verhältnis zur Stadt, in der er gelebt, mit Katja sechs Kinder gezeugt, seine großen Werke geschrieben und den Nobel-Preis erhalten hatte, war vielschichtiger, widersprüchlicher. Dass München eine »einfältige Stadt« sei, hatte nämlich bereits der 21jährige München-Neuling Thomas Mann dem Freunde Grautoff berichtet. Münchens schlimmes Dummheits-Schicksal konstatiert noch gleichfalls der späte »Faustus«-Roman. An die Lübecker Vertraute Ida Boy-Ed richtete Thomas Mann 1919, als er noch längst nicht »Vom kommenden Sieg der Demokratie« durchdrungen war, bitterste München-Schelte: »Ich trage mich mit Wegzugsgedanken ... Diese Mischung von Stumpfsinn, Leichtsinn und Schwabingerei ist ekelerregend und, wie sich gezeigt hat, imstand, die blutigsten Absurditäten zu zeitigen!« (Womit er die Räte-Republik meinte).

Alle diese, leicht vermehrbaren München-Missfallens-Zitate müssen jedoch ergänzt werden durch den ebenso offensichtlichen Umstand, dass Thomas Mann München liebte. Leidenschaft, so definierte er einmal, ist eine Liebe, die zweifelt. Wie so manche spröderen Norddeutschen hegte Thomas Mann Bedenken gegen München als geistige Lebensform. Er befand beispielsweise, diese Südländer hätten alle keine Seele in den Augen. Es missfiel ihm wohl auch, dass Münchner (oder Wiener) alles Theatralisch-Dekorative mehr lieben als gestrenges »Geistiges«. Doch vielleicht mochte er die Münchner auch gerade darum – zumal er selbst, als soziale Person, eher verhalten blieb ...

Ob man eine Stadt liebt, entscheidet sich nicht nur auf Grund aller möglichen rational-intellektueller Erwägungen. Im Gegenteil: es kommt viel mehr darauf an, ob man selber, ob auch die Familie, wirklich gute Freunde, Gesprächspartner, Komplizen findet. Es kommt darauf an, ob die Stadt ein verständiges kultiviertes Publikum bietet. Thomas Mann schätzte gutes Schauspiel, liebte erstklassige Opern-Aufführungen, wie sie damals, zumal unter dem Freund Bruno Walter, in München zu erleben waren. Er ist auch ein leidenschaftlicher Fahrrad-Fahrer gewesen – wozu das flache München mehr als manche hügelige Großstadt animierte. Und er fühlte sich wohl in der (noch) ländlichen Umgebung seiner Poschingerstraße, wo er nur zu gern mit den Hunden spazieren ging.

München-Schelte, München-Scham und München-Liebe erfüllten nebeneinander seine Seele. Darum darf man den Bekundungen von bösem Zorn oder achtungsvollem Stolz keine kühle Konsequenz unterstellen. Der schimpfte blutjung und steinalt auf München – der äußerte wiederum auch seine anti-amerikanischen, europäisch elitären Ressentiments nicht nur zur Zeit der »Betrachtungen« 1914-1918. Sondern genauso im 2. Weltkrieg und den Jahren nach 1945, als er es in Amerika nicht mehr aushielt.

Wie stolz er auf München und auf Europa war, wird flammend deutlich, wenn er 1943, in seiner aus Amerika kommenden Rundfunksendung »Deutsche Hörer«, fast jubelnd auf die Vorgänge an der Münchner Universität eingeht, auf den Aufstand der Geschwister Scholl: » ... sie legen das junge Haupt auf den Block für ihre Erkenntnis und für Deutschlands Ehre – legen ihn dorthin, nachdem sie vor Gericht dem Nazi-Präsidenten ins Gesicht gesagt: ›Bald werden Sie hier stehen, wo ich jetzt stehe‹; nachdem sie im Angesicht des Todes bezeugt: ›Ein neuer Glaube dämmert an Freiheit und Ehre!‹. Brave, herrliche junge Leute! Ihr sollt nicht umsonst gestorben, sollt nicht vergessen sein.«

Eine schwungvolle, ergreifende Huldigung Thomas Manns – gedacht für die Öffentlichkeit seiner Rundfunk-Kommentare. Privatim, an die anstrengende amerikanische Freundin Agnes E. Meyer äußert er sich grimmiger, anti-amerikanisch die »re-edukation« verhöhnend.

»Ich habe vor dem, was die europäischen Völker durch-gemacht haben, zuviel Respekt, auch vor dem, was die Deutschen durchgemacht haben, als daß nicht der Gedanke der re-education von außen mich in Verlegenheit setzen müßte. Die sind durch ein Fegefeuer gegangen, durch das wir nicht gegangen sind, und in gewisser Weise sind sie uns voraus. Mein europäisches Selbstgefühl ist seit einiger Zeit im Wachsen – sogar mein deutsches. Die Nachrichten von der Münchner Universität haben mich tief bewegt ... und nun! Zehn Studenten und ein Professor hingerichtet – mit dem ausdrücklichen Hinzufügen, es gäbe viele von ihrer Art! Die wenigstens scheinen es nicht nötig gehabt zu haben, von den Angelsachsen in die Schule genommen zu werden. –«

Thomas Mann war, privatim und in den Tagebüchern, kein »ausgeglichener« Formulierer. Sondern ein oft extre-mer, exzentrischer Polemiker. Wenig hanseatische Gelassen-heit, dafür brillantes Temperament. Dass er sich hier genau der gleichen Argumente bedient, mit denen verbohrte Ex-Na-zis sich nach dem 2. Weltkrieg gegen Umerziehungs-Versuche der Amerikaner wehrten (*Wir haben viel mehr Schlimmeres erlebt als die, von denen haben wir keine Belehrungen nötig*) – es kann durchaus verblüffen. Da spricht plötzlich der Tho-mas Mann der »Betrachtungen«.

Der gewaltige Kontrast zwischen deutsch-papriotischem Konservativismus und überzeugtem Eintreten für Demokra-tie steckte unaustilgbar in Thomas Mann. Da löst nicht *eines* konsequent das *andere* ab. Beides war und ist immer da. So hatte Kafka recht, der nach eindringlicher Lektüre des »Tonio Kröger« 1904 an Max Brod schrieb: »... das Neue des ›Tonio Kröger‹ liegt nicht in dem Auffinden dieses Gegensatzes ...

sondern in dem eigentümlichen nutzbringenden ... Verliebt-
sein in das Gegensätzliche.«

Diesem von Kafka aufgedeckten Muster unterliegen mannigfache, logisch seltsam inkonsequent wirkende Reakti-
onen Thomas Manns. Besonders auffällig wird das an seinen
Bemerkungen über den größten Komponisten, den München
hervorbrachte, Richard Strauss. Mochte Strauss sich auch im
ersten Weltkrieg, zumal weil die Franzosen ihn so schätzten,
keineswegs derart chauvinistisch verhalten haben wie Thomas Mann – 1933 war es dann schlimmerweise Richard
Strauss, der seinen Namen hergab für den »Protest der Wagnerstadt München« gegen Thomas Mann.

Überschaut man nun Manns Äußerungen – die beiden kannten sich als Edel-Münchner jahrzehntelang – über Strauss,
dann fällt eine beträchtliche Animosität Thomas Manns
gegen Strauss ins Auge. Will er seines Freundes Bruno Walter
expressives Dirigieren loben, bemerkt er: »Wie dirigiert unser
Kreisler? Nicht gemütlich, nicht eine Hand auf dem Rücken«.
Da braucht der Name Strauss nicht zu fallen ... Er fällt auch
nicht, wenn Thomas Mann Pfitzners »Palestrina« lobt in seinen »Briefen aus Deutschland« von 1923, wo er der Oper
»Palestrina« zubilligt, sie sei »ein Werk, welches ... als geistige Erscheinung die gesamte zeitgenössische Opernproduktion jedenfalls um Haupteslänge überragt«. Gegen wen das
wohl geht? 1941 schimpft Thomas Mann dann unverhoh-
len. »Ich bin einfach ›bedeutender‹ als die in Deutschland sitzen gebliebenen Esel ... und für unverantwortlich Kegel spie-
lende Sonntagskinder der Kunst, wie Richard Strauss, habe
ich immer eine gelinde Verachtung gehabt ...«

Schön, beziehungsweise schlimm und gut. Aber auch nicht
Thomas Manns letztes Wort. Später – Richard Strauss ist
tot – tadelt Adorno den Komponisten des »Rosenkavalier«.
Aber einen Richard Strauss kritisieren, das darf eben doch
nur Thomas Mann. Den Briefpartner Adorno, der das gleichfalls unternahm, lässt Thomas Mann nun wissen: »Der Revolutionär als Sonntagskind – es ist doch ein einmaliger Fall
und belustigend im besten Sinn. Ich habe immer viel für ihn
übrig gehabt. Seine Nonchalance war sympathisch, und er

hatte bei seinem enormen Talent viel Liebe und Aufblick«. Sodann zitiert Thomas Mann wunderbar versöhnlich eine Mozarthuldigung, die er von Strauss gehört. »Der Mozart! Wie der schreibt! I kann's net«

III.

Bedeutende Germanisten und Thomas-Mann-Experten, wie Wolfgang Frühwald oder Dirk Heißerer, haben mannigfache Belege vorgelegt für das Vorkommen Münchens in Thomas Manns Novellen und Romanen. Da nun Thomas Mann als Autor kein »Erfinder« sein wollte, sondern viel mehr ein »Finder«, der seine Funde zusammenfügte zum gehaltvollen, eigenständigen Werk, darf man sich kaum darüber wundern, wie oft, wie offensichtlich oder auch versteckt, sein Münchner Lebensraum, seine bayrischen Erfahrungen in seiner Produktion nachgewiesen werden können. Klar, wenn der Held des »Tod in Venedig« die Ungererstraße symbolisch einbezieht, wenn »Tonio Kröger« die ausnahmsweise wohl frei erfundene Malerin Lisaweta in der Schelling-Straße aufsucht, dann muss wenig Scharfsinn mobilisiert werden, um München-Bezüge zu entdecken. Der »Dr. Faustus« ist ohnehin ein München-Roman schicksalhaften Stils. Und in vielen Jugendnovellen entdeckt man die Wohnungen, in denen der Junggeselle als Schriftsteller einst gehaust. Später in »Unordnung und frühes Leid« die professorale großbürgerliche Umgebung des Schriftstellers in der Poschinger-Straße. Sogar in den »Buddenbrooks« kommt Bayern nicht zu knapp vor: dank der Gestalt des derb-Münchnerischen Herrn Permaneder. Dieses Hopfenhändlers bayrische Selbstsicherheit wird heftig ironisiert. Immerhin zahlt Permaneder nach der Scheidung brav das kleine Vermögen zurück, das er von Tony als Mitgift erhalten. Übrigens sind die »Buddenbrooks«, die sogar der Thomas-Mann-Verächter Martin Walser als einen »Jahrtausend«-Roman bezeichnete, in München nicht nur vollendet worden. Auf den Namen »Permaneder« wurde Thomas Mann nämlich dadurch gebracht, dass seine erste Münchner Wirtin so hieß.

Alle Festredner, die der bayrischen Hauptstadt schmeicheln wollen, müssen Gott und Thomas Mann dafür danken, dass er 1902 die Novelle »Gladius Dei« – *Das Schwert Gottes* – zur Welt brachte. Sie beginnt lapidar: »München leuchtete«. Und schildert die Isar-Stadt dann so idealisch, wie keine Gegenwart, sondern nur besonnte Vergangenheit zu sein vermag. Doch eindeutig »verklärt« wird München im Verlauf der Novelle keineswegs. Ein fanatischer religiöser Eiferer, der in eine Kunsthandlung stürmt und dort die Beseitigung eines allzu weltlich-sinnlichen Madonnenbildes zu erzwingen versucht, prophezeit, ja erfleht München den Feuertod durch ein Flammenschwert, »ein breites Feuerschwert, das sich im Schwefellicht über die frohe Stadt hinreckte«.

Beklemmend. Und verwirrend, dass Thomas Mann, der den händereibenden Kunsthändler namens Blüthenzweig sanft karikiert, dabei wohl auch auf eine Kunstdebatte von 1896 anspielt, in der es »vor allem um Nuditätenjagd und jene öffentlich proklamierte Prüderie ging, die als ›christlich‹ im Gegensatz zu jüdischer ›Schamlosigkeit‹ benannt wurde.« (So Wolfgang Frühwald in »›Gemütlichkeit‹ oder ›Gemütskrankheit‹ – Thomas Manns Beitrag zur Literatur eines ›leuchtenden‹ München«.)

Thomas Mann hat sich ein wenig nach Goethe stilisiert – und nicht nur ein wenig nach dem Vorbild Wagners produziert. So entspricht seine »Joseph«-Tetralogie recht genau dem Entstehen der »Ring«-Tetralogie. Während des langsamen Werdens dieser Riesenwerke mussten beide, Wagner wie Mann, emigrieren. Und sie unterbrachen beide ihre Tetralogie-Arbeit um besonders deutscher Werke willen: bei Wagner »Tristan« und die »Meistersinger«, bei Thomas Mann »Lotte in Weimar«. Dann kam wieder die Vollendung des tetralogischen Riesen-Teppichs dran.

Thomas Manns wunderschöne Formel für Wagners Kunst lautete: »Beziehungszauber«. Und die trifft auch auf sein eigenes von ›Leitmotiven‹ durchzogenes Werk zu. Welche Fülle der Beziehungen! Von der München-Schelte des 21jährigen

Thomas Mann bis zu seinem wahrlich nicht nur lustigen Versprechen bei der Zürcher Dankrede für die Feierlichkeiten zu seinem 80. Geburtstag. Es geschah 1955, dem Todesjahr Thomas Manns, im Zürcher Schauspielhaus. Maria Becker, Therese Giehse, Gustav Knuth hatten festlich gelesen, Bruno Walter, der alte Freund, rasch aus Amerika herbeigeflogen, hatte festlich dirigiert. Thomas Manns Worte an die heiter überraschten Zürcher, die live übertragen wurden, lauteten, immer habe er »die intelligente Aufnahmefreudigkeit des Münchner Theaterpublikums sehr zu schätzen gewußt«. Diese Fehlleistung war nicht wiedergutzumachen. Und sie muss auch nicht wiedergutgemacht werden.

Joachim Kaiser

Gladius Dei

To M. S. *in remembrance of*
our days in Florence.

1.

München leuchtete. Über den festlichen Plätzen und weißen Säulentempeln, den antikisierenden Monumenten und
Barockkirchen, den springenden Brunnen, Palästen und Gar-
tenanlagen der Residenz spannte sich strahlend ein Himmel
von blauer Seide, und ihre breiten und lichten, umgrünten
und wohlberechneten Perspektiven lagen in dem Sonnen-
dunst eines ersten, schönen Junitages.

Vogelgeschwätz und heimlicher Jubel über allen Gassen ...
Und auf Plätzen und Zeilen rollt, wallt und summt das unü-
berstürzte und amüsante Treiben der schönen und gemäch-
lichen Stadt. Reisende aller Nationen kutschieren in den kleinen, langsamen Droschken umher, indem sie rechts und links
in wahlloser Neugier an den Wänden der Häuser hinauf-
schauen, und steigen die Freitreppen der Museen hinan ...

Viele Fenster stehen geöffnet, und aus vielen klingt Musik
auf die Straßen hinaus, Übungen auf dem Klavier, der Geige
oder dem Violoncell, redliche und wohlgemeinte dilettantische Bemühungen. Im »Odeon« aber wird, wie man ver-
nimmt, an mehreren Flügeln ernstlich studiert.

Junge Leute, die das Nothung-Motiv pfeifen und abends
die Hintergründe des modernen Schauspielhauses füllen,
wandern, literarische Zeitschriften in den Seitentaschen ihrer
Jackets, in der Universität und der Staatsbibliothek aus und
ein. Vor der Akademie der bildenden Künste, die ihre weißen
Arme zwischen der Türkenstraße und dem Siegesthor aus-

breitet, hält eine Hofkarosse. Und auf der Höhe der Rampe stehen, sitzen und lagern in farbigen Gruppen die Modelle, pittoreske Greise, Kinder und Frauen in der Tracht der Albaner Berge.

Lässigkeit und hastloses Schlendern in all den langen Straßenzügen des Nordens ... Man ist von Erwerbsgier nicht gerade gehetzt und verzehrt dortselbst, sondern lebt angenehmen Zwecken. Junge Künstler, runde Hütchen auf den Hinterköpfen, mit lockeren Kravatten und ohne Stock, unbesorgte Gesellen, die ihren Mietzins mit Farbenskizzen bezahlen, gehen spazieren, um diesen hellblauen Vormittag auf ihre Stimmung wirken zu lassen, und sehen den kleinen Mädchen nach, diesem hübschen, untersetzten Typus mit den brünetten Haarbandeaux, den etwas zu großen Füßen und den unbedenklichen Sitten ... Jedes fünfte Haus läßt Atelierfensterscheiben in der Sonne blinken. Manchmal tritt ein Kunstbau aus der Reihe der bürgerlichen hervor, das Werk eines phantasievollen jungen Architekten, breit und flachbogig, mit bizarrer Ornamentik, voll Witz und Stil. Und plötzlich ist irgendwo die Thür an einer allzu langweiligen Fassade von einer kecken Improvisation umrahmt, von fließenden Linien und sonnigen Farben, Bacchanten, Nixen, rosigen Nacktheiten ...

Es ist stets aufs neue ergötzlich, vor den Auslagen der Kunstschreinereien und der Bazare für moderne Luxusartikel zu verweilen. Wie viel phantasievoller Komfort, wie viel linearer Humor in der Gestalt aller Dinge! Überall sind die kleinen Sculptur-, Rahmen- und Antiquitätenhandlungen verstreut, aus deren Schaufenstern dir die Büsten der florentinischen Quattrocento-Frauen voll einer edlen Pikanterie entgegenschauen. Und der Besitzer des kleinsten und billigsten dieser Läden spricht dir von Donatello und Mino da Fiesole, als habe er das Vervielfältigungsrecht von ihnen persönlich empfangen ...

Aber dort oben am Odeonsplatz, angesichts der gewaltigen Loggia, vor der sich die geräumige Mosaikfläche ausbreitet, und schräg gegenüber dem Palast des Regenten, drängen sich die Leute um die breiten Fenster und Schaukästen des großen Kunstmagazins, des weitläufigen Schönheitsgeschäftes von M. Blüthenzweig. Welche freudige Pracht der Auslage! Reproduktionen von Meisterwerken aus allen Galerien der Erde, eingefaßt in kostbare, raffiniert getönte und ornamentierte Rahmen in einem Geschmack von preziöser Einfachheit; Abbildungen moderner Gemälde, sinnenfroher Phantasieen, in denen die Antike auf eine humorvolle und realistische Weise wiedergeboren zu sein scheint; die Plastik der Renaissance in vollendeten Abgüssen; nackte Bronzeleiber und zerbrechliche Ziergläser; irdene Vasen von steilem Stil, die aus Bädern von Metalldämpfen in einem schillernden Farbenmantel hervorgegangen sind; Prachtbände, Triumphe der neuen Ausstattungskunst, Werke modischer Lyriker, gehüllt in einen dekorativen und vornehmen Prunk; dazwischen die Porträts von Künstlern, Musikern, Philosophen, Schauspielern, Dichtern, der Volksneugier nach Persönlichem ausgehängt ... In dem ersten Fenster, der anstoßenden Buchhandlung zunächst, steht auf einer Staffelei ein großes Bild, vor dem die Menge sich staut: eine wertvolle, in rotbraunem Tone ausgeführte Photographie in breitem, altgoldenem Rahmen, ein Aufsehen erregendes Stück, eine Nachbildung des Clou der großen internationalen Ausstellung des Jahres, zu deren Besuch an den Litfaßsäulen, zwischen Konzertprospekten und künstlerisch ausgestatteten Empfehlungen von Toilettenmitteln, archaisierende und wirksame Plakate einladen.

Blick' um dich, sieh' in die Fenster der Buchläden. Deinen Augen begegnen Titel wie »Die Wohnungskunst seit der Renaissance«, »Die Erziehung des Farbensinnes«, »Die Renaissance im modernen Kunstgewerbe«, »Das Buch als Kunstwerk«, »Die decorative Kunst«, »Der Hunger nach Kunst« – und du mußt wissen, daß diese Weckschriften tausendfach gekauft und gelesen werden, und daß abends über ebendieselben Gegenstände vor vollen Sälen geredet wird ...

Hast du Glück, so begegnet dir eine der berühmten Frauen in Person, die man durch das Medium der Kunst zu schauen gewohnt ist, eine jener reichen und schönen Damen von künstlich hergestelltem tizianischen Blond und im Brillantenschmuck, deren bethörenden Zügen durch die Hand eines genialen Porträtisten die Ewigkeit zuteil geworden ist, und von deren Liebesleben die Stadt spricht – Königinnen der Künstlerfeste im Karneval, ein wenig geschminkt, ein wenig gemalt, voll einer edlen Pikanterie, gefallsüchtig und anbetungswürdig. Und sieh, dort fährt ein großer Maler mit seiner Geliebten in einem Wagen die Ludwigstraße hinauf. Man zeigt sich das Gefährt, man bleibt stehen und blickt den beiden nach. Viele Leute grüßen. Und es fehlt nicht viel, daß die Schutzleute Front machen.

Die Kunst blüht, die Kunst ist an der Herrschaft, die Kunst streckt ihr rosenumwundenes Scepter über die Stadt hin und lächelt. Eine allseitige respektvolle Anteilnahme an ihrem Gedeihen, eine allseitige, fleißige und hingebungsvolle Übung und Propaganda in ihrem Dienste, ein treuherziger Kultus der Linie, des Schmuckes, der Form, der Sinne, der Schönheit obwaltet ... München leuchtete.

2.

Es schritt ein Jüngling die Schellingstraße hinan; er schritt, umklingelt von den Radfahrern, in der Mitte des Holzpflasters der breiten Fassade der Ludwigskirche entgegen. Sah man ihn an, so war es, als ob ein Schatten über die Sonne ginge oder über das Gemüt eine Erinnerung an schwere Stunden. Liebte er die Sonne nicht, die die schöne Stadt in Festglanz tauchte? Warum hielt er in sich gekehrt und abgewandt die Augen zu Boden gerichtet, indes er wandelte?

Er trug keinen Hut, woran bei der Kostümfreiheit der leichtgemuten Stadt keine Seele Anstoß nahm, sondern hatte statt dessen die Kapuze seines weiten, schwarzen Mantels über den Kopf gezogen, die seine niedrige, eckig hervorspringende Stirn beschattete, seine Ohren bedeckte und seine hageren Wangen umrahmte. Welcher Gewissensgram, welche Skrupeln und welche Mißhandlungen seiner selbst hatten diese Wangen so auszuhöhlen vermocht? Ist es nicht schauerlich, an solchem Sonnentage den Kummer in den Wangenhöhlen eines Menschen wohnen zu sehen? Seine dunklen Brauen verdickten sich stark an der schmalen Wurzel seiner Nase, die groß und gehöckert aus dem Gesichte hervorsprang, und seine Lippen waren stark und wulstig. Wenn er seine ziemlich nahe beieinander liegenden braunen Augen erhob, bildeten sich Querfalten auf seiner kantigen Stirn. Er blickte mit einem Ausdruck von Wissen, Begrenztheit und Leiden. Im Profil gesehen, glich dieses Gesicht genau einem alten Bildnis von Möncheshand, aufbewahrt zu Florenz in einer engen und harten Klosterzelle, aus welcher einstmals ein furchtbarer und niederschmetternder Protest gegen das Leben und seinen Triumph erging ...

Hieronymus schritt die Schellingstraße hinan, schritt langsam und fest, indes er seinen weiten Mantel von innen mit beiden Händen zusammenhielt. Zwei kleine Mädchen, zwei dieser hübschen, untersetzten Wesen mit den Haarbandeaux, den zu großen Füßen und den unbedenklichen Sitten, die Arm in Arm und abenteuerlustig an ihm vorüberschlenderten, stießen sich an und lachten, legten sich vornüber und gerieten ins Laufen vor Lachen über seine Kapuze und sein Gesicht. Aber er achtete dessen nicht. Gesenkten Hauptes und ohne nach rechts oder links zu blicken, überschritt er die Ludwigstraße und stieg die Stufen der Kirche hinan.

Die großen Flügel der Mitteltür standen weit geöffnet. In der geweihten Dämmerung, kühl, dumpfig und mit Opferrauch geschwängert, war irgendwo fern ein schwaches, rötliches Glühen bemerkbar. Ein altes Weib mit blutigen Augen erhob sich von einer Betbank und schleppte sich an Krücken zwischen den Säulen hindurch. Sonst war die Kirche leer.

Hieronymus benetzte sich Stirn und Brust am Becken, beugte das Knie vor dem Hochaltar und blieb dann im Mittelschiffe stehen. War es nicht, als sei seine Gestalt gewachsen, hier drinnen? Aufrecht und unbeweglich, mit frei erhobenem Haupte stand er da, seine große, gehöckerte Nase schien mit einem herrischen Ausdruck über den starken Lippen hervorzuspringen, und seine Augen waren nicht mehr zu Boden gerichtet, sondern blickten kühn und geradeswegs ins Weite, zu dem Kruzifix auf dem Hochaltar hinüber. So ver-

21

harrte er reglos eine Weile; dann beugte er zurücktretend aufs neue das Knie und verließ die Kirche.

Er schritt die Ludwigstraße hinauf, langsam und fest, gesenkten Hauptes, inmitten des breiten, ungepflasterten Fahrdammes, entgegen der gewaltigen Loggia mit ihren Statuen. Aber auf dem Odeonsplatze angelangt, blickte er auf, so daß sich Querfalten auf seiner kantigen Stirne bildeten, und hemmte seine Schritte: aufmerksam gemacht durch die Menschenansammlung vor den Auslagen der großen Kunsthandlung, des weitläufigen Schönheitsgeschäftes von M. Blüthenzweig.

Die Leute gingen von Fenster zu Fenster, zeigten sich die ausgestellten Schätze und tauschten ihre Meinungen aus, indes einer über des anderen Schulter blickte. Hieronymus mischte sich unter sie und begann, auch seinerseits alle diese Dinge zu betrachten, alles in Augenschein zu nehmen, Stück für Stück.

Er sah die Nachbildungen von Meisterwerken aus allen Galerien der Erde, die kostbaren Rahmen in ihrer simplen Bizarrerie, die Renaissanceplastik, die Bronzeleiber und Ziergläser, die schillernden Vasen, den Buchschmuck und die Porträts der Künstler, Musiker, Philosophen, Schauspieler, Dichter, sah alles an und wandte an jeden Gegenstand einen Augenblick. Indem er seinen Mantel von innen mit beiden Händen zusammenhielt, drehte er seinen von der Kapuze bedeckten Kopf in kleinen, kurzen Wendungen von einer Sache zur nächsten, und unter seinen dunklen, an der Nasenwurzel stark sich verdichtenden Brauen, die er emporzog, blickten seine Augen mit einem befremdeten, stumpfen und kühl erstaunten Ausdruck auf jedes Ding eine Weile. So erreichte er das erste Fenster, dasjenige, hinter dem das aufsehenerregende Bild sich befand, blickte eine Zeitlang den vor ihm sich drängenden Leuten über die Schultern und gelangte endlich nach vorn, dicht an die Auslage heran.

Die große, rötlichbraune Photographie stand, mit äußerstem Geschmack in Altgold gerahmt, auf einer Staffelei inmitten des Fensterraumes. Es war eine Madonna, eine durchaus modern empfundene, von jeder Konvention freie Arbeit. Die

Gestalt der heiligen Gebärerin war von berückender Weiblichkeit, entblößt und schön. Ihre großen, schwülen Augen waren dunkel umrändert, und ihre delikat und seltsam lächelnden Lippen standen halb geöffnet. Ihre schmalen, ein wenig nervös und krampfhaft gruppierten Finger umfaßten die Hüfte des Kindes, eines nackten Knaben von distinguierter und fast primitiver Schlankheit, der mit ihrer Brust spielte und dabei seine Augen mit einem klugen Seitenblick auf den Beschauer gerichtet hielt.

Zwei andere Jünglinge standen neben Hieronymus und unterhielten sich über das Bild, zwei junge Männer mit Büchern unter dem Arm, die sie aus der Staatsbibliothek geholt hatten oder dorthin brachten, humanistisch gebildete Leute, beschlagen in Kunst und Wissenschaft.

»Der Kleine hat es gut, hol' mich der Teufel!« sagte der eine.

»Und augenscheinlich hat er die Absicht, einen neidisch zu machen«, versetzte der andere ... »Ein bedenkliches Weib!«

»Ein Weib zum rasend werden! Man wird hier ein wenig irre am Dogma von der unbefleckten Empfängnis ...«

»Ja, ja, sie macht einen ziemlich berührten Eindruck ... Hast du das Original gesehen?«

»Selbstverständlich. Ich war ganz angegriffen. Sie wirkt in der Farbe noch weit aphrodisischer ... besonders die Augen.«

»Die Ähnlichkeit ist eigentlich doch ausgesprochen.«

»Wieso?«

»Kennst du nicht das Modell? Er hat doch seine kleine Putzmacherin dazu benützt. Es ist beinahe Porträt, nur stark ins Gebiet des Korrupten hinaufstilisiert ... Die Kleine ist harmloser.«

»Das hoffe ich. Das Leben wäre allzu anstrengend, wenn es Viele gäbe wie diese mater amata ...«

»Die Pinakothek hat es angekauft.«

»Wahrhaftig? Sieh' da! Sie wußte wohl übrigens, was sie that. Die Behandlung des Fleisches und der Linienfluß des Gewandes ist wirklich eminent.«

»Ja; ein unglaublich begabter Kerl.«

»Kennst du ihn?«

»Ein wenig. Er wird Karrière machen, das ist sicher. Er war schon zweimal beim Regenten zur Tafel ...«

Das letzte sprachen sie, während sie anfingen, voneinander Abschied zu nehmen.

»Sieht man dich heute Abend im Theater?« fragte der eine.

»Der dramatische Verein gibt Macchiavellis *Mandragola* zum besten.«

»O, bravo. Davon kann man sich Spaß versprechen. Ich hatte vor, ins Künstlervariété zu gehen, aber es ist wahrscheinlich, daß ich den wackeren Nicolo schließlich vorziehe. Auf Wiedersehen ...«

Sie trennten sich, traten zurück und gingen nach rechts und links auseinander. Neue Leute rückten an ihre Stelle und betrachteten das erfolgreiche Bild. Aber Hieronymus stand unbeweglich an seinem Platze; er stand mit vorgestrecktem Kopfe, und man sah, wie seine Hände, mit denen er auf der Brust seinen Mantel von innen zusammenhielt, sich krampfhaft ballten. Seine Brauen waren nicht mehr mit jenem kühl und ein wenig gehässig erstaunten Ausdruck emporgezogen, sie hatten sich gesenkt und verfinstert, seine Wangen, von der schwarzen Kapuze halb bedeckt, schienen tiefer ausgehölt, als vordem, und seine dicken Lippen waren ganz bleich. Langsam neigte sein Kopf sich tiefer und tiefer, so daß er schließlich seine Augen ganz von unten herauf starr auf das Kunstwerk gerichtet hielt. Die Flügel seiner großen Nase bebten.

In dieser Haltung verblieb er wohl eine Viertelstunde. Die Leute um ihn her lösten sich ab, er aber wich nicht vom Platze. Endlich drehte er sich langsam, langsam auf den Fußballen herum und ging fort.

3.

Aber das Bild der Madonna ging mit ihm. Immerdar, mochte er nun in seinem engen und harten Kämmerlein weilen oder in den kühlen Kirchen knien, stand es vor seiner empörten Seele, mit schwülen, umränderten Augen, mit rätselhaft lächelnden Lippen, entblößt und schön. Und kein Gebet vermochte, es zu verscheuchen.

In der dritten Nacht aber geschah es, daß ein Befehl und Ruf aus der Höhe an Hieronymus erging, einzuschreiten und seine Stimme zu erheben gegen leichtherzige Ruchlosigkeit und frechen Schönheitsdünkel. Vergebens wendete er, Mosen gleich, seine blöde Zunge vor; Gottes Wille blieb unerschütterlich und verlangte laut von seiner Zaghaftigkeit diesen Opfergang unter die lachenden Feinde.

Da machte er sich auf am Vormittage und ging, weil Gott es wollte, den Weg zur Kunsthandlung, zum großen Schönheitsgeschäft von M. Blüthenzweig. Er trug die Kapuze über dem Kopf und hielt seinen Mantel von innen mit beiden Händen zusammen, indes er wandelte.

4.

Es war schwül geworden; der Himmel war fahl, und ein Gewitter drohte. Wiederum belagerte viel Volks die Fenster der Kunsthandlung, besonders aber dasjenige, in dem das Madonnenbild sich befand. Hieronymus warf nur einen kurzen Blick dorthin; dann drückte er die Klinke der mit Plakaten und Kunstzeitschriften verhangenen Glasthür. »Gott will es!« sagte er und trat in den Laden.

Ein junges Mädchen, das irgendwo an einem Pult in einem großen Buche geschrieben hatte, ein hübsches brünettes Wesen mit Haarbandeaux und zu großen Füßen, trat auf ihn zu und fragte freundlich, was ihm zu Diensten stehe.

»Ich danke Ihnen«, sagte Hieronymus leise und blickte ihr, Querfalten in seiner kantigen Stirn, ernst in die Augen. »Nicht Sie will ich sprechen, sondern den Inhaber des Geschäftes, Herrn Blüthenzweig.«

Ein wenig zögernd zog sie sich von ihm zurück und nahm ihre Beschäftigung wieder auf. Er stand inmitten des Ladens.

Alles, was draußen in einzelnen Beispielen zur Schau gestellt war, es war hier drinnen zwanzigfach zu Hauf getürmt und üppig ausgebreitet: eine Fülle von Farbe, Linie und Form, von Stil, Witz, Wohlgeschmack und Schönheit. Hieronymus blickte langsam nach beiden Seiten, und dann zog er die Falten seines schwarzen Mantels fester um sich zusammen.

Es waren mehrere Leute im Laden anwesend. An einem der breiten Tische, die sich quer durch den Raum zogen, saß ein Herr in gelbem Anzug und mit schwarzem Ziegenbart und betrachtete eine Mappe mit französischen Zeichnungen, über die er manchmal ein meckerndes Lachen vernehmen ließ. Ein junger Mensch mit einem Aspekt von Schlechtbezahltheit und Pflanzenkost bediente ihn, indem er neue Mappen zur Ansicht herbeischleppte. Dem meckernden Herrn schräg gegenüber prüfte eine vornehme alte Dame moderne Kunststickereien, große Fabelblumen in blassen Tönen, die auf langen, steifen Stielen senkrecht nebeneinander standen. Auch um sie bemühte sich ein Angestellter des Geschäftes auf. Auf einem zweiten Tische saß, die Reisemütze auf dem Kopfe und die Holzpfeife im Munde, nachlässig ein Engländer. Durabel gekleidet, glatt rasiert, kalt und unbestimmten Alters, wählte er unter Bronzen, die Herr Blüthenzweig ihm persönlich herzutrug. Die ziere Gestalt eines nackten kleinen Mädchens, welche, unreif und zart gegliedert, ihre Händchen in koketter Keuschheit auf der Brust kreuzte, hielt er am Kopfe erfaßt und musterte sie eingehend, indem er sie langsam um sich selbst drehte.

Herr Blüthenzweig, ein Mann mit kurzem braunen Vollbart und blanken Augen von ebenderselben Farbe, bewegte sich händereibend um ihn herum, indem er das kleine Mädchen mit allen Vokabeln pries, deren er habhaft werden konnte.

»Hundertfünfzig Mark, Sir«, sagte er auf englisch; »Münchener Kunst, Sir. Sehr lieblich in der Tat. Voller Reiz, wissen Sie. Es ist die Grazie selbst, Sir. Wirklich äußerst hübsch, niedlich und bewunderungswürdig.« Hierauf fiel ihm noch etwas ein und er sagte: »Höchst anziehend und verlockend.« Dann fing er wieder von vorne an.

Seine Nase lag ein wenig platt auf der Oberlippe, so daß er beständig mit einem leicht fauchenden Geräusch in seinen

26

Schnurrbart schnüffelte. Manchmal näherte er sich dabei dem Käufer in gebückter Haltung, als beröche er ihn. Als Hieronymus eintrat, untersuchte Herr Blüthenzweig ihn flüchtig in eben dieser Weise, widmete sich aber alsbald wieder dem Engländer.

Die vornehme Dame hatte ihre Wahl getroffen und verließ den Laden. Ein neuer Herr trat ein. Herr Blüthenzweig beroch ihn kurz, als wollte er so den Grad seiner Kauffähigkeit erkunden, und überließ es der jungen Buchhalterin, ihn zu bedienen. Der Herr erstand nur eine Fayencebüste Pieros, Sohn des prächtigen Medici, und entfernte sich wieder. Auch der Engländer begann nun, aufzubrechen. Er hatte sich das kleine Mädchen zu eigen gemacht und ging unter den Verbeugungen Herrn Blüthenzweigs. Dann wandte sich der Kunsthändler zu Hieronymus und stellte sich vor ihn hin.

»Sie wünschen ...«, fragte er ohne viel Demut.

Hieronymus hielt seinen Mantel von innen mit beiden Händen zusammen und blickte Herrn Blüthenzweig fast ohne mit den Wimpern zu zucken ins Gesicht. Er trennte langsam seine dicken Lippen und sagte:

»Ich komme zu Ihnen wegen des Bildes in jenem Fenster dort, der großen Photographie, der Madonna.« – Seine Stimme war belegt und modulationslos.

»Jawohl, ganz recht«, sagte Herr Blüthenzweig lebhaft und begann, sich die Hände zu reiben: »Siebenzig Mark im Rahmen, mein Herr. Es ist unveränderlich ... eine erstklassige Reproduktion. Höchst anziehend und reizvoll.«

Hieronymus schwieg. Er neigte seinen Kopf in der Kapuze und sank ein wenig in sich zusammen, während der Kunsthändler sprach; dann richtete er sich wieder auf und sagte:

»Ich bemerke Ihnen im voraus, daß ich nicht in der Lage, noch überhaupt willens bin, irgend etwas zu kaufen. Es thut mir leid, Ihre Erwartungen enttäuschen zu müssen. Ich habe Mitleid mit Ihnen, wenn Ihnen das Schmerz bereitet. Aber erstens bin ich arm und zweitens liebe ich die Dinge nicht, die Sie feilhalten. Nein, kaufen kann ich nichts.«

»Nicht ... also nicht«, sagte Herr Blüthenzweig und schnüffelte stark. »Nun, darf ich fragen ...«

»Wie ich Sie zu kennen glaube«, fuhr Hieronymus fort, »so verachten Sie mich darum, daß ich nicht imstande bin, Ihnen etwas abzukaufen ...«

»Hm ...«, sagte Herr Blüthenzweig. »Nicht doch! Nur ...«

»Dennoch bitte ich Sie, mir Gehör zu schenken und meinen Worten Gewicht beizulegen.«

»Gewicht beizulegen. Hm. Darf ich fragen ...«

»Sie dürfen fragen«, sagte Hieronymus, »und ich werde Ihnen antworten. Ich bin gekommen, Sie zu bitten, daß Sie jenes Bild, die große Photographie, die Madonna, sogleich aus Ihrem Fenster entfernen und sie niemals wieder zur Schau stellen.«

Herr Blüthenzweig blickte eine Weile stumm in Hieronymus' Gesicht, mit einem Ausdruck, als forderte er ihn auf, über seine abenteuerlichen Worte in Verlegenheit zu geraten. Da dies aber keineswegs geschah, so schnüffelte er heftig und brachte hervor:

»Wollen Sie die Güte haben, mir mitzuteilen, ob Sie hier in irgend einer amtlichen Eigenschaft stehen, die Sie befugt, mir Vorschriften zu machen, oder was Sie eigentlich herführt ...«

»O nein«, antwortete Hieronymus; »ich habe weder Amt noch Würde von Staates wegen. Die Macht ist nicht auf meiner Seite, Herr. Was mich herführt, ist allein mein Gewissen.«

Herr Blüthenzweig bewegte nach Worten suchend den Kopf hin und her, blies heftig mit der Nase in seinen Schnurrbart und rang mit der Sprache. Endlich sagte er:

»Ihr Gewissen ... Nun, so wollen Sie gefälligst ... Notiz davon nehmen ... daß Ihr Gewissen für uns eine ... eine gänzlich belanglose Einrichtung ist!« –

Damit drehte er sich um, ging schnell zu seinem Pult im Hintergrunde des Ladens und begann zu schreiben. Die beiden Ladendiener lachten von Herzen. Auch das hübsche Fräulein kicherte über ihrem Kontobuche. Was den gelben Herrn mit dem schwarzen Ziegenbart betraf, so zeigte es sich, daß er ein Fremder war, denn er verstand augenscheinlich nichts von dem Gespräch, sondern fuhr fort, sich mit den französischen Zeichnungen zu beschäftigen, wobei er von Zeit zu Zeit sein meckerndes Lachen vernehmen ließ. –

»Wollen Sie den Herrn abfertigen«, sagte Herr Blüthenzweig über die Schulter hinweg zu seinem Gehilfen. Dann schrieb er weiter. Der junge Mensch mit dem Aspekt von Schlechtbezahltheit und Pflanzenkost trat auf Hieronymus zu, indem er sich des Lachens zu enthalten trachtete, und auch der andere Verkäufer näherte sich.

»Können wir Ihnen sonst irgendwie dienlich sein?« fragte der Schlechtbezahlte sanft. Hieronymus hielt unverwandt seinen leidenden, stumpfen und dennoch durchdringenden Blick auf ihn gerichtet.

»Nein«, sagte er, »sonst können Sie es nicht. Ich bitte Sie, das Madonnenbild unverzüglich aus dem Fenster zu entfernen, und zwar für immer.«

»O ... Warum?«

»Es ist die heilige Mutter Gottes ...«, sagte Hieronymus gedämpft.

»Allerdings ... Sie hören ja aber, daß Herr Blüthenzweig nicht geneigt ist, Ihren Wunsch zu erfüllen.«

»Man muß bedenken, daß es die heilige Mutter Gottes ist«, sagte Hieronymus, und sein Kopf zitterte.

»Das ist richtig. – Und weiter? Darf man keine Madonnen ausstellen? Darf man keine malen?«

»Nicht so! Nicht so!« sagte Hieronymus beinahe flüsternd, indem er sich hoch emporrichtete und mehrmals heftig den Kopf schüttelte. Seine kantige Stirn unter der Kapuze war ganz von langen und tiefen Querfalten durchfurcht. »Sie wissen sehr wohl, daß es das Laster selbst ist, das ein Mensch dort gemalt hat ... die entblößte Wollust! Von zwei schlichten und unbewußten Leuten, die dieses Madonnenbild betrachteten, habe ich mit meinen Ohren gehört, daß es sie an dem Dogma der unbefleckten Empfängnis irre mache ...«

»O, erlauben Sie, nicht darum handelt es sich«, sagte der junge Verkäufer überlegen lächelnd. Er schrieb in seinen Mußestunden eine Broschüre über die moderne Kunstbewegung und war sehr wohl imstande, ein gebildetes Gespräch zu führen. »Das Bild ist ein Kunstwerk«, fuhr er fort, »und man muß den Maßstab daran legen, der ihm gebührt. Es hat allerseits den größten Beifall gehabt. Der Staat hat es angekauft ...«

»Ich weiß, daß der Staat es angekauft hat«, sagte Hieronymus. »Ich weiß auch, daß der Maler zweimal beim Regenten
gespeist hat. Das Volk spricht davon, und Gott weiß, wie es
sich die Thatsache deutet, daß jemand für ein solches Werk
zum hochgeehrten Manne wird. Wovon legt diese Thatsache
Zeugnis ab? Von der Blindheit der Welt, einer Blindheit, die
unfaßlich ist, wenn sie nicht auf schamloser Heuchelei beruht.
Dieses Gebilde ist aus Sinnenlust entstanden und wird in Sinnenlust genossen … ist dies wahr oder nicht? Antworten Sie!
Antworten auch Sie, Herr Blüthenzweig!«

Eine Pause trat ein. Hieronymus schien allen Ernstes eine
Antwort zu verlangen und blickte mit seinen leidenden und
durchdringenden braunen Augen abwechselnd auf die beiden
Verkäufer, die ihn neugierig und verdutzt anstarrten, und auf
Herrn Blüthenzweigs runden Rücken. Es herrschte Stille. Nur
der gelbe Herr mit dem schwarzen Ziegenbart ließ, über die
französischen Zeichnungen gebeugt, sein meckerndes Lachen
vernehmen.

»Es ist wahr!« fuhr Hieronymus fort und in seiner belegten
Stimme bebte eine tiefe Entrüstung … »Sie wagen nicht, es zu
leugnen! Wie aber ist es dann möglich, den Verfertiger dieses
Gebildes im Ernste zu feiern, als habe er der Menschheit ideale
Güter um eines vermehrt? Wie ist es dann möglich, davor zu
stehen, sich unbedenklich dem schnöden Genusse hinzuge-
ben, den es verursacht, und sein Gewissen mit dem Worte
Schönheit zum Schweigen zu bringen, ja, sich ernstlich ein-
zureden, man überlasse sich dabei einem edlen, erlesenen und
höchst menschenwürdigen Zustande? Ist dies ruchlose Unwissenheit oder verworfene Heuchelei? Mein Verstand steht still
an dieser Stelle … er steht still vor der absurden Thatsache,
daß ein Mensch durch die dumme und zuversichtliche Entfal-
tung seiner thierischen Triebe auf Erden zu höchstem Ruhme
gelangen kann! … Schönheit … Was ist Schönheit? Wodurch
wird die Schönheit zutage getrieben und worauf wirkt sie?
Es ist unmöglich, dies nicht zu wissen, Herr Blüthenzweig!
Wie aber ist es denkbar, eine Sache so sehr zu durchschauen
und nicht angesichts ihrer von Ekel und Gram erfüllt zu werden? Es ist verbrecherisch, die Unwissenheit der schamlosen

Kinder und kecken Unbedenklichen durch die Erhöhung und frevle Anbetung der Schönheit zu bestätigen, zu bekräftigen und ihr zur Macht zu verhelfen, denn sie sind weit vom Leiden und weiter noch von der Erlösung! ... Du blickst schwarz, antworten Sie mir, du, Unbekannter. Das Wissen, sage ich Ihnen, ist die tiefste Qual der Welt; aber es ist das Fegefeuer, ohne dessen läuternde Pein keines Menschen Seele zum Heile gelangt. Nicht kecker Kindersinn und ruchlose Unbefangenheit frommt, Herr Blüthenzweig, sondern jene Erkenntnis, in der die Leidenschaften unseres eklen Fleisches hinsterben und verlöschen.«

Stillschweigen. Der gelbe Herr mit dem schwarzen Ziegenbart meckerte kurz.

»Sie müssen nun wohl gehen«, sagte der Schlechtbezahlte sanft.

Aber Hieronymus machte keineswegs Anstalten, zu gehen. Hoch aufgerichtet in seinem Kapuzenmantel, mit brennenden Augen stand er inmitten des Kunstladens, und seine dicken Lippen formten mit hartem und gleichsam rostigem Klange unaufhaltsam verdammende Worte ...

»Kunst! rufen sie, Genuß! Schönheit! Hüllt die Welt in Schönheit ein und verleiht jedem Dinge den Adel des Stiles! ... Geht mir, Verruchte! Denkt man, mit prunkenden Farben das Elend der Welt zu übertünchen? Glaubt man, mit dem Festlärm des üppigen Wohlgeschmacks das Ächzen der gequälten Erde übertönen zu können? Ihr irrt, Schamlose! Gott läßt sich nicht spotten, und ein Greuel ist in seinen Augen euer frecher Götzendienst der gleißenden Oberfläche! ... Du schmähst die Kunst, antworten Sie mir, du, Unbekannter. Sie lügen, sage ich Ihnen, ich schmähe nicht die Kunst! Die Kunst ist kein gewissenloser Trug, der lockend zur Bekräftigung und Bestätigung des Lebens im Fleische reizt! Die Kunst ist die heilige Fackel, die barmherzig hineinleuchte in alle fürchterlichen Tiefen, in alle scham- und gramvollen Abgründe des Daseins; die Kunst ist das göttliche Feuer, das an die Welt gelegt werde, damit sie aufflamme und zergehe samt all ihrer Schande und Marter in erlösendem Mitleid! ... Nehmen Sie, Herr Blüthenzweig, nehmen Sie das Werk des berühmten Malers dort aus

Ihrem Fenster ... ja, Sie thäten gut, es mit einem heißen Feuer zu verbrennen und seine Asche in alle Winde zu streuen, in alle vier Winde! ... «

Seine unschöne Stimme brach ab. Er hatte einen heftigen Schritt rückwärts gethan, hatte einen Arm der Umhüllung des schwarzen Mantels entrissen, hatte ihn mit leidenschaftlicher Bewegung weit hinausgereckt und wies mit einer seltsam verzerrten, krampfhaft auf- und niederbebenden Hand auf die Auslage, das Schaufenster, dorthin, wo das aufsehenerregende Madonnenbild seinen Platz hatte. In dieser herrischen Haltung verharrte er. Seine große, gehöckerte Nase schien mit einem befehlshaberischen Ausdruck hervorzuspringen, seine dunklen, an der Nasenwurzel stark sich verdickenden Brauen waren so hoch emporgezogen, daß die kantige, von der Kapuze beschattete Stirn ganz in breiten Querfalten lag, und über seinen Wangenhöhlen hatte sich eine hektische Hitze entzündet.

Hier aber wandte Herr Blüthenzweig sich um. Sei es, daß die Zumutung, diese Siebenzig-Mark-Reproduktion zu verbrennen ihn so aufrichtig entrüstete, oder daß überhaupt Hieronymus' Reden seine Geduld am Ende erschöpft hatten: jedenfalls bot er ein Bild gerechten und starken Zornes. Er wies mit dem Federhalter auf die Ladenthür, blies mehrere Male kurz und erregt mit der Nase in den Schnurrbart, rang mit der Sprache und brachte dann mit höchstem Nachdruck hervor:

»Wenn Sie Patron nun nicht augenblicklich von der Bildfläche verschwinden, so lasse ich Ihnen durch den Packer den Abgang erleichtern, verstehen Sie mich?!«

»O, Sie schüchtern mich nicht ein, Sie verjagen mich nicht, Sie bringen« meine Stimme nicht zum Schweigen!« rief Hieronymus, indem er oberhalb der Brust seine Kapuze mit der Faust zusammenraffte und furchtlos den Kopf schüttelte ... »Ich weiß, daß ich einsam und machtlos bin, und dennoch verstumme ich nicht, bis Sie mich hören, Herr Blüthenzweig! Nehmen Sie das Bild aus Ihrem Fenster und verbrennen Sie es noch heute! Ach, verbrennen Sie nicht dies allein! Verbrennen Sie auch diese Statuetten und Büsten, deren Anblick in Sünde

stürzt, verbrennen Sie diese Vasen und Zierate, diese schamlosen Wiedergeburten des Heidentums, diese üppig ausgestatteten Liebesverse! Verbrennen Sie alles, was Ihr Laden
birgt, Herr Blüthenzweig, denn es ist ein Unrat in Gottes
Augen! Verbrennen, verbrennen, verbrennen Sie es!« rief er
außer sich, indem er eine wilde, weite Bewegung rings in die
Runde vollführte ... »Die Ernte ist reif für den Schnitter ...
Die Frechheit dieser Zeit durchbricht alle Dämme ... Ich aber
sage Ihnen ...«

»Krauthuber!« ließ Herr Blüthenzweig, einer Thür im Hintergrund zugewandt, mit Anstrengung seine Stimme vernehmen ... »Kommen Sie sofort herein!«

Das, was infolge dieses Befehles auf dem Schauplatze
erschien, war ein massiges und übergewaltiges Etwas, eine
ungeheuerliche und strotzende menschliche Erscheinung von
schreckeneinflößender Fülle, deren schwellende, quellende,
gepolsterte Gliedmassen überall formlos ineinander übergin-
gen ... eine unmäßige, langsam über den Boden wuchtende
und schwer pustende Riesengestalt, genährt mit Malz, ein
Sohn des Volkes von fürchterlicher Rüstigkeit! Ein fransenar-
tiger Seehundsschnauzbart war droben in seinem Angesicht
bemerkbar, ein gewaltiges, mit Kleister besudeltes Schurzfell
bedeckte seinen Leib, und die gelben Ärmel seines Hemdes
waren von seinen sagenhaften Armen zurückgerollt.

»Wollen Sie diesem Herrn die Thüre öffnen, Krauthuber«,
sagte Herr Blüthenzweig, »und, sollte er sie dennoch nicht
finden, ihm auf die Straße hinausverhelfen.«

»Ha?« sagte der Mann, indem er mit seinen kleinen
Elephantenaugen abwechselnd Hieronymus und seinen
erzürnten Brotherrn betrachtete ... Es war ein dumpfer Laut
von mühsam zurückgedämmter Kraft. Dann ging er, mit seinen Tritten alles um sich her erschütternd, zur Thür und öffnete sie.

Hieronymus war sehr bleich geworden. »Verbrennen Sie ...«
wollte er sagen, aber schon fühlte er sich von einer furchtbaren Übermacht umgewandt, von einer Körperwucht, gegen
die kein Widerstand denkbar war, langsam und unaufhaltsam der Thür entgegengedrängt.

»Ich bin schwach …«, brachte er hervor. »Mein Fleisch erträgt nicht die Gewalt … es hält nicht stand, nein … Was beweist das? Verbrennen Sie …«

Er verstummte. Er befand sich außerhalb des Kunstladens. Herrn Blüthenzweigs riesiger Knecht hatte ihn schließlich mit einem kleinen Stoß und Schwung fahren lassen, so daß er, auf eine Hand gestützt, seitwärts auf die steinerne Stufe niedergesunken war. Und hinter ihm schloß sich klirrend die Glasthür.

Er richtete sich empor. Er stand aufrecht und hielt schwer atmend mit der einen Faust seine Kapuze oberhalb der Brust zusammengerafft, indes er die andere unter dem Mantel hinabhängen ließ. In seinen Wangenhöhlen lagerte eine graue Blässe; die Flügel seiner großen, gehöckerten Nase blähten und schlossen sich zuckend; seine häßlichen Lippen waren zu dem Ausdruck eines verzweifelten Hasses verzerrt, und seine Augen, von Glut umzogen, schweiften irr und ekstatisch über den schönen Platz.

Er sah nicht die neugierig und lachend auf ihn gerichteten Blicke. Er sah auf der Mosaikfläche vor der großen Loggia die Eitelkeiten der Welt, die Maskenkostüme der Künstlerfeste, die Zierate, Vasen, Schmuckstücke und Stilgegenstände, die nackten Statuen und Frauenbüsten, die malerischen Wiedergeburten des Heidentums, die Porträts der berühmten Schönheiten von Meisterhand, die üppig ausgestatteten Liebesverse und Propagandaschriften der Kunst pyramidenartig aufgetürmt und unter dem Jubelgeschrei des durch seine furchtbaren Worte geknechteten Volkes in prasselnde Flammen aufgehen … Er sah gegen die gelbliche Wolkenwand, die von der Theatinerstraße heraufgezogen war und in der es leise donnerte, ein breites Feuerschwert stehen, das sich im Schwefellicht über die frohe Stadt hinreckte …

»Gladius Dei super terram …«, flüsterten seine dicken Lippen, und in seinem Kapuzenmantel sich höher emporrichtend, mit einem versteckten und krampfigen Schütteln seiner hinabhängenden Faust, murmelte er bebend: »Cito et velociter!«

Beim Propheten

Seltsame Orte gibt es, seltsame Gehirne, seltsame Regionen
des Geistes, hoch und ärmlich. An den Peripherien der Groß-
städte, dort, wo die Laternen spärlicher werden und die Gen-
darmen zu zweien gehen, muß man in den Häusern empor-
steigen, bis es nicht weiter geht, bis in schräge Dachkammern,
wo junge, bleiche Genies, Verbrecher des Traumes, mit ver-
schränkten Armen vor sich hinbrüten, bis in billig und bedeu-
tungsvoll geschmückte Ateliers, wo einsame, empörte und
von innen verzehrte Künstler, hungrig und stolz, im Zigaret-
tenqualm mit letzten und wüsten Idealen ringen. Hier ist das
Ende, das Eis, die Reinheit und das Nichts. Hier gilt kein Ver-
trag, kein Zugeständnis, keine Nachsicht, kein Maß und kein
Wert. Hier ist die Luft so dünn und keusch, daß die Miasmen
des Lebens nicht mehr gedeihen. Hier herrscht der Trotz, die
äußerste Konsequenz, das verzweifelt thronende Ich, die Freiheit, der Wahnsinn und der Tod ...

Es war Karfreitag, abends um acht. Mehrere von denen,
die Daniel geladen hatte, kamen zu gleicher Zeit. Sie hatten
Einladungen in Quartformat erhalten, auf denen ein Adler
einen nackten Degen in seinen Fängen durch die Lüfte trug
und die in eigenartiger Schrift die Aufforderung zeigten, an
dem Konvent zur Verlesung von Daniels Proklamationen
am Karfreitagabend teilzunehmen, und sie trafen nun zur
bestimmten Stunde in der öden und halbdunklen Vorstadtstraße vor dem banalen Mietshause zusammen, in welchem
die leibliche Wohnstätte des Propheten gelegen war.

Einige kannten einander und tauschten Grüße. Es waren
der polnische Maler und das schmale Mädchen, das mit ihm
lebte, der Lyriker, ein langer, schwarzbärtiger Semit mit seiner schweren, bleichen und in hängende Gewänder geklei-

deten Gattin, eine Persönlichkeit von zugleich martialischem und kränklichem Aussehen, Spiritist und Rittmeister außer Dienst, und ein junger Philosoph mit dem Äußern eines Känguruhs. Nur der Novellist, ein Herr mit steifem Hut und gepflegtem Schnurrbart, kannte niemanden. Er kam aus einer andern Sphäre, war nur zufällig hierher geraten. Er hatte ein gewisses Verhältnis zum Leben, und ein Buch von ihm wurde in bürgerlichen Kreisen gelesen. Er war entschlossen, sich streng bescheiden, dankbar und im ganzen wie ein Geduldeter zu benehmen. In einem kleinen Abstande folgte er den anderen ins Haus.

Sie stiegen die Treppe empor, eine nach der andern, gestützt auf das gußeiserne Geländer. Sie schwiegen, denn es waren Menschen, die den Wert des Wortes kannten und nicht unnütz zu reden pflegten. Im trüben Licht der kleinen Petroleumlampen, die an den Biegungen der Treppe auf den Fenstergesimsen standen, lasen sie im Vorübergehen die Namen an den Wohnungstüren. Sie stiegen an den Heim- und Sorgenstätten eines Versicherungsbeamten, einer Hebamme, einer Feinwäscherin, eines »Agenten«, eines Leichdornoperateurs vorüber, still, ohne Verachtung, aber fremd. Sie stiegen in dem engen Treppenhaus wie in einem halbdunklen Schacht empor, zuversichtlich und ohne Aufenthalt; denn von oben, von dort, wo es nicht weiter ging, winkte ihnen ein Schimmer, ein zarter und flüchtig bewegter Schein aus letzter Höhe.

Endlich standen sie am Ziel, unter dem Dach, im Lichte von sechs Kerzen, die in verschiedenen Leuchtern auf einem mit verblichenen Altardeckchen belegten Tischchen zu Häupten der Treppe brannten. An der Tür, welche bereits den Charakter eines Speichereinganges trug, war ein graues Pappschild befestigt, auf dem in römischen Lettern, mit schwarzer Kreide ausgeführt, der Name Daniel zu lesen war. Sie schellten ...

Ein breitköpfiger, freundlich blickender Knabe in einem neuen blauen Anzug und mit blanken Schaftstiefeln öffnete ihnen, eine Kerze in der Hand, und leuchtete ihnen schräg über den kleinen, dunklen Korridor in einen untapezierten und mansardenartigen Raum, der bis auf einen hölzernen

Garderobehalter durchaus leer war. Wortlos, mit einer Geste, die von einem lallenden Kehllaut begleitet war, forderte der Knabe zum Ablegen auf, und als der Novellist aus allgemeiner Teilnahme eine Frage an ihn richtete, erwies es sich vollends, daß das Kind stumm war. Es führte die Gäste mit seinem Licht über den Korridor zurück zu einer anderen Tür und ließ sie eintreten. Der Novellist folgte als letzter. Er trug Gehrock und Handschuhe, entschlossen, sich wie in der Kirche zu benehmen.

Eine feierlich schwankende und flimmernde Helligkeit, erzeugt von zwanzig oder fünfundzwanzig brennenden Kerzen, herrschte in dem mäßig großen Raum, den sie betraten. Ein junges Mädchen mit weißem Fallkragen und Manschetten über dem schlichten Kleid, Maria Josefa, Daniels Schwester, rein und töricht von Angesicht, stand dicht bei der Tür und reichte allen die Hand. Der Novellist kannte sie. Er war an einem literarischen Teetische mit ihr zusammengetroffen. Sie hatte aufrecht dagesessen, die Tasse in der Hand, und mit klarer und inniger Stimme von ihrem Bruder gesprochen. Sie betete Daniel an.

Der Novellist suchte ihn mit den Augen …

»Er ist nicht hier«, sagte Maria Josefa. »Er ist abwesend, ich weiß nicht, wo. Aber im Geiste wird er unter uns sein und die Proklamationen Satz für Satz verfolgen, während sie hier verlesen werden.«

»Wer wird sie verlesen?« fragte der Novellist gedämpft und ehrerbietig. Es war ihm ernst. Er war ein wohlmeinender und innerlich bescheidener Mensch, voller Ehrfurcht vor allen Erscheinungen der Welt, bereit, zu lernen und zu würdigen, was zu würdigen war.

»Ein Jünger meines Bruders«, antwortete Maria Josefa, »den wir aus der Schweiz erwarten. Er ist noch nicht da. Er wird im rechten Augenblick zur Stelle sein.«

Gegenüber der Tür, auf einem Tisch stehend und mit dem oberen Rande an die schräg abfallende Decke gelehnt, zeigte sich im Kerzenschein eine große, in heftigen Strichen ausgeführte Kreidezeichnung, die Napoleon darstellte, wie er in plumper und despotischer Haltung seine mit Kanonenstiefeln bekleideten Füße an einem Kamin wärmte. Zur Rechten des Einganges erhob sich ein altarartiger Schrein, auf welchem zwischen Kerzen, die in silbernen Armleuchtern brannten, eine bemalte Heiligenfigur mit aufwärts gerichteten Augen ihre Hände ausbreitete. Eine Betbank stand davor, und näherte man sich, so gewahrte man eine kleine, aufrecht an einem Fuße des Heiligen lehnende Amateurphotographie, die einen etwa dreißigjährigen jungen Mann mit gewaltig hoher, bleich zurückspringender Stirn und einem bartlosen, knochigen, raubvogelähnlichen Gesicht von konzentrierter Geistigkeit zeigte.

Der Novellist verweilte eine Weile vor Daniels Bildnis; dann wagte er sich behutsam weiter ins Zimmer hinein. Hinter einem großen Rundtisch, in dessen gelbpolierte Platte, von einem Lorbeerkranz umrahmt, derselbe Degen tragende Adler eingebrannt war, den man auf den Einladungen erblickt hatte, ragte zwischen niedrigen Holzsesseln ein strenger, schmaler und steiler gotischer Stuhl wie ein Thron und Hochsitz empor. Eine lange, schlicht gezimmerte Bank, mit billigem Stoff überdeckt, erstreckte sich vor der geräumigen, von Mauer und Dach gebildeten Nische, in der das niedrige Fenster gelegen war. Es stand offen, vermutlich, weil der untersetzt gebaute Kachelofen sich als überheizt erwiesen hatte, und gewährte den Ausblick auf ein Stück blauer Nacht, in deren Tiefe und Weite die unregelmäßig verteilten Gaslaternen als gelblich glühende Punkte sich in immer größeren Abständen verloren.

Aber dem Fenster gegenüber verengerte sich der Raum zu einem alkovenartigen Gelaß, das heller als der übrige Teil der Mansarde erleuchtet war und halb als Kabinett, halb als Kapelle behandelt erschien. In seiner Tiefe befand sich ein mit dünnem blassen Stoffe bedeckter Diwan. Zur Rechten gewahrte man ein verhängtes Büchergestell, auf dessen Höhe Kerzen in Armleuchtern und antik geformte Öllampen brannten. Zur Linken war ein weiß gedeckter Tisch aufgeschlagen, der ein Kruzifix, einen siebenarmigen Leuchter, einen mit rotem Weine gefüllten Becher und ein Stück Rosinenkuchen auf einem Teller trug. Im Vordergrunde des Alkovens jedoch erhob sich, von einem eisernen Kandelaber noch überragt, auf einem flachen Podium eine vergoldete Gipssäule, deren Kapitäl von einer blutrot-seidenen Altardecke überhangen wurde. Und darauf ruhte ein Stapel beschriebenen Papiers in Folioformat: Daniels Proklamationen. Eine helle, mit kleinen Empirekränzen bedruckte Tapete bedeckte die Mauer und die schrägen Teile der Decke; Totenmasken, Rosenkränze, ein großes, rostiges Schwert hingen an den Wänden; und außer dem großen Napoleonbildnis waren in verschiedenartiger Ausführung die Porträts von Luther, Nietzsche, Moltke, Alexander dem Sechsten, Robespierre und Savonarola im Raume verteilt ...

»Dies alles ist erlebt«, sagte Maria Josefa, indem sie die Wirkung der Einrichtung in dem respektvoll verschlossenen Gesicht des Novellisten zu erforschen suchte. Aber unterdessen waren weitere Gäste gekommen, still und feierlich, und man fing an, sich in gemessener Haltung auf Bänken und Stühlen niederzulassen. Es saßen dort jetzt außer den zuerst Gekommenen noch ein phantastischer Zeichner mit greisenhaftem Kindergesicht, eine hinkende Dame, die sich als »Erotikerin« vorstellen zu lassen pflegte, eine unverheiratete junge Mutter von adeliger Herkunft, die von ihrer Familie verstoßen, aber ohne alle geistigen Ansprüche war und einzig und allein auf Grund ihrer Mutterschaft in diesen Kreisen Aufnahme gefunden hatte, eine ältere Schriftstellerin und ein verwachsener Musiker ... im ganzen etwa zwölf Personen. Der Novellist hatte sich in die Fensternische zurückgezogen, und Maria Josefa saß dicht neben der Tür auf einem Stuhl, die Hände auf den Knien nebeneinander gelegt. So warteten sie auf den Jünger aus der Schweiz, der im rechten Augenblick zur Stelle sein würde.

Plötzlich kam noch die reiche Dame an, die aus Liebhaberei solche Veranstaltungen zu besuchen pflegte. Sie war in ihrem seidenen Kupee aus der Stadt, aus ihrem prachtvollen Hause mit den Gobelins und den Türumrahmungen aus Giallo antico hierhergekommen, war alle Treppen heraufgestiegen und kam zur Tür herein, schön, duftend, luxuriös, in einem blauen Tuchkleid mit gelber Stickerei, den Pariser

Hut auf dem rotbraunen Haar, und lächelte mit ihren Tizian-Augen. Sie kam aus Neugier, aus Langerweile, aus Lust an Gegensätzen, aus gutem Willen zu allem, was ein bißchen außerordentlich war, aus liebenswürdiger Extravaganz, begrüßte Daniels Schwester und den Novellisten, der in ihrem Hause verkehrte, und setzte sich auf die Bank vor der Fensternische zwischen die Erotikerin und den Philosophen mit dem Äußern eines Känguruhs, als ob das in der Ordnung sei.

»Fast wäre ich zu spät gekommen«, sagte sie leise mit ihrem schönen, beweglichen Mund zu dem Novellisten, der hinter ihr saß. »Ich hatte Leute zum Tee; das hat sich hingezogen …«

Der Novellist war ganz ergriffen und dankte Gott, daß er in präsentabler Toilette war. Wie schön sie ist! dachte er. Sie ist wert, die Mutter dieser Tochter zu sein …

»Und Fräulein Sonja?« fragte er über ihre Schulter hinweg … »Sie haben Fräulein Sonja nicht mitgebracht?«

Sonja war die Tochter der reichen Dame und in des Novellisten Augen ein unglaubhafter Glücksfall von einem Geschöpf, ein Wunder an allseitiger Ausbildung, ein erreichtes Kulturideal. Er sagte ihren Namen zweimal, weil es ihm einen unbeschreiblichen Genuß bereitete, ihn auszusprechen.

»Sonja ist leidend«, sagte die reiche Dame. »Ja, denken Sie, sie hat einen schlimmen Fuß. Oh, nichts, eine Geschwulst, etwas wie eine kleine Entzündung oder Verfüllung. Es ist geschnitten worden. Vielleicht wäre es nicht nötig gewesen, aber sie wollte es selbst.«

»Sie wollte es selbst!« wiederholte der Novellist mit begeisterter Flüsterstimme. »Daran erkenn' ich sie! Aber wie in aller Welt kann man ihr seine Teilnahme kundgeben?«

»Nun, ich werde sie grüßen«, sagte die reiche Dame. Und da er schwieg: »Genügt Ihnen das nicht?«

»Nein, es genügt mir nicht«, sagte er ganz leise, und da sie seine Bücher schätzte, erwiderte sie lächelnd:

»So schicken Sie ihr ein Blümchen.«

»Danke!« sagte er. »Danke! Das will ich!« Und innerlich dachte er: »Ein Blümchen? Ein Bukett! Einen ganzen Strauß! Ungefrühstückt fahre ich morgen in einer Droschke zum Blu-

menhändler –!« – Und er fühlte, daß er ein gewisses Verhältnis zum Leben habe.

Da ward draußen ein flüchtiges Geräusch laut, die Tür öffnete und schloß sich kurz und ruckhaft, und vor den Gästen
stand im Kerzenschein ein untersetzter und stämmiger junger
Mann in dunklem Jackenanzug: Der Jünger aus der Schweiz.
Er überflog das Gemach mit einem drohenden Blick, ging
mit heftigen Schritten zu der Gipssäule vorm Alkoven, stellte
sich hinter sie auf das flache Podium mit einem Nachdruck,
als wollte er dort einwurzeln, ergriff den zu oberst liegenden
Bogen der Handschrift und begann sofort zu lesen.

Er war etwa achtundzwanzigjährig, kurzhalsig und häß-
lich. Sein geschorenes Haar wuchs in Form eines spitzen Win-
kels sonderbar weit in die ohnedies niedrige und gefurchte
Stirn hinein. Sein Gesicht, bartlos, mürrisch und plump,
zeigte eine Doggennase, grobe Backenknochen, eine einge-
fallene Wangenpartie und wulstig hervorspringende Lippen,
die nur schwer, widerwillig und gleichsam mit einem schlaf-
fen Zorn die Wörter zu bilden schienen. Dies Gesicht war
roh und dennoch bleich. Er las mit einer wilden und überlau-
ten Stimme, die aber gleichwohl im Innersten bebte, wankte
und von Kurzluftigkeit beeinträchtigt war. Die Hand, in der
er den beschriebenen Bogen hielt, war breit und rot, und dennoch zitterte sie. Er stellte ein unheimliches Gemisch von
Brutalität und Schwäche dar, und was er las, stimmte auf seltsame Art damit überein.

Es waren Predigten, Gleichnisse, Thesen, Gesetze, Visi-
onen, Prophezeiungen und tagesbefehlartige Aufrufe, die
in einem Stilgemisch aus Psalter- und Offenbarungston mit
militärisch-strategischen   sowie   philosophisch-kritischen
Fachausdrücken in bunter und unabsehbarer Reihe einander
folgten. Ein fieberhaftes und furchtbar gereiztes Ich reckte
sich im einsamen Größenwahn empor und bedrohte die Welt
mit einem Schwall von gewaltsamen Worten. Christus impe-
rator maximus war sein Name, und er warb todbereite Truppen zur Unterwerfung des Erdballs, erließ Botschaften, stellte
seine unerbittlichen Bedingungen, Armut und Keuschheit verlangte er, und wiederholte in grenzenlosem Aufruhr mit einer

Art widernatürlicher Wollust immer wieder das Gebot des unbedingten Gehorsams. Buddha, Alexander, Napoleon und Jesus wurden als seine demütigen Vorläufer genannt, nicht wert, dem geistlichen Kaiser die Schuhriemen zu lösen …

Der Jünger las eine Stunde; dann trank er zitternd einen Schluck aus dem Becher mit rotem Wein und griff nach neuen Proklamationen. Schweiß perlte auf seiner niedrigen Stirn, seine wulstigen Lippen bebten, und zwischen den Worten stieß er beständig mit einem kurz fauchenden Geräusch die Luft durch die Nase aus, erschöpft und brüllend. Das einsame Ich sang, raste und kommandierte. Es verlor sich in irre Bilder, ging in einem Wirbel von Unlogik unter und tauchte plötzlich an gänzlich unerwarteter Stelle gräßlich wieder empor. Lästerungen und Hosianna – Weihrauch und Qualm von Blut vermischten sich. In donnernden Schlachten ward die Welt erobert und erlöst …

Es wäre schwer gewesen, die Wirkung von Daniels Proklamationen auf die Zuhörer festzustellen. Einige blickten, weit zurückgelehnten Hauptes, mit erloschenen Augen zur Decke empor; andere hielten, tief über ihre Knie gebeugt, das Gesicht in den Händen vergraben. Die Augen der Erotikerin verschleierten sich jedesmal auf seltsame Art, wenn das Wort »Keuschheit« ertönte und der Philosoph mit dem Äußern eines Känguruhs schrieb dann und wann etwas Ungewisses mit seinem langen und krummen Zeigefinger in die Luft. Der Novellist suchte seit längerer Zeit vergebens nach einer passenden Haltung für seinen schmerzenden Rücken. Um zehn Uhr kam ihm die Vision einer Schinkensemmel, aber er verscheuchte sie mannhaft.

Gegen halb elf Uhr sah man, daß der Jünger das letzte Folioblatt in seiner roten und zitternden Rechten hielt. Er war zu Ende. »Soldaten!« schloß er, am äußersten Rande seiner Kraft, mit versagender Donnerstimme: »Ich überliefere euch zur Plünderung – die Welt!« Dann trat er vom Podium herunter, sah alle mit einem drohenden Blick an und ging heftig, wie er gekommen war, zur Tür hinaus.

Die Zuhörer verharrten noch eine Minute lang unbeweglich in der Stellung, die sie zuletzt innegehabt hatten. Dann standen sie wie mit einem gemeinsamen Entschlusse auf und gingen unverzüglich, nachdem jeder mit einem leisen Worte Maria Josefas Hand gedrückt hatte, die wieder mit ihrem weißen Fallkragen, still und rein, dicht an der Tür stand.

Der stumme Knabe war draußen zur Stelle. Er leuchtete den Gästen in den Garderoberaum, war ihnen beim Anlegen der Überkleider behilflich und führte sie durch das enge Stiegenhaus, in welches aus höchster Höhe, aus Daniels Reich, der bewegte Schein der Kerzen fiel, hinunter zur Haustür, die er aufschloß. Einer nach dem andern traten die Gäste auf die öde Vorstadtstraße hinaus.

Das Kupee der reichen Dame hielt vorm Hause; man sah, wie der Kutscher auf dem Bock zwischen den beiden hellstrahlenden Laternen die Hand mit dem Peitschenstiel zum Hute führte. Der Novellist geleitete die reiche Dame zum Schlage.

»Wie befinden Sie sich?« fragte er.

»Ich äußere mich ungern über solche Dinge«, antwortete sie. »Vielleicht ist er wirklich ein Genie oder doch etwas Ähnliches …«

»Ja, was ist das Genie«, sagte er nachdenklich. »Bei diesem Daniel sind alle Vorbedingungen vorhanden: die Einsamkeit, die Freiheit, die geistige Leidenschaft, die großartige Optik, der Glaube an sich selbst, sogar die Nähe von Verbrechen und Wahnsinn. Was fehlt? Vielleicht das Menschliche? Ein wenig Gefühl, Sehnsucht, Liebe? Aber das ist eine vollständig improvisierte Hypothese …

»Grüßen Sie Sonja«, sagte er, als sie ihm vom Sitze aus zum Abschied die Hand reichte, und dabei las er mit Spannung in ihrer Miene, wie sie es aufnehmen werde, daß er einfach von »Sonja«, nicht von »Fräulein Sonja« oder von »Fräulein Tochter« sprach.

Sie schätzte seine Bücher, und so duldete sie es lächelnd.

»Ich werde es ausrichten.«

»Danke!« sagte er, und ein Rausch von Hoffnung verwirrte ihn. »Nun will ich zu Abend essen wie ein Wolf!«

Er hatte ein gewisses Verhältnis zum Leben.

Musik in München

I.

Erinnern sich ältere Herrschaften in Groß-Berlin oder anderswo, daß Webers »Euryanthe« irgendwann und -wo einmal Zug- und Kassenstück gewesen wäre? Ich wette, die ältesten nicht. Und dem füge ich die Meldung hinzu, daß es jetzt bei uns in München einfach der Fall ist: die »Euryanthe« feiert Triumphe im Hoftheater. Es war keine der ersten Aufführungen, die ich sah; vielleicht die sechste. Aber die war so dick und andächtig ausverkauft, daß man wohl sah, noch manche würde es sein. Das darf man ein Wunder nennen, ohne dem Werke zu nahe zu treten, das höchste, süßeste, weheste Musik enthält, und dessen »Buch« bewiesen ist durch die Musik, zu der es dem Meister Anlaß und Anhalt bot. Es steht in weit höherer romantischer Sphäre, als sein volkstümlicher Vorgänger, das Wald- und Jägerstück vom Freischützen, als dieser »verdammte Freischütz«, den Weber seiner erdrückenden und absorbierenden Popularität wegen beinahe hassen lernte; aber daß seine Gesamtkonstitution viel weniger glücklich ist, lehren die Tatsachen: es hat nie recht freudigen Zulauf gehabt und ist immer in Gefahr, zum Museumsstück und Gegenstand nationaler Hochachtung zu erstarren. Wer hauchte ihm denn nun so wirkendes Leben ein? Wer färbte ihm die Wangen mit dem eigenen Herzblut, machte es froh und siegreich? *Ein* Mann. Eines Mannes Glaube und Liebe. Ich nenne ihn gleich. Ich will nur rasch noch vorher sagen, daß die Oper glänzend aussieht im Hoftheater – es ist da zu Anfang ein phantastisch-hochromantischer Saal, in dem illusionsweise geweilt zu haben man sich immer freuen wird –, und daß das reizende Fräulein Reinhart (eine glückliche

Erwerbung der jüngsten Zeit, – eine unter anderen –), daß also Fräulein Reinhart und Herr Erb als Euryanthe und Adolar ihre blühenden Stimmen im Liebesjubel recht herzerquickend vereinigen.

Und jener Mann, des Glaubens und der siegreichen Liebe nun also? Er heißt Walter, Bruno Walter, ist »Generalmusikdirektor« dahier, obgleich noch keineswegs in den Jahren, die man die besten nennt; – und nun mögen die anderen Träger von Münchens musikalischem Ansehen, schaffende und ausübende, mir verzeihen, wenn mein Brief, der von Münchener Musik handeln wollte, eigentlich nur von ihm handelt: denn das ist verzeihlich. Dieser Mann mit dem leichten Herrscherstäbchen aus Rohr in der Rechten ist den Blicken zu ausgesetzt, seine Tätigkeit zu reich und leidenschaftlich, zu extensiv und eindringlich, als daß er dem Laien nicht als Verkörperung und Statthalter der Musik in seinem Kreise erscheinen müßte; ja, wie es sein Wesen ist, alles was er angreift, höchst neu, gegenwärtig, unmittelbar lebendig zu machen, so scheint er auch seinem abgenutzt-pompösen Titel einen neuen und gegenwärtigen Sinn zu verleihen, ihn aufs persönlichste zu erfüllen. Dem Laien, wie gesagt, kommt das alles so vor; aber der Laie redet ja mit heutzutage, durchaus und in allen Stükken, und wenn in allen, warum nicht auch über musikalische Dinge? Die Emanzipation des Laien, meine Herren, das ist die Demokratie!

Bruno Walter freilich meint es anders. Verstehe ich einen sonderbar grüblerischen und aufrührerischen Aufsatz recht, den dieser hohe Beamte kürzlich in einer Monatsschrift zu veröffentlichen sich herbeiließ, so würde er es als eine Aristokratisierung der Kritik betrachten, wenn diese Tätigkeit aufhörte, ein allzu »freier« Beruf zu sein, wenn irgendwelche »Erlaubnis«, irgendwelcher »Nachweis« und »Ausweis« dazu nötig wäre, sie auszuüben ... Welcher denn wohl? Der Beamte drückte sich gelehrt und vorsichtig aus. Die kritische Intuition, sagte er, sei nicht Sache einer intellektuellen Gabe, sondern »eines spezifischen rezeptiven Kunsttalents«, »das wohl meist mit dem produktiven oder reproduktiven Talent verbunden sein dürfte.« Ja, so schreiben Künstler und hohe

Beamte, wenn sie grübeln und revoltieren. Mit der journalistischen Fachkritik, der lokalen wenigstens, scheint der Verfasser jener schwierigen Betrachtung über »Kunst und Öffentlichkeit« nicht auf sehr innigem Fuße zu stehen. Man hört von Konflikten, Unstimmigkeiten, – die, wie die Dinge liegen, bedauerlicher für ihn, als für die Fachkritik sein »dürften«. Denn man muß bedenken, daß die journalistische Fachkritik nicht in der Luft schwebt, sondern auf einer ziemlich soliden Basis fußt: der öffentlichen Meinung, oder doch einem Teile der öffentlichen Meinung, dessen Ausdruck sie ist – ohne daß ihr damit eine suggestiv-bestimmende, wie man sagt: erzieherische Wirkung in umgekehrter Richtung abgestritten werden soll. Mit anderen Worten: im Rücken der Tageskritik ist kein leerer Raum, sie hat hinter sich ein Getriebe mehr oder weniger dumpfer und dunkler Willensmeinungen, die klar über sich selbst und stoßkräftig zu werden suchen, indem sie durch das Mittel der Tageskritik sich äußern, – und das bringt mich auf einen zweiten Punkt, der es verzeihlich macht, daß ich unter der Überschrift »Münchener Musik« nur von diesem einen Mann erzähle: Noch über seinen persönlichen Rang hinaus muß er dem Laien bedeutend werden dadurch, daß er den Mittelpunkt und Gegenstand eines Kampfes bildet, der, das will ich meinen, nicht etwa nur *gegen* ihn, sondern, mit hinlänglicher Erbitterung, *um* ihn geführt wird, und der wiederum für Münchens interne Kultur- und Entwicklungsgeschichte nach meiner Meinung dies und jenes *bedeutet*.

Wenn ich also sage, daß dieser Künstler die Stadt beschäftigt, so meine ich damit freilich nicht, daß dies in solchem Sinne von Hause aus irgend in seiner Absicht gelegen hätte. Ich bin überzeugt, daß er sich ursprünglich nicht im geringsten als problematisch, sondern durchaus als einen Mann des klaren, geraden und guten Willens empfindet und versteht. Wenn er problematisch wirkt, so darf man dem wenigstens vermutungsweise die Einschränkung geben, daß er anderswo gar nicht oder in viel geringerem Grade so wirken würde, – woraus ich und andere nicht schließen, daß er fehl am Orte ist, sondern daß diese Stadt ihn als Erlebnis sogar recht wohl brauchen kann; wie auch er, fügen wir hinzu, sie nötig hat:

für die Gesundheit, das Heiterer-, Robuster- und Ganzer-Werden seiner Seele und Kunst, und namentlich auch, weil sie seinen letzten, schon überkünstlerischen, ins Soziale und Nationale hinausgreifenden Bestrebungen einen vergleichsweise günstigen, im Grunde freundwilligen Boden bietet.

Es könnte weit führen, zu sagen, inwiefern Bruno Walter für München ein neuartiges Erlebnis bedeutet, – für diese liebenswerte Stadt, deren altbürgerlich-künstlerische Kultur mehr sinnlich als in irgendeinem radikal-literarischen Sinne geistig ist. Es ist eine frohe Kultur, eine Festkultur, und der typische Münchener Künstler ist immer ein geborener Festordner und Karnevalist. Die Literatur, der Geist, der Radikalismus hat hier eigentlich keinen Boden, – sofern nämlich München eben München und nicht darüber hinaus bereits eine allgemeinmoderne europäische Großstadt ist, wozu es sich allerdings auf dem Wege befindet, aber ganz offenbar ohne daß es dabei Gefahr liefe, seine ursprüngliche kräftige und fröhliche Eigenart jemals völlig einzubüßen. Es ist die Stadt der bildenden und schmückenden Künste; die Lebensform des »Kunstmalers« ist hier die allerlegitimste. Aber es ist ja auch Musikstadt – welche deutsche Stadt wäre das nicht! Wie musiziert München? Nun, kunstfroh und auch kunstfromm, gemütlich, großzügig und womöglich natürlich mit Genie. Bevor Mottl kam, hatte es einen Dirigenten, der wenig münchnerisch war, weil sein Fleiß und seine Gewissenhaftigkeit zu seinem Genie in einem dem Genie ungünstigen Verhältnis standen; und ein solches Verhältnis ist nicht münchnerisch. Es war Zumpe, er ist tot, und er hatte Verdienste. Aber sie waren etwas trockener Art, und das Orchester seufzte über die endlosen Proben. Dann kam Mottl, – ein großer Kapellmeister; München wird ihn nie vergessen. Was er ernstlich ergriff, das gedieh zum Schönsten und Besten. Aber man sagt ja, daß es unter ihm mit der Hofoper im ganzen nicht gerade zum Besten stand, daß etwas wie eine genialische Verwahrlosung eingerissen war, dank seiner Großzügigkeit und auch dank seiner Freizügigkeit, seiner allzu vielen Abwesenheiten und Virtuosenfahrten nämlich. Es ist also in der Musikstadt München zu Zeiten mit einem seufzenden Nebengeräusch gearbeitet und zu anderen Zeiten ein wenig genialisch gebummelt worden. Derzeit wird gearbeitet hier schlechthin und ohne Nebengeräusch, das heißt in einer so künstlerischen Bedeutung dieses Wortes, daß das Orchester *nicht* seufzt, – und wie wenig das Publikum zu seufzen Grund hat, welcher Art die Ergebnisse dieser Arbeit sind, dafür nannte ich eingangs meines Berichtes ein Beispiel, – eines statt anderer.

Aber ist solche künstlerische Arbeit nun münchnerisch, oder ist sie es nicht? Sofern sie »künstlerisch« ist, ist sie es zweifellos. Sie ist es vielleicht weniger, sofern sie »Arbeit« ist. Es kommt jedoch etwas hinzu, was dieser Arbeit anhaftet: ein brennendes, ungemütliches und verzehrendes Element, ein Element der Gespanntheit, ja Überspanntheit, des Opfers, der Passion, – welches nun einmal ganz sicher und ohne Frage als ein ausgemacht unmünchnerisches Element angesprochen werden muß. Dieser Künstler und Musikbeamte ist ein für München neuer Typus, – aber ein Typus ist er, und zwar ein bekannter moderner Typus, der nur dank der fröhlichen Eigenart dieser Stadt hier noch neu und bis zu einem gewissen Grade befremdend wirkt. Es würde wiederum viel zu weit führen, die deutsche Entwicklung, die politischen, wirtschaftlichen, seelischen Umstände zu analysieren, die diesen Typus geschaffen haben, – Umstände, gegen die eine Menge einzuwenden sein mag, die aber für den Psychologen und Moralisten das menschlich Sympathische haben, daß sie eben diesen Typus züchteten und zur Vollendung ausbildeten.

Jene Entwicklung, – nennen wir sie kurz und roh die Industrialisierung Deutschlands; nennen wir sie außerdem die Entwicklung des deutschen Bürgers zum imperialistischen Bourgeois, eine harte und teilweise sehr böse Entwicklung, wie wir zugeben wollen. München nun hat an dieser Entwicklung, der Verhärtung und Verwirklichung Deutschlands zum »Reiche« und der Imperialisierung des Bürgers auf seine Art natürlich teilgenommen, aber eben auf seine Art; der Münchener hat sie nicht sehr heftig erlebt, nicht sehr graß und schlimm. Oh, München ist auch »industrialisiert«; aber es ist die industrielle Abart und vergleichsweise fröhliche Sonderform der Fremdenindustrie, die hier herrscht. Man *kann*

München humoristisch sehen, und dann erscheint es einem als ein ausgedehnter Badeort mit einem Verschönerungsverein an der Spitze, der mit naivem Eifer die Reklametrommel rührt und Sorge trägt, daß dem von allen Seiten herbeiströmenden Fremdenpublikum Erfreuliches und kulturell Hochstehendes geboten werde. Die gesellschaftlichen Zustände, das Herauswachsen des Künstlertums aus dem alteingesessenen Bürgertum, das Verschwägertsein von Kunst und Handwerk, bilden ein konservatives Element, das dem Eindringen oder doch der Herrschaft des internationalen Bourgeois nicht günstig ist. Und damit hängt es zusammen, daß der seelische Typus, auf den wir hindeuteten, hier noch bis zu einem gewissen Grade stadtfremd geblieben ist.

Wie nennen wir nun aber den? Sagen wir: es ist der moderne Leistungsethiker, – eine Wortkoppelung, bei der Akzent und Gewicht gleichmäßig auf alle Glieder verteilt ist. Modern ist er, dieser Typ, – das heißt: kein Hüne, nicht gerade so ungeheuer urwüchsig von Hause aus, eher zart, wenn auch vom Schwächling weit entfernt, eher nervös, ein Nervenmensch, und zwar ein Mensch der äußerst gespannten Nerven: trainiert, zu einer dauernden Höchstleistung trainiert, die eigentlich, persönlich genommen, eine Überleistung vorstellt, – übertrainiert also, das heißt: gefährdet, das heißt nicht gerade: überbürdet, aber äußerst genau in dem Maße bebürdet, daß die Bürde bei einiger Willensverzückung eben noch getragen werden kann, das heißt also: genau an einem scharfen Rande existierend, am Rande der Erschöpfung ... Und in alldem ist ohne Zweifel ein ethisches Element, ein Element des Opfers, – wenn dieses Element auch eigentlich nur ästhetisch – oder mystisch – gewertet werden kann; denn es ist eine Art von ethischem L'art pour l'art Element, es hat keinen Sinn außer sich selbst, es ist ein Opfer, dargebracht einem unbekannten Gotte, einem Gotte, den es vielleicht nicht einmal gibt, und wollte man ihm den Namen des Heldentums zubilligen, so müßte man annehmen, daß Heldentum eine mystisch ästhetische Lebensform, ein »Selbstzweck« sei oder dies doch sein könne.

II.

Vom »Leistungsethiker« nun, von der Moral, der Lebensstimmung, dem passionierten Blutsrhythmus dieses modernen Typs, eignet auch dem Mann und Künstler, von dem wir
uns unterhalten, sehr viel. Allgemein gesprochen, macht sich
der Beschauliche, der still und mit Muße sein Feld Bebau-
ende nur schwer und mit Schrecken eine Vorstellung von der
Daseinsform des Künstler-Aktivisten und Mannes des modernen Arbeitswirbels, der etwa, nach einer Aufführung in der
Hofoper, deren Direktor er ist, oder nach einem der regel-
mäßigen Odeon-Symphonie-Konzerte, deren Dirigent er ist,
oder nach einem Konzert des mit der Hofkapelle verbundenen
Lehrergesangvereins – er ist ständiger Leiter auch dieser Aufführungen – oder sonst nach einer ordentlichen oder außerordentlichen musikalischen Veranstaltung sich im Frack, noch
überhitzt von den Anstrengungen und Erschütterungen der
Produktion, das Geprassel des Beifalls noch im Ohr, in den
Schlafwagen wirft, um halb schlummernd nach Wien oder
Frankfurt oder Darmstadt zu jagen, wo er morgen vormittag
Probe hat und abends mit Arnold Rosé einen Sonatenabend
geben oder ein Orchester-Konzert, eine Opern-Festauffüh-
rung dirigieren wird. Aber nicht das äußere Tempo einer solchen Existenz ist das Entscheidende, sondern das innere, die
Leidenschaft, mit der sie erfüllt wird, nicht auf die Extensität kommt es an, sondern auf die Intensität, – überhaupt
darauf, daß Gegenstand und Inhalt dieses wirbeligen Daseins
hier kein derb-industrieller, sondern Kunst ist: das heißt das
Geistigste und seelisch Anspruchsvollste, und zwar Musik:
das heißt die physisch erschütterndste und strapaziöseste Art
von Kunst; daß hier die äußeren Lebensformen des modernen Leistungsathleten von einem Künstlertum ausgefüllt
sind, welches von Kunst die frömmsten und allerungeschäfts-
mäßigsten Vorstellungen hegt. In jener vorerwähnten Grübe-
lei über Kunst und Öffentlichkeit erklärt unser Kapellmeister von der wahren und genialen Interpretationsbegabung,
sie habe eine hellsichtig machende Art der Liebe, durch die
sie bis in die Tiefen des Kunstwerks dringe. »Sie verwächst

damit,« sagt er, »fühlt es wie aus sich selbst entstanden, und in einem geheimnisvollen Akt der Verwandlung *wird* der Interpret zum Autor selbst, zum Mozart, Beethoven, Weber. Verwandelt und doch er selbst geblieben, vermag er ...« Das ist ja Mystik. Es bedeutet Inbrunst und Ekstase. Und wenn auch die »Willensverzückung«, die wir dem Typus des Leistungsethikers als seelisches Hilfsmittel zusprachen, eine Art von Ekstase ist, so sehen wir doch, welche Modifikation diese Lebensform erfährt, wenn sie mit Künstlertum, und zwar mit gläubigstem, lauterstem Künstlertum erfüllt ist.

Überhaupt ist es schrecklich, daß man als Analytiker immer nach einer Seite übertreiben muß, um zu charakterisieren, und dann Mühe hat, das Schiefe richtigzustellen. Es war nicht gerade meine Absicht, den Helden dieser Spalten als Reinprodukt der kapitalistischen Epoche und neuzeitlichen Rekord-Betriebsmenschen hinzustellen. Smartness ist nicht ganz das richtige Wort, um seine Gesamtverfassung zu bezeichnen. Er ist kein Amerikaner. Und auch ein »Europäer« ist er im internationalistischen Sinne dieses Wortes nicht. Dem internationalen Zuge, der bis 1914 für das deutsche Musikleben bezeichnend war, hat er eher Widerstand geleistet, als daß er ihm Folge gegeben hätte. Der Krieg war nicht nötig, um ihn sich als deutschen Musiker fühlen zu lassen. Seinem Bewußtsein, seinem Willenszuge, seiner Hingebung, Sorge und Liebe nach war er deutsch, war er national von jeher, und wenn er auch in seinem Aufsatz sagt: »Keinesfalls wollen wir wünschen, daß die Sichtung unseres Spielplans etwa in einer gedankenlosen Ausmerzung aller außerdeutschen Produktion bestünde. Im besten Sinn deutsch wird der Spielplan dann sein, wenn er sich nach rein künstlerischen Gesichtspunkten richtet« – so ist doch festzustellen, daß in seinen Neueinstudierungen deutsch-romantischer Opernwerke im Hoftheater etwas wie ein Programm zu erkennen ist, und daß auch im Odeon unter ihm nicht viel »europäische« Musik gemacht wird: außer den selbstverständlichen Klassikern erklang auch dort vor allem Deutsch-Romantisches, es gab einen ganzen Mendelssohn-Abend (mit der lieblichen, selten gehörten Melusinen-Ouvertüre) und viel

Schumann, viel Schubert. ... Fast scheint es, als fiele diesem Musiker der Begriff des Deutschen mit dem des Romantischen zusammen. Aber am wenigsten in der Musik ist ja das Romantische an eine Schule gebunden. Ist nicht Musik überhaupt die eigentlich romantische Kunst – keine redende, sondern eine Kunst des »Lautes«, der orphischen Verlautbarung? Was dieser Musiker, wenn ich ihn am Pulte, am Flügel recht verstanden habe, an seiner Kunst eigentlich liebt, ist nicht das klassisch Aufgeklärte, das restlos und vollendet Herausgesagte. Es ist der »Laut«, der Urlaut aus der Tiefe, es sind die rasch verhuschenden Momente einer Selbstoffenbarung des Weltgeheimnisses, wie sich dergleichen bei allen großen Musikern und nicht nur bei den Romantikern, findet, was ihm als das eigentlich Romantische, das Geniale, das Künstlerische, das Musikalische und vielleicht sogar als das eigentlich Deutsche in der Musik erscheint ... Wie weit eine solche Vorliebe bei einem modernen Künstler legitim-naiv, wie weit sie »sentimentalisch« ist – wer wollte das auseinanderhalten! Wer wollte sich überhaupt vermessen, in der Kunst das Einfältige vom bloß Sehnsüchtigen, das Geniale vom Geistreichen jeden Augenblick zweifellos zu unterscheiden? Eins habe ich *auch* gesehen, wenn ich unseren Ekstatiker am Pulte, am Flügel beobachtete: nämlich, daß in dem hochfliegenden Musiker ein ungeahnt naiver und lustiger Musikante steckt, dem es zuletzt nicht so genau darauf ankommt, was er unter den Händen hat. Er hat während des Krieges auf Bierkellern Wohltätigkeitskonzerte dirigiert, mit Programmen – nun, es waren zugängliche Programme, und er hat sie mit so viel Lust und Schmiß heruntermusiziert, daß das Publikum auf seine karitativen Kosten kam. Steckt nicht auch im großen Schauspieler immer der Komödiant, der Unsinnmacher, der Clown? Das Talent ist von Natur etwas Niedriges, ja Äffisches; der Geist erst ist es, der es zur Würde und Feierlichkeit erhebt.

Wie dirigiert unser Kreisler? Nicht gemütlich, nicht eine Hand auf dem Rücken. Ich will es verstehen, daß es nicht jedermanns Sache ist, ihm zuzusehen. Der nachschaffende Künstler überhaupt ist der eigentlich vor dem Publikum schaffende Künstler, und der Zustand höchster schöpferischer Konzen-

tration ist kein recht gesellschaftlicher Zustand, es sollte
gegen die Scham gehen, einen Menschen in diesem Zustande
zu beobachten. Es gibt ja starke Kapellmeister, denen man
nicht viel anmerkt, die mit scheinbar phlegmatischen und
bürgerlich unanstößigen Zeichen die Übertragung ihrer
Impulse erreichen. Hier aber ist ein »Expressionist« – wenn
man das vernutzte Modewort noch einmal zulassen will –
ein Beschwörer, ein Entzückter und Entrückter, der sich –
wissentlich, willentlich oder nicht – durchaus alles anmerken
läßt und die Grenze des Artigen, bürgerlich noch Angenehmen dabei nicht immer respektiert. Ein Glück noch, daß
das Exzentrische ihm leidlich zu Gesichte steht, daß schon
seine noch unentrückte Ruhestandspersönlichkeit auf Außer-
bürgerliches einigermaßen vorbereitet. Eine Frackfigur, eher
schmächtig als robust, nervös-elegant, zum Fettansatz innerlich nicht geneigt; ein von dickem Haarwuchs vergrößertes
Haupt, ein feurig ermüdetes Gesicht von matter Blässe, in
welchem die Merkmale der Sinnlichkeit und Geistigkeit sich
vereinen; ein exotisch glänzendes Auge, eine kühne Nase, ein
üppiger Mund. So klettert er auf seine kleine Pult-Tribüne
dort oben-vorn und begrüßt mit dem überlieferten mehrma-
ligen Kopfnicken rechts, links und mittenhin seine Leute.
Was er vermag über sie, erfährt man am besten, wenn er
hinter dem Orchester einen Chor vor sich hat, wenn es gilt,
Feuer aus dem Stein – oder aus was eigentlich – zu schlagen: es war ja das auch Gustav Mahlers, seines künstlerisch-
menschlichen Meisters und Vorbildes, erstaunlichste Stärke.
Er hat jedoch nicht Mahlers cäsarisch-eisern verschlossenen
Mund und hart blitzende Brillengläser. Seine weit geöffneten
Lippen bilden Worte, er lächelt, er droht, er segnet, er bannt
und zieht mit emporgeworfenen Armen, zurückgeworfenem
Kopfe das seelisch Letzte, Kühnste und Beste heraus, aus seinem zäh-bürgerlichen Material ... Der Anblick des großen
Dirigenten ist der Anblick zündender Passion, zündender
Liebe: und nicht nur der Liebe zur Sache, sondern auch zu
dem menschlichen Mittel, das er zur höchsten Dienstleistung
entflammt. Er fordert nicht nur, er gibt, gibt sich ganz, nicht
nur dem Werk, nicht nur den Zuhörern, sondern namentlich

denen, die er leitet, und was er erzielt, ist Hingabe für Hingabe. Chor und Orchester hängen an ihm, sie folgen ihm aus sich heraus, durch dick und dünn, aus der Sphäre des Bürgerlichen in die der Kühnheit und der Seele. Und der Einzelne, der Solist, der dramatische Sänger, Weib oder Mann, weiß wohl und möge zeugen davon, was er der immer neuen Begeisterungsfähigkeit dieses Pädagogen dankt, wie er unter seiner Führung gewachsen.

[III.]

Es gab eines Tags ein hübsches Beispiel dafür, wie dieser Wille auch künstlerische Charaktere modelt, die der Schule längst entwachsen schienen. Walter führte die Matthäus-Passion im Odeon auf – es war eine Aufführung, die gelinde gesagt, von sich reden machte: so wenig beschied sie sich, nur Überlieferungsgemäßes zu geben, so neu erfühlt und doch belebt war sie, so farbig leidenschaftlich, so kühn dramatisch, so jung noch oder wieder so jung. ... Ihr Urheber hat in jener apologetischen Beichte (»Süddeutsche Monatshefte«, Oktober 1916) über die Interpretation unsterblicher Werke im Geiste ihrer Schöpfer einiges Bemerkenswertes gesagt. Er hat sich scharf von jenen Bedenkenlosen geschieden, die nur darauf aus sind, einen bedeutenden künstlerischen Stoff zu verblüffenden Wirkungen auszunützen. Aber er hat auch zu verstehen gegeben, daß jene Bescheidenheit nicht seine Sache sei, die, zu mittelmäßig, um das Werk zu erschöpfen, zu anständig, um Fremdes hineinzulegen, Buchstabentreue wahrt, wo sie nicht entziffern kann. »Der geborene Interpret,« sagt er, »wird nichts in das Kunstwerk hineinlegen, sondern nur alles herausholen, was darin liegt, ohne diese Sachlichkeit und Treue aus rein intellektuellen oder ethischen Motiven zu üben; denn eine bestimmte Art von Intelligenz und Moral stehen bereits in harmonischem Dienste des Talents, das in der unbedenklichen Ausübung seiner Macht zugleich sein höchstes Glück genießt.« Hier spricht ein Selbstbewußtsein, ein heißer Glaube an die eigene Berufenheit, eine herrische Frömmigkeit, die bitter leiden mag, wenn sie auf Zweifel und Verneinung stößt. Die Kritik ihrerseits nun aber stellte bei der Besprechung jenes Abends nicht ohne Bitterkeit fest, daß selbst ein so reifer, gefestigter Künstler wie Paul Bender (der den Christus gesungen hatte) in seiner Auffassung wie umgewandelt erschienen sei. Ein Kompliment, wenn auch ein bitteres, an den Dirigenten! Aber zu bedenken wäre, ob solche Kraft der Einflüsterung je Sache dreister Wirkungssucht sein kann, ob sie nicht immer dem Glauben, dem heiligen Eifer und der frommen, wenn auch unbedenklichen und herrischen Sachlichkeit wird vorbehalten sein. Sagt man nicht, daß Johann Sebastian Bach sich seinerzeit den Vorwurf anstößig unkirchlicher Schreibart zugezogen hat? Sah man sein großes Gesicht aus seiner Nische in der Rotunde des Odeonssaales auf das Orchester herniederschauen, so war man geneigt, zu glauben, daß er es gewesen sei, der in die Passion »hineingelegt« habe, was sein passionierter Ausleger da an Überraschendem »herausholte«.

Hier reihe ich den Bericht über eine Darbietung an, die, wenn ich urteilen darf, alles in den Schatten stellte, was viele Monate an musikalischen Gaben mit sich brachten. Kein Abend von äußerem Glanz und Aufwand. Nicht Oper, kein Rausch und Zauber großen Orchesters. Kammermusik. Nichts als ein Liederabend in einem Hotelsaal. Walter hatte sich mit van Roy zusammengetan, um Schuberts »Winterreise« aufzuführen, die ganze, alle 24 Gesänge; weiter war es nichts. Aber es war das Merkwürdigste, Innigste, Innerlichste und dadurch Stärkste an öffentlicher Kunstwirkung, was mir seit langem, ich glaube: seit Jahren vorgekommen war. Anton van Roy, wenn ich noch einmal urteilen darf, bleibt der beste Fliegende Holländer der deutschen Bühne, – vielleicht nicht der beste des ersten Aktes und der großen Arie, aber wer den Armen im zweiten Akt, in der Szene mit Senta lächeln sah bei den Worten:

»Wohl hub auch ich voll Sehnsucht meine Blicke
Aus tiefer Nacht empor zu einem Weib –«

der vergißt es nicht. Aus ähnlichen, aus denselben Gründen aber, weshalb er ein so schwer erreichbarer Fliegender Holländer ist, wirkt er mit diesen Liedern so unbeschreiblich stark, obgleich sie kaum für tiefe Stimme gedacht sind. Es ist das Irrende, von Heim und Glück Verbannte, das romantisch Gezeichnete, Schwermütig-Verwilderte, nach Erlösung Langende, was den beiden Gestalten, der dramatischen und der lyrischen, gemeinsam ist, und van Roy ist der Mann, dies auszudrücken und zu Herzen gehen zu lassen, wie kein zweiter. Wann hätte uns beim Rauschen des Alten Lindenbaums, das uns doch von Kind auf vertraut ist, die Wehmut so an der Kehle gewürgt? Wann hätte uns die dämonische Eintönigkeit des Liedes vom Leiermann oder die ratlose Melancholie des

»Habe ja doch nichts begangen,
    Daß ich Menschen sollte scheun –«

erschüttert wie neulich? O, dieser bittersüße, innig-verzweifelte, kunsthohe und doch aus Volksgemütstiefen geborene Liederreigen, – mir ist er neu gewonnen, ist mir erst recht zum Lebensbesitz geworden seit jenem Abend! – Und den großen, guten und starken Sänger begleitete, geleitete Bruno Walter am Flügel mit einer Sensitivität, Hinschmiegsamkeit, Einfühlsamkeit, einer zart-präzisen Musikalität und stilistisch-gezügelten Leidenschaft, einer letzten Sympathie, einer höchsten Geistes- und Herzensgegenwart, die den Begriff des Begleiters aufs neue und für immer zu adeln schien. Vielleicht, vielleicht ist dieser Orchester-Machthaber am Flügel dennoch am glücklichsten. Dort gilt es nicht den Kampf mit der zähbürgerlichen Materie, dort ist man frei ... Das Ereignis war ersten Ranges, darüber gab es nicht zweierlei Meinung. Die Kritik erklärte, sie sei weit entfernt zu leugnen, daß. Sie habe es übrigens nie verschwiegen, wenn. Das war ja hoch anständig von der Kritik. Und ohne Zweifel bedachte sie wohl, was alles sie dem problematischen Generalmusikdirektor seelisch zugestand, indem sie gerade in diesem Falle nicht leugnete, daß –!

Was ist das Romantische? Die »Winterreise« könnte es lehren. Es ist das Volkstümlich-Dämonische. Es ist die Kunst, die tief ist und doch allgemeinverständlich, die hoch und nieder angeht, Wissende und Einfältige gleich stark, wenn auch auf verschiedene Weise, in Atem hält; es ist die Kunst, die zusammenhält und brüderlich bindet, – Volkskunst in einem Sinne, der von Klassenranküne und sozialer Verhetzung noch nichts oder nichts mehr weiß: nationale Kunst also, ja, das Romantische ist das Nationale, – oder es ist doch die Sehnsucht nach alldem, die Sehnsucht einer anarchischen Zeit nach dem alles Bindenden, nach Vereinigung, nach Religion, nach Kultur. Man sage, was man wolle, so ist doch Richard Wagner mit seinem Festspiel vom Ring des Nibelungen, und zwar namentlich mit dem »Rheingold«, der Erfüllung solcher Sehnsucht am nächsten gekommen. Und wenn es ein Wahn bleibt, daß Kunst Kultur schaffen könne; wenn die Wahrheit vielmehr ist, daß wirkliche Volkskunst nur die Blüte einer Gemeinschaftskultur sein kann, wie sie es in glücklichen Zeiten war, so ist es dem Künstler, ist es besonders dem deutschen Musiker doch zu verzeihen, wenn er dem Glauben an die Gemeinschaft schaffende Kraft seiner Kunst nicht absagen will und kann: Er namentlich darf sich als nationaler Künstler fühlen, denn die Musik ist die Nationalkunst in Deutschland, und eher, als andere Mächte, eher, als Literatur und Politik, darf sie hoffen, zu binden und zu vereinigen. Ich kenne keinen Musiker, der in diesem Kriege nicht national empfunden und sich zum Nationalen bekannt hätte, und es machte mir einen bedeutenden Eindruck von Trotz und Überschwänglichkeit, als ich hörte, daß Hans Pfitzner sein jüngstes Opus dem Großadmiral v. Tirpitz zugeeignet habe. So modern – und so »reaktionär«? Ich meine: – so national? Ich meine eigentlich: – so mystisch? Nicht als ob Herr v. Tirpitz irgend etwas mit Mystik zu tun hätte, aber das Nationale hat mit Mystik etwas zu tun und die Musik desgleichen. »Es gibt Augenblicke,« sagt E. T. A. Hoffmann, »– vorzüglich wenn ich viel in des großen Sebastian Bachs Werken gelesen – in denen mir die musikalischen Zahlenverhältnisse, ja die mystischen Regeln des Kontrapunkts ein inneres

Grauen erwecken. – Musik! – mit geheimnisvollem Schauer, ja mit Grauen nenne ich dich! – Dich! in Tönen ausgesprochen Sanskritta der Natur!« Und Luther, der Mystiker und Volksmann sagt: »Musicam hab ich allzeit lieb gehabt. Sie ist eine schöne herzliche Gabe Gottes und *nahe der Theologie.*« Der eigentlich romantische Künstler, der Musiker, wird zum Mystischen, zum Nationalen immer besondere Beziehungen unterhalten; irgendwie, so modern er seinen nervösen Bedürfnissen nach sein möge, wird er »reaktionäre«, antimoderne Neigungen hegen und für radikale Aufklärung, international-homogene Geistesbildung und Nützlichkeitsmoral nie in der wünschenswerten Weise zu entflammen sein.

Bruno Walter, kraft seines Talentes zum Verwalter und Vermittler von nationalen Kulturgütern bestellt, deren Segnungen, nach seinem Wort, »unserer Existenz ihre Würde geben«, deutsch seinem Geiste und Herzen, seiner Bildung und Liebe, wenn auch meinetwegen nicht seinem Blute nach, ist Musiker und Romantiker genug, um den Glauben an die Gemeinschaft schaffende Macht der Kunst inbrünstig festzuhalten: diesen Glauben, der, mag er hundertmal Wahn sein, doch immer wieder, wie jeder Glaube, hohe und bedeutende Wirkungen zeitigen wird. Seine Bekenntnisschrift, im Kriege verfaßt, wahrt gut wagnerisch kulturrevolutionäre Überlieferungen. Wühlende und grübelnde Empörung herrscht darin gegen unsere journalistisch-demokratische Art von Öffentlichkeit und öffentlicher Meinung, die Verflachung und Entartung bedeute im Vergleich mit jener wahren Öffentlichkeit, deren schlechtes Surrogat sie sei, und die »nur im durchgebildeten Begriff einer großartigen, jedermann bewußten, völkischen Gemeinsamkeit zu fassen wäre«.

Das Ringen um Begriff und Idee der Demokratie, einer wahren und echten, nationalen Demokratie, dieses Ringen, das heute in Deutschland wiederum, wie zu Wagners Zeit, auch Sache des Künstlers geworden, – Walters Aufsatz steht ganz in seinem Zeichen. Das Ideal reiner Kunstübung in einer würdigen Umwelt ist ihm eng mit dem dieser wahren Demokratie verbunden, und so wenig ist er Antidemokrat, daß er sein Vertrauen auf den kunstliebenden Teil des

Volkes, das »Publikum« setzt, welches »mit einem wunderbaren Instinkt sich noch immer von reiner und wahrer Kunst angezogen gefühlt« habe, und dem »mehr Stimme und Macht in der Kunstöffentlichkeit zu verschaffen« er auf Mittel sinnt. Der Musiker weiß, warum: er, der die Geschichte Richard Wagners im Sinne und die »Meistersinger« im Herzen hegt und der übrigens mit dem Publikum und den Merkern seine eigentümlich-persönlichen Erfahrungen zu machen Gelegenheit hatte. Aber sein Artikel zeigt auch, wie schwer es dem natürlichen Aristokratismus des Künstlers gemacht ist, mit der Idee der Demokratie zum Frieden zu kommen. »Das Element der Kunst ist Einsamkeit« – auch dieser Satz steht darin. Und dann folgen die anderen:

»Und hat nicht jeder Mensch sein Stück Einsamkeit? Nur daß es ihm vom Lärm der Welt übertäubt ist? An dieses Stück Einsamkeit in jedem Menschen wendet sich die Kunst, um alle die Einsamkeiten zu einer herrlichen Gemeinsamkeit zusammenzuschließen. Im Lärm und Toben des Lebens, in dem wir immer mehr die Intensität durch Extensität, das Starke durch das Massenhafte, das Deutsche durch den Amerikanismus sich ersetzen sehen, ist die Gemeinsamkeit zur Öffentlichkeit entartet. Besinnen wir uns jeder wieder auf seine Einsamkeit, seien wir wieder ruhevoller und stiller, damit wir unsere inneren Stimmen wieder besser hören; dann wird es vielleicht keine eigentliche Kunstöffentlichkeit geben, aber etwas Schöneres würde erblühen: eine Kunst-Gemeinsamkeit, ein im Reiche der Kunst geschlossener und vielleicht noch darüber hinaus segensreich wirksamer Seelenbund zwischen Künstlern und Volk.« – Blut her, Blut hin: das ist eine Art von Individualismus und Demokratismus, der mir deutsch scheint; und niemand wird mir einreden, daß die künstlerische Verwirklichung und Betätigung solchen Denkens und Träumens undeutsch sein könne.

Wie sehe ich diesen Mann? Als eine merkwürdige Mischung moderner und antimoderner Elemente. Als eine persönliche und pittoreske Synthese des modernen Leistungsethikers und des deutschen Idealisten. Diese Synthese ist durchaus enthusiastischer und leidenschaftlicher Natur, und ihre

Wirkungen sind sehr stark. Sie begegnet jedoch an der Stätte ihres Wirkens Zweifeln an ihrer Gesundheit, ihrer Urwüchsigkeit, ihrer Legitimität. Man bereitet ihrem Wirken – teilweise – einen Widerstand, der weniger Kritik im einzelnen als grundsätzliche Verneinung ist, weil man sie als intellektuell, überreizt, unmünchnerisch empfindet. Wir, die wir das Leidend-Angestrengte in ihr wohl sehen, aber, menschlich ergriffen, uns ihren künstlerischen Wirkungen nicht entziehen, wir wünschten wohl, daß diese Stadt und diese Künstler einander noch in beruhigter Freundschaft fänden. Auch glauben wir guten Mutes, daß es so sein wird: denn dem Unternehmend-Künstlerischen weigert München sich auf die Dauer nicht, sondern bietet ihm vielmehr, wie ich sagte, einen besonders günstigen Boden. Es sind die *festlichen* Instinkte dieser Stadt, ihre Neigung und Begabung zur nationalen Kunstfeier, die den letzten Bestrebungen dieses Musikers, seinen Träumen von einer über das rein Künstlerische hinaus segensreichen Wirksamkeit der Kunst freundwillig entgegenkommen. Gebt acht, auch dort oben im Norden, was sie miteinander ausrichten werden, der leidenschaftliche Künstler und die festliche Stadt!

Zwei Briefe

[An Ida Boy-Ed]   München, den 11. V. 19.
                              Poschingerstr. 1

Liebe gnädige Frau:

Sie haben recht, Briefe schreiben kann man nicht. Aber auf Ihre freundliche Erkundigung darf ich erwidern, daß wir wohlauf sind, persönlich unangefochten alles überstanden haben, und daß ich die Häupter meiner Lieben sogar um eines vermehrt sehe: Am Ostermontag hat meine Frau einem Knäbchen das Leben geschenkt, das Michael heißen soll und mit dem nun das dritte Pärchen komplett und zur Beruhigung meiner Frau, die es nicht anders that, die Symmetrie hergestellt ist. Das Mütterchen ist wieder auf und befindet sich wohl.

Unterdessen geht mir – und nicht mir allein – unser gutes München bis *da*her. Es ist eine alberne und gefährliche Stadt. Die Mischung von bürgerlichem Stumpfsinn alias Gmüatlichkeit, Leichtsinn und Schwabinger Literatur-Radikalismus ist ekelhaft und, wie sich gezeigt hat, imstande, die blutigsten Absurditäten zu zeitigen. Dauernde Ruhe ist nicht zu erwarten. Der Bürger ist, als Sieger, übermütig und unklug, das »Volk« verhetzt und erbittert. Sind einmal die Reichstruppen fort, – die bayrischen sind in zwei Monaten unterminiert, und nie wird eine Regierung eine unpolitisch-zuverlässige Macht zur Verfügung haben. Ich sehe schwarz genug, um mich mit Wegzugs-Plänen zu tragen und fragte neulich meine Frau, wie sie über Lübeck dächte. Ich hatte diese Heimkehr eigentlich erst für meinen Lebensabend vorgesehen, – aber ist denn nicht Abend? »Die Nacht scheint tiefer tief hereinzudringen ...« Übrigens ist die Sache natürlich nicht so einfach.

Über den Frieden kein Wort. Er offenbart die ganze Gott-geschlagenheit der blöden Sieger. Es ist zu bemerken, daß das giftige alte Mannsbild, das ihn in seinen schlafarmen Grei-sennächten ausgeheckt hat, *Schlitz*augen hat und also viel-leicht von Blutes wegen berufen ist, der abendländischen Kul-tur das Grab zu schaufeln und Asien oder dem Chaos den Weg zu bereiten.

Ihr ergebener
Thomas Mann.

[An Ida Boy-Ed]   München, den 25. V. 19.
Poschingerstr. 1

Liebe gnädige Frau:

Eben komme ich vom Lande zurück (ich hatte 7 sonnige Tage in Feldafing, *ohne Zeitungen*, wunderbar). Kurz vor meiner Abfahrt bekam ich das prächtige Senatsbild und finde bei meiner Rückkehr das Velhagen-Heft mit der Besprechung von Strecker vor, mit dem Vermerk, daß ich es ebenfalls Ihnen zu danken habe. So danke ich Ihnen denn für beides in einem Athem, recht herzlich. Strecker sowohl wie das Bild sagen mir alles, was ich wünschen kann. Wie ist es mit dem letzteren? Wem gehört es? Ihnen? Und soll ich's zurückschicken?

Ich schreibe wieder an dem vor dem Kriege begonnenen Roman vom »Zauberberg«, dessen Anfänge ich neu mache und dessen 1. Kapitel in Hamburg spielt. Hierzu das Kostüm. Ich weiß nun auch (von Geheimr. Marcks), daß die Sitzungs-tracht schon seit etwa 1860 wie in Lübeck nur noch der Frack war (seit der Revolution Straßenanzug natürlich), und daß das Ornat nur bei besonders feierlichen Staatsgelegenheiten getragen wurde.

Wenn es Kohlen gäbe, würden Sie gewiß zur nachträg-lichen Pfitzner-Feier nach München kommen, wie ich Sie kenne. Das Nationaltheater beginnt jetzt wieder, nach seinen verfrühten Ferien. Ich habe Walter lange nicht gesehen, hoffe es nächsten Sonntag während der Meistersinger zu thun.

Ihr
Thomas Mann.

Was dünkt euch um unser Bayerisches Staatstheater?

Ihren Artikel »Staatstheater, Künstlerrat und tiefere Bedeutung« in Nr. 20 der »Münch. Neuest. Nachr.« habe auch ich mit Genugtuung gelesen und beglückwünsche Sie aufrichtig zu dieser Publikation, mit der Sie das »rechte Wort zur rechten Stunde« gesprochen haben.

Zwei kleine Erinnerungen, davon die erste ganz unwesentlich: Das Prinz-Regententheater war schon unterm Königreich nicht alle Tage das »Minderbemittelten unbetretbare Zwanzigmark-Paradies«, von dem Sie sprechen. Schon damals gab es dort wohlfeile Klassiker-Aufführungen. Sie erinnern sich. Für 2 *M* 50 konnte zeitweise jeder, der Lust hatte, den Hamlet, den Tasso sehen, – wie denn der vielleicht nur gutmütige Wunsch, die höchsten Bildungsgüter zu demokratisieren, in Deutschland durchaus kein Erzeugnis der Revolution ist. Dies zur Steuer der Gerechtigkeit.

Mein zweiter Einwurf kommt näher an die Sache heran. Sie wünschen gewiß nicht allzu genau beim Wort genommen zu werden, wenn Sie, um Höflichkeiten hintanzuhalten, die Isolierung der beiden ästhetischen Schulen innerhalb unseres Staatstheater-»Ensembles«, der »Meininger« und der »Modernen«, im Prinz-Regenten- und im Residenztheater befürworten. Ganz abgesehen von der praktischen Untunlichkeit, hieße das, den Zwiespalt legalisieren, verbürgen und für immer befestigen, während doch gerade an höherer Versöhnung und an der Ausbildung eines Geistes gemeinsamer Dienstbarkeit alles gelegen ist. Im Wiener Burgtheater, wo man, wie ich aus jüngster Erfahrung weiß, noch heute das abgerundetste und kulturvollste Komödiespiel Mitteleuropas (zum mindesten Mitteleuropas) genießen kann, wirken Künstler sehr unterschiedlicher artistischer Ueberzeugung und Gebarung zusammen. Allein sie wirken zusammen.

Im übrigen aber seien Sie, wenn Ihnen denn irgend daran gelegen ist, meines unbedingten Einverständnisses und herzlichen Beifalls versichert. Sogar einen gewissen moralischen Genuß hat Ihr Artikel mit bereitet; denn es ist unzweifelhaft mutig, der Zeit oder der geistigen Mode unschmeichelhafte Wahrheiten entgegenzusetzen wie die, daß – beim Theater – »der minderen Qualität unmöglich der gleiche Einfluß eingeräumt werden könne wie der höheren«, und daß »ohne einen gebildeten Despotismus, einen starken künstlerisch gerichteten Einzelwillen hier nicht auszukommen« sei. Der Zufall wollte, daß mir fast gleichzeitig mit Ihrem Aufsatz ein Brief zu Händen kam, worin die Zustände an einem größeren nach angeblich sozialen Grundsätzen neu organisierten rheinischen Provinztheater geschildert werden. »So viel Beamte, Unter-, Ober-, Nebenkontrolleure von Beamten«, heißt es da, »hat, glaube ich, sonst kaum das ganze Reich. Als oberste Instanz aber regiert uns der Betriebsrat, der sich, unter Ausschluß der Solisten, aus einem ›Chorherrn‹, einem Elektriker und einem Musiker des Orchesters zusammensetzt – ein geistig recht schlichtes Triumvirat, von Kultur nicht beleckt. Alles dreht sich um den Chor. Er bekommt zuerst die Gage, indes die Solisten warten; er sitzt bei den Proben um das Klavier, indes die Solisten stehen; immerfort muß ihm mit Herzenstönen zugeredet werden, auch nur die allerunumgänglichste Arbeit zu leisten. Und diskutiert wird –! schöne, kostbare Zeit verschwätzt!« Es sei, ruft mein Gewährsmann aus, um gleich auf der Stelle rechts-konservativ zu werden. Gott schütze seine arme Seele!

Im Ernst, es ist nicht, um rechts-konservativ zu werden, aber es ist nachgerade um zur Vernunft und vielleicht zu etwas noch Besserem zu kommen. Aus allem, was Sie uns über den Stand der Dinge am Münchner Staatstheater leider mitzuteilen hatten, spricht ja dasselbe platte und geistwidrige Nichtverständnis der sozialen Idee, wie aus den grotesken Schilderungen des angezogenen Briefes. Sie erklären, die

Möglichkeit habe einmal sehr nahe gelegen, daß »das Nationaltheater zum Asyl für stellenlose Mimen werde«. Und man weiß ja wirklich von personalen Maßnahmen des letzten vorrevolutionären Intendanten, die unter dem neuen Regiment aus Gründen der Menschlichkeit und weil ein Baron und Fürstenknecht sie getroffen hatte, rückgängig gemacht worden sind, – ungeachtet des Umstandes, daß diese tückische Schranze ja selber ein Künstler war, daß er mit der Kunst, wie man weiß, auf recht herzlichem Fuße stand und jene Entschließungen ganz offenbar in ihrem Interesse und zum Wohl des ihm anvertrauten Institutes gefaßt hatte. Das ist das Eine. Und Sie erzählen uns andererseits von der Rollenjagd, den Orgien persönlichen Ehrgeizes, worin »die Begeisterung des ersten Rütlischwures« so schleunig ausgeartet sei. Das ist das Andere. Wir haben hier die beiden Elendserscheinungen, die durch das Mißverständnis der sozialen Idee, von dem ich sprach, unfehlbar und überall, wo es statthat, gezeitigt werden. Sie heißen Wehleidigkeit und Eigennutz. Jenes Mißverständnis aber besteht in der Verwechslung des Sozialismus mit einem *humanitären Individualismus*, der mit Humanität in irgend einem höheren und strengeren Sinne, mit Geist und Kultur also, genau so wenig zu schaffen hat, wie mit wahrem und wohlverstandenem Sozialismus.

Dieser vielmehr ist Gemeinschaftsidealismus, Brüderlichkeit im Dienst eines Höheren. Lassen Sie mich hier eine keineswegs nur erdachte, sondern durchaus auch angeschaute Ueberzeugung aussprechen, die altväterisch klingen mag, doch aber, ich glaube, heute auch wieder irgendwie jugendlich und zukunftsvoll genannt werden darf. Es ist die, daß jede menschliche Vereinigung, deren sozialer Gedanke nur jener »humanitäre Individualismus« ist, d. h. der nichts über das »Recht« und das »Glück« des Einzelnen geht, ohne daß ein, wenn nicht übermenschlicher, so doch überindividueller Hochgedanke sie bände, irgend eine religiöse Idee sie in schöner Zucht hielte, – daß jede solche menschliche Vereinigung unfehlbar, mit naturgesetzlicher Notwendigkeit und ohne Ausnahme in der elendesten Anarchie, d. h. in Wehleidigkeit und Eigennutz, zugrunde gehen muß.

Wie in der großen Welt heute alles daran gelegen ist, daß sich der marxistische Klassen-Sozialismus zur Volksgemeinschaft vergeistige, so kommt in der kleinen Welt, die Sie als Kritiker überwachen, alles darauf an, daß der Geist idealer Arbeitsgemeinschaft, brüderlicher Dienstbarkeit, der mit der Revolution einen Augenblick aufflammte, sich zur dauernden sozialen Gesinnung befestige. Er verflüchtigte sich so rasch, weil eben der Mensch – es ist hier nur vom Theatermenschen die Rede – en masse äußerst schwach ist und »einen gebildeten Despotismus, einen starken künstlerisch gerichteten Einzelwillen« braucht, einen Führer, der alles zum Guten zusammenhält. Ist er nicht da – er möge erstehen!

Briefe aus Deutschland

München, Juni 1923

Unser Theater ... ach, lassen Sie mich über unser Theater nicht viele Worte machen! Es ist in Verfall, wie unsere Landstraßen und wie dies ganze gemarterte Land, dessen wirtschaftlichen und sozialen Zusammenbruch die Welt mit bewunderungswürdigem Gleichmut abwartet. Christenheit! Hast du noch nicht begriffen, daß das Geschrei über »Hunnen und Barbaren« nicht ernst gemeint war, daß es ein Kriegsmittel war, eine fromme Propagandalüge? Soll ein edles Glied der weißen Völkerfamilie durch Schuld eines wirksamen aber blödsinnigen Werbeplakates vor den Augen seiner phlegmatischen Geschwister verderben und verkommen? ... Ich bitte um Entschuldigung. Ich bin schon ruhig. Ich spreche von unserem Theater und teile mit, daß sein Zustand zu wünschen übrig läßt. Die großen Stimmen unserer Oper kennen Sie jenseits des Wassers nachgerade besser, als wir. Unsere Sängerschaft gleicht ein wenig Demeters Tochter, der lieblichen Persephone, die von Pluto (dem Gotte des Reichtums, wenn ich nicht irre) geraubt und beredet wurde, von den Früchten seines Reiches zu kosten, welchem sie dadurch wenigstens für die Hälfte des Jahres verfiel. Unterdessen irrt die göttliche Mutter (das deutsche Publikum) wehklagend durch die verödeten Fluren ... Kein schlechtes Bild, diese »verödeten Fluren«, für die Verfassung der deutschen Oper im Großen, Ganzen. Es geht bergab mit ihr, die nationale Verarmung macht sich an ihrem Luxuskörper natürlich zuerst bemerkbar, sie wird von Schäbigkeit bedroht, und das ist die letzte Eigenschaft, die sich mit dem Begriff der Oper überhaupt, diesem Begriff von Glanz und sinnlicher Üppigkeit, verbinden läßt. Die Leiter dieser Institute kämpfen mit dem Mangel, und so sind gerade die Stärksten und Glänzendsten von ihnen, die es nicht nötig haben, und denen die Welt offen steht, weder an ihrem Platze zu halten, noch ist ebenbürtiger Ersatz für sie zu beschaffen.

So war es im Falle Bruno Walters, der schon vor Jahr und Tag das Münchener Opernhaus unter unendlichen Abschiedsfeierlichkeiten verließ, nachdem er ein Jahrzehnt lang als Generalmusikdirektor höchst segensreich darin geherrscht. Ich nenne ihn, weil er vor kurzem Amerika besuchte, wo er, wenn unsere Zeitungen nicht patriotisch übertrieben, außerordentliche Erfolge errungen hat. Wirklich ist er ein Dirigent ersten Ranges, ein musikalisches Ingenium von großer Gewalt und Innigkeit. Aufgewachsen unter Mahler in Wien, dessen Büste von Rodin sein Arbeitszimmer schmückt, und dem er einen glühenden Erinnerungs- und Freundschaftskultus weiht, ist er wohl eine weichere, weniger steile und cäsarische Natur, als sein Meister, aber sein Verhältnis zur Kunst ist von derselben frommen und leidenschaftlichen Unbedingtheit, die das Leben Mahlers kennzeichnete, und dem symphonischen Ringen dieses tragischen Religiosen mit dem Genius ist er ein unvergleichlicher Interpret. Walters Verdienste um die Oper der bayrischen Hauptstadt, waren all der Ehren wert, die ihm beim Scheiden bereitet wurden. Er hat das Orchester verjüngt, das Repertoire veredelt, das Ensemble um ausgezeichnete Talente wie Frau Ivogün, Frau Reinhardt, den Bariton Schipper bereichert. Seine Neueinstudierungen namentlich von Werken aus der deutsch-romantischen Sphäre, der »Undine« etwa, des »Hans Heiling«, des »Oberon«, waren Ereignisse. Er war es, der Pfitzners »Palestrina« aus der Taufe hob, ein Werk, welches, man möge sich zu seiner spröden Melancholie, seiner wenig lebensfreundlichen Haltung nun stellen wie man will, als geistige Erscheinung die gesamte zeitgenössische Opernproduktion jedenfalls um Haupteslänge überragt. Walter brach ihm Bahn. Er übte übrigens im Konzertsaal nicht geringere Wirkung, als vom Dirigentensessel der Oper. Manche Kritiker glaubten betonen zu sollen, daß es straffere Rhythmiker gibt; aber keiner bestreitet ihm einen Sinn für Klangwirkungen, der seinesglei-

chen sucht. Er ist der subtilste, der schlechthin musikalischste
pianistische Begleiter, der mir vorgekommen. Wer etwa Schuberts »Winterreise« von Van Roy und ihm gehört hat, vergißt
es nicht. In Wien sah ich ein zweitausendköpfiges Publikum
von seinem Zusammenspiel mit dem Geiger Arnold Rosé in
tiefster Begeisterung.

Um sich dieser reichen und feurigen Künstlernatur recht zu
erfreuen, müßte man den Mann, wozu ich ein und das andere
Mal Gelegenheit hatte, im Freundeskreise am Flügel sehen
und hören, wie er, mit einer Stimme, die keine ist und dennoch
wohlklingt, sämtliche Gesangspartien markierend, einen Akt
des »Tristan« oder der »Meistersinger« heraufführt. Ich versichere, das ist ein großes Vergnügen; und als er einmal die
Oeffentlichkeit daran beteiligte, gab es einen tollen Erfolg. Er
hielt in offenem Saale einen Vortrag über Beethovens Missa
Solemnis, den er, zwischen Rednertisch und Flügel hin und
her wechselnd, mit musikalischen und gesanglichen Illustrati-
onen versah – und zwar mit einem Temperament, einer geist-
vollen Naivetät und Hingabe an seinen hohen Gegenstand,
die Alles mit sich fortrissen. Er sollte sich solcher Art auch in
Amerika einmal produzieren, wenn er wieder dorthin kommt.
Ich verbürge mich für eine zündende Wirkung.

Walters letzte That als Direktor der Münchener Staatsoper
war ein Einakter-Abend, der sowohl durch seine unmittelbare Anmut wie durch seinen historischen Beziehungsreich-
tum fesselte. Er spielte »Acis und Galathea« von Händel, dies
tragische Schäferspiel, in dem mehr als ein Akzent Wagner
vorahnen läßt, danach die reizende »Serva padrona« von Per-
golese, die der Opera buffa und Mozart den Weg bereitete,
und schließlich ein deutsches Singspiel des 18. Jahrhunderts,
Schenk's »Dorfbarbier«, von dem die Linie zum »Waffen-
schmied« und Nicolais »Lustigen Weibern« führt. Ich brauche
mich kaum zu entschuldigen, daß ich von einer Opernauffüh-
rung spreche, die Jahr und Tag zurückliegt; denn die Thatsache eben, daß ich nach so langer Zeit noch darauf zu sprechen
komme, beweist die ungewöhnliche Nachhaltigkeit des Eindrucks, den sie hervorrief. Man hatte für die Herstellung der
Figurinen und Dekorationsentwürfe einen Künstler gewon-

nen, der, als origineller Graphiker längst bekannt, erst seit einiger Zeit seine Phantasie und seinen Geschmack gelegentlich auch in den Dienst des Theaters stellt: Emil Preetorius, einen in München lebenden Darmstädter. Was er zu schauen gab, war, in seiner Abstufung vom Idyllisch-Heroischen über das Bürgerlich-Elegante zum Humoristisch-Volkstümlichen, außerordentlich fein und geglückt; und da Walter in die Einstudierung des musikalischen Teils den ganzen Fleiß seiner Liebe gesetzt hatte, da überdies für die Vorstellung alles Gute und Beste aufgeboten war, worüber unsere Bühne verfügt, so kam ein wahrhaft festlicher Abend zustande. Besonders hätte ich Lust, mich über »Acis und Galathea«, dies herrliche Werk, dem man kaum je auf dem Theater begegnet, und das wohl erst Walter durch seine Einrichtung diesem wirklich gewonnen hat, etwas vernehmen zu lassen; denn alle Zärtlichkeit und Trauer, von der es erfüllt ist, wird wieder lebendig in mir, da ich daran denke, und die tragische Humanität, in deren Zeichen es steht, hat, wie mich dünkt, unserem heutigen Gefühle viel zu sagen. Aber wenn ich für diesmal wenigstens noch von unserem Schauspiel Einiges berichten soll, so muß ich mit meinem Raume haushalten.

Die populäre Macht, die das Theater des gesprochenen Wortes überschattet und zu ersticken droht, ist das Kino. Zahlungsfähig wie ein Protz, zieht es die mimischen Talente an sich. Es sprengt die Ensembles. In der That gibt es Kunstgemeinschaften von der Art derer, die vor 20 Jahren im Berliner Lessing-Theater unter Otto Brahm Ibsen und Hauptmann spielte, oder selbst wie die, welche ich als Jüngling in München vorfand, als Possart im Hoftheater sein drastisches Virtuosentum, seine hochamüsante Sprechkunst entfaltete, – in der That also gibt es ein solches stilistisch geschlossenes und diszipliniertes Zusammenspiel heute in Deutschland nicht mehr. Berlin, vor einem Vierteljahrhundert die erste Theaterstadt Europas, hat stark verloren; es geht zurück mit seinen theatralischen Reizen, nicht erst seitdem Max Reinhardt sich auf sein Schloß bei Salzburg zurückzog ... (Ich höre, daß Sie ihn nächstens in Amerika zu Besuch haben werden. O, er wird Ihnen zweifellos sehr merkwürdige Dinge zeigen!)

Das Reinhart-Theater! Ich vergesse nicht, wie ich zuerst seine Bekanntschaft machte. Gorkis »Nachtasyl«, die Shakespeare-Lustspiele, »Die Räuber« von Schiller! Das waren erregende Abende, voll eines Zaubers, der durch ein gewisses geistiges oder sagen wir: kunstmoralisches Mißtrauen, das man ihm entgegenbrachte, keineswegs an Intensität einbüßte: Auf-führungen, die gegen die protestantische Nüchternheit, die strenge und gebärdenarme Innerlichkeit des Brahm'schen Naturalismus einen elementaren Rückschlag darstellten, einen Rückschlag des Theaters, einen Durchbruch wilden Ur-Komödiantentums und zugleich eine neue Stufe der Moder-nität, eine Reizmischung von Intellektualismus und Über-triebenheit, Sinnlichkeit und Witz, die unwiderstehlich war. Kurzum, das interessanteste Theater, das je dagewesen, ein Theater, exekutiert sozusagen von lauter Spezialitäten, und ein Theater, dem noch seine psychologische Kritisierbarkeit zustatten kam, da man unwillkürlich das geistige Vergnügen, das man aus dieser Kritisierbarkeit zog, ihm aufs Verdienst-konto setzte ... Das war vor 15 oder 16 Jahren, als Reinhart zwei oder dreimal eine Sommer-Saison hindurch im Künst-ler-Theater des Münchener Ausstellungsparks gastierte. Kor-ruption und Verfall, die Entartung ins Sensationelle vollzo-gen sich rasch unter der Peitsche des pöbelhaften Reizhungers von Wilhelms turbulenter Hauptstadt. Wenn Reinhart schon vor Jahren die Bühnen, die er unter seiner Herrschaft verei-nigt hatte, seinen Regisseuren und Dramaturgen überließ, um sich in ein von Gastspielen im Auslande unterbrochenes Pri-vatleben zurückzuziehen, so geschah es gewiß nicht aus per-sönlicher Müdigkeit, sondern in der Einsicht, daß seine deut-sche Kultursendung längst erfüllt war.

Was man heute im Berliner »Deutschen Theater« und »Großen Schauspielhause« sieht, zeigt zuweilen Reste des alten Zaubers, ist aber ohne eigentlichen geistigen Belang. Denn hinzu kommt, daß das Theater überhaupt, seiner nach-giebig-entgegenkommenden Natur gemäß, die Niveau-Sen-kung, die unser oeffentlicher Geschmack durch den Krieg, die Revolution, das Heraufkommen neuer Schichten erfah-ren, am deutlichsten aufweist. Im »Großen Schauspielhaus«, dessen Zuschauerraum einer ungeheueren Tropfsteinhöhle gleicht, in der 5000 Menschen Platz haben, sah ich kürzlich eine Aufführung von Shakespeares »Zähmung der Widerspenstigen«, die in dieser Hinsicht zu denken gab. Ich versichere, ich war wenig erfreut. Das Talent und die persönliche Liebenswürdigkeit einiger der Schauspieler in Ehren, aber der Geist der Veranstaltung war schlechthin brutal. Ihr Hauptspaß bestand darin, daß Petrucchio sein wildes Weibchen jeden Augenblick an der Rampe übers Knie nahm, ihr die Röcke hochzog und sie verbläute. Das amüsierte ein Publikum, das die Bänke füllt, seitdem unser gebildeter Mittelstand verhungert oder proletarisiert ist. Wahrhaftig, man fühlt sich mit gegen 50 Jahren in Deutschland nicht länger so recht zu Hause. Es ist ein Neugier erregendes, doch ziemlich fremdartiges Land geworden. Die Güter, die irgendwelchen Kultur-Patriotismus zu rechtfertigen vermöchten, schlummern tief ...

Jedenfalls braucht man, um über den Zustand unseres Theaters mitreden zu können, nicht länger just in der Reichshauptstadt ansässig zu sein. Die »Provinz« – ich setze das Wort in Anführungsstriche, weil es eine »Provinz« im Sinne etwa der französischen in unserem kulturell uncentralisierten Lande bekanntlich nie gegeben hat – ist heute in dieser Hinsicht nicht selten ernster zu nehmen, als jener gigantische Rummelplatz im Norden. Das wissen auch unsere dramatischen Autoren, die bei Weitem nicht mehr so erpicht, wie ehemals, darauf sind, ihre Ur-Aufführungen in Berlin herauszubringen, sondern häufig einem der kleineren Landes- oder selbst Stadttheater den Vorzug geben. Was insbesondere das süddeutsche Centrum, was München betrifft, so war es freilich, in gewissem Sinne gesprochen, niemals eine Theaterstadt, – so wenig, wie es jemals eine literarische Stadt –, ich meine eigentlich: so wenig es jemals eine Stadt war, in welcher der Geist auf Heimatrechte Anspruch erhoben hätte. Es ist jedoch eine Kunststadt? Gewiß, – oder eigentlich nicht sowohl eine Stadt der Kunst, als vielmehr eine solche des höheren und hohen Kunstgewerbes, der festlich angewandten und urwüchsig dekorativen Kunst, und der Typ des Mün-

chener Künstlers ist weniger ein geistiger Typ, als vielmehr
derjenige eines lustigen Burschen von sinnlicher Kultur und
mit den Instinkten eines geborenen Festordners und Carneva-
listen. Dieser Zug, wird man mir einwerfen, müßte aber der
Münchener Theaterkunst zustatten kommen? Er kommt ihr
zu statten. Das »Münchener Künstlertheater«, bedeutete die
vollkommenste Offenbarung dessen, was man hier unter dramatischer Kunst versteht. Der ausstattende Kunstmaler war
unbeschränkter Herr im Hause, das Stück – eine Gelegenheit,
kunstgewerbliche Kultur an den Tag zu legen, der Schauspieler – ein Farbfleck. Dem rot gekleideten König im »Hamlet«
verbot der inscenierende Kunstmaler, bei seinem nicht zum
Himmel dringenden Gebete niederzuknien. Er mußte aufrecht bleiben und zwar, weil der Kunstmaler, wie er erklärte,
»die rote Senkrechte brauchte«. Das ist München. In »Was
ihr wollt« trug Olivia, auf deren Antipathie gegen die gelbe
Farbe geradezu die lustigste Scene des Stückes gegründet ist,
den ganzen Abend ein kanariengelbes Kleid. Es hatte dem
Kunstmaler koloristisch so gepaßt, und das Stück hatte der
gute Mann offenbar überhaupt nicht gelesen. Das ist München.

Es ist nicht immer so schlimm, aber was den Münchener
im Theater eigentlich interessiert, ist weder das Wort noch
das Spiel, nichts Geistiges also, sondern der Einschlag von bil-
dender Kunst. Das zeigt sich noch an unserer literarischsten
Bühne, den »Kammerspielen«, die unter ihrem artistischen
Direktor Otto Falckenberg den Theaterfreund zuweilen stark
zu fesseln vermögen. Ich sah dort neulich ein Lustspiel des
Lyrikers Joseph von Eichendorff: »Die Freier«. Der Abend
war reizend und höchst münchnerisch. Das Stück ist ein lie-
benswürdiges Nichts aus Liebe, Vagabondage und romantischer Verkleidungskomik, aber die Ausstattung, die wieder
einmal Preetorius besorgt hatte, war reich an drolligen und
anmutigen Einfällen. Am letzten Abend freilich, den ich in
diesem Theater verbrachte, lag alles Gewicht auf dem Literarischen, ja Literarhistorischen. Man gab einen Teil von Swin-
burnes Maria Stuart-Suite, den »Chastelard«, und plagte sich
redlich mit dem präraffaelitisch-aesthetizistischen Kunststil

der Dichtung, deren verwirrte Leidenschaft und Ritter-Psy-
chologie eine ziemlich distanzierte Teilnahme erregte, und
die den Spielplan wohl nicht lange zieren wird.

... Ich liebe München zu sehr, um wünschen zu können,
daß mein Urteil über diese einst so heitere, heute freilich vom
allgemeinen deutschen Schicksal verdüsterte und von politischen Gehässigkeiten zerrissene Stadt im Geringsten mißverstanden werde. Der »Geist«, von dem ich sagte, daß er dort
nicht beheimatet sei, ist eigentlich der literarisch-kritizistische
Geist europäischer Demokratie, der in Deutschland vornehmlich durch das Judentum vertreten wird, welches in München
kaum vorhanden oder, soweit vorhanden, einer populären
Abneigung ausgesetzt ist, die gelegentlich derbste Formen
annimmt. München ist die Stadt Hitlers, des deutschen
Faschistenführers, die Stadt des Hakenkreuzes, dieses Sym-
bols völkischen Trotzes und eines ethnischen Aristokratismus,
dessen Gebahren freilich nichts weniger als aristokratisch ist,
und der mit dem Feudalismus des vorkriegerischen Preußen
überhaupt keine Verwandtschaft hat. Bayern und München
im Besonderen war demokratisch, lange bevor in Deutschland
von »Demokratie« in irgend einem revolutionären Sinne die
Rede war. Es war und ist demokratisch in volkhaft-volkstüm-
lichem, das heißt also: in konservativem Geiste, und hierauf
beruht sein Gegensatz zum sozialistischen Norden, sein Anti-
semitismus, seine dynastische Treue, seine Widerspenstigkeit
in Sachen der Republik. Das sind sachliche Feststellungen zur
Orientierung des Auslandes über die Gegensätze und Partei-
ungen, die unser Land bewegen. Was ferner damit zusammenhängt, ist Münchens Stellung zum Geiste der modernsten Literatur, der dramatischen zum Beispiel.

Allgemein gesprochen hat unser modernes Repertoire in
den letzten Jahren wenig Auffrischung erfahren. Kein neues
dramatisches Talent großen Formats, das die Nation zu
ergreifen vermocht hätte, ist seit Gerhart Hauptmann hervorgetreten. Ibsen war auf der deutschen Bühne zeitweilig völlig
von Strindberg verdrängt; doch scheint neuestens etwas wie
eine Ibsen-Renaissance sich anzukündigen, was als Merkzei-
chen restaurativer Tendenzen, des Verlangens nach geschloß-

neren Formen zu deuten ist. Wedekind tritt im öffentlichen Interesse zurück. Shaw wird immer noch gern gesehen. Daß Schnitzlers liebenswert-melancholische und technisch so vollkommene Meisterwerke (»Das weite Land«, »Der einsame Weg«) nicht häufiger verlangt werden, ist zu beklagen. Die Lustspiele von Hermann Bahr (»Das Konzert«, »Die Kinder«) gefallen nachhaltig.

Der Nachwuchs, die junge Schule, das, was man den dramatischen Expressionismus nennt, hat als Theorie viel von sich reden gemacht oder doch von sich geredet; in produktiver Hinsicht hat es weitgehend versagt. Immerhin haben ein paar Namen aus dieser Sphäre internationalen Ruf gewonnen, ohne übrigens dem eigenen Volke recht ans Herz gewachsen zu sein. Man kennt im Auslande die soziale Theatralik Georg *Kaisers*, die penetrante Bourgeois-Satire des Carl *Sternheim*, dessen Talent für die zeitkritische Komödie unbestreitbar, aber von absoluter Kälte ist. Weit mehr Herz und Gesinnung besitzt der junge Ernst *Toller*, der, da er ein Führer des Münchener Kommunismus von 1918 war, seit Jahren in einem bayrischen Festungsgefängnis schmachtet. Doch kommt seine Künstlerschaft seinem Menschentum leider bei Weitem nicht gleich, und sein Drama »Die Maschinenstürmer«, das in Berlin demonstrativen Beifall gewann, ist eine recht schwache Nachahmung von Hauptmanns »Webern«.

Durch eine Kühnheit, die man vorderhand verschieden deuten mag, erregte von den Jüngsten Arnold *Bronnen* heftiges Aufsehen mit seinem Schauspiel »Vatermord«, einem so krassen wie düsteren Werk, das stilistisch eine Art von Neo-Naturalismus repräsentiert, und worin alle Strafbarkeiten von der Inzucht über die Homosexualität bis zu dem im Titel ausgesprochenen Delikt sich ein leidvolles Stelldichein geben. Auf verwandte Art stürmt und drängt es in den Dramen des jungen Bert *Brecht*, von denen das erste, »Trommeln in der Nacht«, die bittere Geschichte eines aus dem Kriege heimkehrenden Soldaten, zwei gute Akte besitzt, dann aber zerflattert. Des zweiten, mit Namen »Dickicht«, glaubte die Staats-Schauspielbühne Münchens, das Residenztheater sich annehmen zu sollen, obgleich es, bei aller Begabung, im Punkte künstlerischer Disziplin und geistiger Gesittung gegen das erste eher einen Rück- als Fortschritt bedeutete. Aber Münchens volkstümlicher Konservatismus war auf seinem Posten gewesen. Er duldet keine bolschewistische Kunst. Bei der zweiten oder dritten Aufführung legte er Verwahrung ein und zwar in Gestalt von Gasbomben. Furchtbare Dünste erfüllten plötzlich das Theater. Das Publikum weinte bitterlich, doch nicht von Gemütes wegen, sondern weil die ausströmenden Gase die Thränendrüsen scharf in Mitleidenschaft zogen. Man floh. Die Aufführung ward unterbrochen. Das Theater mußte gelüftet werden, und Logendiener erschienen mit Ozonspritzen zur Reinigung der Atmosphäre. Erst nach Verlauf einer halben Stunde hielt das Publikum wieder seinen Einzug in Parket und Logen, um, immer noch aus rein körperlichen Gründen weinend, das Stück zu Ende zu hören.

Auch das ist München. Und mit dieser Erschütterung will ich meinen heutigen Brief beschließen.

München als Kulturzentrum

Ich beginne damit, eine Feststellung, einen Vorbehalt zu wiederholen, der soeben schon einmal gemacht worden ist, den auch meinerseits zu betonen mir aber geraten scheint. Als Veranstalterin dieses Abends zeichnet eine politische Partei, die demokratische. Daß sie das tut, ist möglicherweise kein reiner Zufall, aber wenn es mehr wäre, so würde das nicht hindern, daß wir Redner des Abends, alle sechs, ohne Ausnahme, uns nicht weniger als wahrscheinlich die meisten von Ihnen hier als *Gäste* dieser politischen Organisation fühlen. Keiner von uns gehört ihr als Mitglied an. Keiner von uns, mit Ausnahme des Abgeordneten Weismantel, der einer anderen angehört, ist überhaupt in irgendeiner Weise parteipolitisch festgelegt. Es hieße den Sinn dieser Kundgebung verengen und verkennen, wenn man ihn parteipolitisch deutete. Nicht um das Interesse einer Partei handelt es sich, dem wir etwa Vorspanndienste zu leisten uns bereitgestellt hätten, sondern um das Interesse Münchens, um die höchsten Interessen dieser schönen Stadt, deren Ehre und Glück uns allen am Herzen liegt, – um ihre höchsten und damit auch um ihre realsten.

Dies ist nun freilich ein Zeichen der strengen Zeit, daß sie das Höchste und das Realste als *eines* zu begreifen zwingt, das Reale im Geistigen, das Geistige im Realen als gegenwärtig zu erkennen uns anhält, daß sie selbst politisch ist, auch wenn wir es nicht sein möchten, und daß es ganz ohne Politisches nicht abgeht, sobald wir, aus einer ethischen Gutwilligkeit, die sie uns danken mag oder nicht, Dienst bei ihr nehmen. Und geschieht es denn auch aus reiner Gut- und Freiwilligkeit, wenn wir die Sphäre des reinen Gedankens verlassen, um der Zeit, der strengen Zeit, zu dienen? Die Liebe zum freien Gedanken ist selbst ein Interesse, befeindet durch andere Interessen, die sich für absolut erklären, die kriegerischer sind als sie und sie zwingen, ebenfalls kriegerisch zu sein. Es ist furchtbar genug, daß es heute kein Urteil in geistigen, künstlerischen, kulturellen Dingen mehr gibt, das nicht politisch-parteilich bestimmt wäre. Aber möge auch leider die Politik oft brutal geistlos, rein real, rein geschäftlich sein, so ist nicht zu leugnen, daß in jeder geistigen, kulturellen Haltung – bewußt oder unbewußt – eine politische latent ist, die eines Tages manifest wird oder es nicht wird, aber sie ist da, sie wird instinktmäßig – sympathisch oder mit Feindseligkeit – herausgefühlt und parteimäßig zum Wertkriterium erhoben. Die Mikroskopiker haben Färbemittel, um an ihren Präparaten augenfällig zu machen, was sonst unsichtbar bliebe. So wirkt diese strenge Zeit, die eine Zeit des Kampfes ist, auch den friedlich Skeptischsten zum Kampfe zwingt; und um den politischen Begriff des Kampfes ins Geistige, Kulturelle eingehen zu lassen, hat man sich das Hilfskompositum ›kulturpolitisch‹ erfunden.

Da haben Sie den Titel unseres Abends: ›Kulturpolitische‹ Kundgebung. ›Der Kampf‹ um München als Kulturzentrum. Dieser kulturpolitische Kampf, meine Herrschaften, soll hier nicht entfacht, nicht vom Zaun gebrochen werden: er ist längst im Gange im Inneren, in der Seele dieser Stadt. Und diese Veranstaltung soll nichts weiter sein als ein Signal, ein Zeichen der Sammlung für diejenigen – es sind mehr, als die Gegner sich einbilden –, die in diesem Kampf auf seiten *Münchens* sind. Denn er wird entschieden werden *für* München als Kulturzentrum oder *gegen* München als Kulturzentrum; und in diesem letzteren Falle wird München eine patriotische Provinzstadt sein, mit sehr vielen Kriegervereinsumzügen und Fahnennagelungen und hie und da einem Dolchstoßprozeß, aber ohne jede Bedeutung für das Leben, die Zeit und die Zukunft, für den deutschen Geist und für die weite Welt dort draußen, und die Niederlage seiner höchsten Interessen wird die seiner realsten sein.

Der Kampf, sage ich, ist im Gange, er ist überall spürbar, er schüttert hinein noch in so offizielle Äußerungen wie die Rede des Rektors der Universität jetzt eben im Nationaltheater, diese, ich will nicht sagen, erstaunliche (denn man kennt den schwäbischen Freimut Karl Voßlers), aber diese tapfere und würdig-scharfe, in gewisser Beziehung sehr unmünchnerische Rede, in welcher einem gewissen München mit einer Art von rücksichtsloser Andeutung und andeutender Rücksichtslosigkeit ex cathedra die Leviten gelesen wurden.

Was in der Luft liegt, ist etwas wie geistige Revolte, wie eine Erhebung, ein Aufstand. Es gärt in München. Ein Joch will abgeschüttelt sein, das auf der Stadt liegt, das sie niederhält, herunterbringt, ihren Namen, diesen einst guten, gastlichen, freien und frohen Namen, geschädigt hat bei Deutschen und Fremden. Seien wir offen, meine geehrten Zuhörer! Es hat Jahre gegeben, wo uns Wahlmünchnern – und ich denke, nicht nur uns – bei Erörterung des Zustandes, der seelischen und geistigen Verfassung der Stadt nicht wohl sein konnte, wo wir die Augen niederschlagen mußten, ja, uns fragten, ob hier eigentlich schicklicherweise noch länger zu leben sei. Erinnern wir uns, wie es in München war vorzeiten, an seine Atmosphäre, die sich von der Berlins so charakteristisch unterschied! Es war eine Atmosphäre der Menschlichkeit, des duldsamen Individualismus, der Maskenfreiheit sozusagen; eine Atmosphäre von heiterer Sinnlichkeit, von Künstlertum; eine Stimmung von Lebensfreundlichkeit, Jugend, Volkstümlichkeit, jener Volkstümlichkeit, auf deren gesunder, derber Krume das Eigentümlichste, Zarteste, Kühnste, exotische Pflanzen manchmal, unter wahrhaft gutmütigen Umständen gedeihen konnte. Der unsterbliche, mehr oder weniger humoristisch gepflegte Gegensatz zum Norden, zu Berlin, hatte ganz anderen Sinn als heute. Hier war man künstlerisch und dort politisch-wirtschaftlich. Hier war man demokratisch und dort feudal-militaristisch. Hier genoß man einer heiteren Humanität, während die harte Luft der Weltstadt im Norden einer gewissen Menschenfeindlichkeit nicht entbehrte.

Was mußte geschehen, damit dies ganze Verhältnis sich beinahe umkehre? Wir wollen über diese Umkehrung nicht peinlich ausführlich sein; wir wissen alle zu gut darüber Bescheid. Wir haben uns des renitenten Pessimismus geschämt, der von

München aus der politischen Einsicht Berlins, der politischen Sehnsucht einer ganzen Welt entgegengesetzt wurde; wir haben mit Kummer sein gesundes und heiteres Blut vergiftet gesehen durch antisemitischen Nationalismus und Gott weiß welche finsteren Torheiten. Wir mußten es erleben, daß München in Deutschland und darüber hinaus als Hort der Reaktion, als Sitz aller Verstocktheit und Widerspenstigkeit gegen den Willen der Zeit verschrien war, mußten hören, daß man es eine dumme, die eigentlich dumme Stadt nannte.

Wir hatten auf all das immer nur eines zu erwidern. Wir sagten: »Wenn München an Liebenswürdigkeit und Bedeutung eingebüßt hat, so konnte das nur geschehen durch Entstellung und Verzerrung seines Angesichtes infolge eines Verhängnisses von Leiden, Kummer, Erniedrigung, Wirrnis und Seelenqual, an dem nicht nur München, sondern ganz Deutschland, ja ganz Europa mehr oder weniger teilhatte. Die langsame Genesung Deutschlands und der Welt wird, so hoffen wir, unter anderem und vor allem das Sich-wieder-Finden Münchens, die Wiederherstellung seiner Bedeutung für Deutschland und die Welt mit sich bringen.« – Das ließ sich hören. Aber, meine geehrten Zuhörer, die Wirkungen, die das Leiden auf den Menschen und auch auf Gemeinschaften, Stadtcharaktere ausübt, sind nicht immer die gleichen, und nicht zufällig sind sie verschieden. Der Zustand, in den München durch die allgemeine Heimsuchung geraten ist, war latent, als Gefahr, schon in seinem früheren, glücklichen, vielleicht allzu glücklichen Zustand enthalten, und vielleicht wäre es aus Leidenszeiten weniger beschädigt hervorgegangen, wenn es *vorher* der Problematik geneigter, weniger Capua, weniger leidlos gewesen wäre, wenn es auf seinem Bekenntnis »Mir san gsund!« weniger behäbig geruht und das Künstlerische ein wenig geistiger verstanden hätte. Durch das Leiden hat seine Harmlosigkeit aufgehört, gemütlich zu sein; sie ist aggressiv, feindselig, unwirtlich geworden. Und was das bedeuten würde, wenn München in den dauernden Ruf der *Unwirtlichkeit* geriete, das geht nun schon nicht mehr uns Künstler und Schriftsteller, das geht seine Hoteliers, Bauunternehmer, Geschäftsleute an. Dann ist es *aus* mit München, nicht nur im höheren, sondern im allerrealsten Sinne. Dann wird es nicht nur kein modernes Theater mehr haben, und kein Maler, der es zu etwas bringen will, wird hier mehr leben können, sondern es wird der Fremdenindustrie an den Kragen gehen, und München wird einer schönen Frau gleichen, die jedoch im Rufe so verdrießlicher Beschränktheit steht, daß sie keinen Liebhaber findet.

Es gibt ein beliebtes Klischee, meine geehrten Zuhörer, mit welchem namentlich bei offiziellen Anlässen in letzter Zeit oft gearbeitet wurde und wonach sich Norden und Süden dadurch unterscheiden und ergänzen, daß dort oben die Verstandeswerte herrschen, hier unten aber das Gemüt. Man sollte diese unzulängliche Antithese nicht gar so eifrig pflegen. Denn erstens gibt es im deutschen Norden so viel Gemüt wie im Süden; das blaue Auge des Nordens kennt den Schimmer des Gefühls sogar besser als das braune des Südens, der Süden ist alles in allem *härter* als der Norden, das Umgekehrte ist ein vulgärer Irrtum. Zweitens aber kann das Gemüt, wie gerade heute alles liegt und steht, wenn es nicht von einem guten Verstande kontrolliert wird, zu einer großen Gefahr, einer Weltgefahr werden. Der Mord an Walther Rathenau, der tun wollte, was heute mit der Zustimmung aller nicht ganz Verbohrter doch geschehen muß, war auch eine Tat des Gemütes; nur war sie hirnverbrannt. Und wenn eines Tages Europa sich selber umgebracht haben wird, so wird auch das ein Selbstmord aus tiefstem Gemüte gewesen sein. Leider ist es beinahe an dem, daß, wer in Deutschland Spuren von Gescheitheit an den Tag legt, sogleich für einen Juden gehalten wird und damit denn also erledigt ist. Und doch war Geringschätzung der Gescheitheit selten weniger am Platze als heute. Die Werte haben ihre Stunde, meine geehrten Zuhörer, sie sind nicht immer gleich viel wert. Gescheitheit, was die Irrationalisten und Mystiker auch sagen mögen, ist heute ein Lebenswert ersten Ranges, und es ist ein Zeichen äußerst intelligenter Einsicht in diese Wahrheit, daß Bernard Shaw soeben den großen schwedischen Preis erhielt.

Gemüt und »Mir san gsund!« – damit allein wird München seine Stellung in der Welt nicht halten oder nicht zurückgewinnen, auch als Kunststadt nicht. Kunst kommt freilich nicht aus Gescheitheit, sondern aus innigeren Tiefen, aus größeren sogar, als diejenigen meinen, die sie bloß für Natur halten: von dort nämlich, wo Natur und Geist nur eines sind. Und ist es nicht ein eigentümliches Zeichen der Zeit, daß die geistigste Kunst, die literarische, die doch lange im öffentlichen Interesse Münchens gegen die bildenden Künste und die Musik recht weit zurücktrat, heute fast an die Spitze zu drängen scheint? Nicht nach dem Ehrgeiz der Schriftsteller ist dies so, sondern nach dem Willen, der Bedürftigkeit des Publikums, und die Bewegung, von der ich anfangs sprach, ist eine Bewegung des Genesungswillens, der Sehnsucht nach Genesung am Geiste und zum Geist. Was hat Vereinigungen wie die ›Argonauten‹ auf einmal so in Flor gebracht? Was rief die Gründung der ›Gesellschaft München 1926‹ hervor? Was füllt die Säle, wo und wann immer eine literarische, bildende Darbietung, eine mündliche Buchbesprechung, ein Vortrag angesagt wird, bis auf den letzten Platz? Die Menschen, die sich zu diesen Veranstaltungen drängen, die sich auch zu dieser hier gedrängt haben, sind Träger jener Bewegung und Gärung. Dies München ist unzufrieden, und dieser Abend ist angesetzt, um seiner Unzufriedenheit zum Wort zu verhelfen. Es ist unzufrieden zum Beispiel mit einer Presse, die sein Ausdruck sein sollte, die aber, im Reden wie im Verschweigen, ungefähr das Gegenteil davon ist.

Jene Menschen aber, lassen Sie mich das hinzufügen, sind auch die Träger des wahren Deutschtums dieser Stadt. Denn München fürchte doch ja nicht, daß es aufhöre, eine deutsche Stadt zu sein, indem es eine Stadt von Welt, von Weite und Freiheit, eine Stadt des Lebens und der Zukunft ist! Nie hat das Enge, Gehässige, Rohe und Kulturfeindliche mit einem Schimmer von Recht den deutschen Namen beansprucht, diesen Namen, der seinen wahren Anwärtern noch immer als Inbegriff aller Frömmigkeit zum Geiste und zur Kultur gegolten hat. –

Es war meine Aufgabe, die Lage in allgemeinen Strichen zu kennzeichnen. Die nach mir kommen, werden Einzelgebiete behandeln. Die Verständigung zwischen uns Sprechern hat sich aufs Grundsätzliche beschränkt, und ich weiß nicht, was meine Nachfolger sagen werden. Sollten aber scharfe Worte fallen, meine Damen und Herren, so wollen Sie auch aus solchen niemals ein pereat heraushören, sondern immer nur ein vivat München!

Rede zur Eröffnung der
›Münchner Gesellschaft 1926‹

Geehrte Anwesende, in dem so warm und glücklich abgefaßten Aufruf, den der vorbereitende Arbeitsausschuß der
›Münchner Gesellschaft 1926‹ verbreitet, ist gesagt, daß
man unter einem Münchner nicht einen in München Geborenen, sondern alle verstehe, »die durch Leben und Wirken mit
München verknüpft sind, und denen Ansehung und Geltung
der Stadt am Herzen liegt«. Wenn Sie diese Auffassung teilen
– und ich glaube, die meisten von Ihnen haben Grund dazu
(das war in München immer so) –, so werden Sie nicht weiter
Anstoß daran nehmen, daß ich, der ich ja nicht geradezu ein
Saupreiß, aber doch ein unverleugneter Norddeutscher bin,
bei dieser Gelegenheit das Wort nehme, um unserer neuen
Gründung, der ›Münchner Gesellschaft 1926‹, gewissermaßen den Taufspruch zu sprechen. Jedenfalls hat man mich mit
dieser Aufgabe betraut, und, im allgemeinen wenig geneigt
mich vorzudrängen, habe ich geglaubt – mir eingebildet,
wenn Sie wollen – sie nicht zurückweisen zu dürfen. Denn
wie sollte mir, dessen Leben und dessen bescheidenes Wirken seit einem Menschenalter mit München verknüpft sind,
der seit rund dreißig Jahren Münchens Luft geatmet und die
Schicksale dieser Stadt miterlebt hat, nicht ihr Ansehen und
ihre Geltung am Herzen liegen?

Es hat Jahre gegeben, meine geehrten Zuhörer, und sie liegen nicht weit zurück, sie fangen sogar erst an, zurückzulie-
gen, wo den in dieser Weise mit München Verbundenen bei
Erörterung des Zustandes, der seelischen und geistigen Verfassung der Stadt nicht wohl sein konnte, wo sie die Augen
niederschlagen mußten, ja sich fragten, ob hier eigentlich
noch länger zu leben sei. Gelegentlich jener Diskussion über

das kulturelle Befinden Münchens, die jetzt kürzlich, zum Teil auf sehr bedeutendem Niveau, geführt wurde, las man in einer hiesigen Zeitung (es waren nicht die ›Münchner Neuesten Nachrichten‹, es war ein sozialdemokratisches Blatt; aber solche Blätter sind ja manchmal in der angenehm sansculottischen Lage, Wahrheiten aussprechen zu dürfen, die die bürgerliche Presse nicht zulassen darf oder auch wohl wirklich verkennt) – man las da den für jeden Freund Münchens beklemmenden Satz: »München war vor dem Kriege ein europäisches Zentrum; es ist im Begriffe, eine deutsche Provinzstadt zu werden.«

Meine geehrten Zuhörer, es wäre trostlos, diesen Satz als die Feststellung von etwas Endgültigem und Unabänderlichem zu verstehen. Die darin ausgeprochene Gefahr ist mit richtigem Gefühl erkannt; aber die Kraft zur Erkenntnis dieser Gefahr ist fast identisch mit der Kraft, sie zu bannen. Denn dem bannenden Willen kommen die unverwüstlich glücklichen, unverwüstlich liebenswerten natürlichen Bedingungen und Grundlagen dieser deutschen Hauptstadt zu Hilfe. Wenn München an Liebenswürdigkeit und Bedeutung eingebüßt hat, so konnte das nur geschehen durch Entstellung und Verzerrung seines Angesichtes infolge eines Verhängnisses von Leiden, Kummer, Erniedrigung, Wirrnis und Seelenqual, an dem nicht nur München, sondern ganz Deutschland, ja ganz Europa mehr oder weniger teil hatte. Die langsame Genesung Deutschlands und der Welt wird, so glauben wir, unter anderem und vor allem das Sich-wieder-Finden Münchens, die Wiederherstellung seiner Bedeutung für Deutschland und die Welt mit sich bringen.

Erinnern wir uns, wie es in München war vorzeiten, an seine Atmosphäre, die sich von der Berlins so charakteristisch unterschied. Es war eine Atmosphäre der Menschlichkeit, des duldsamen Individualismus, der Maskenfreiheit sozusagen, eine Atmosphäre von heiterer Sinnlichkeit, von Künstlertum; eine Stimmung von Lebensfreundlichkeit, Jugend, Volkstümlichkeit, jener Volkstümlichkeit, auf deren gesunder, derber Krume das Eigentümlichste, das Zarteste, das Kühnste, exotische Pflanzen manchmal, unter wahrhaft gutmütigen Umständen gedeihen konnte. Der unsterbliche, mehr oder weniger humoristisch gepflegte Gegensatz zum Norden, zu Berlin, hatte ganz anderen Sinn als heute. Hier war man künstlerisch und dort politisch-wirtschaftlich. Hier war man demokratisch und dort feudal militaristisch. Hier genoß man einer heiteren Humanität, während die harte Luft der Weltstadt im Norden einer gewissen Menschenfeindlichkeit nicht entbehrte.

Was mußte geschehen, damit dies ganze Verhältnis sich beinahe umkehre? Wir wollen über diese Umkehrung nicht peinlich ausführlich sein; wir wissen alle zu gut darüber Bescheid. Wir haben uns des renitenten Pessimismus geschämt, der von München aus der politischen Einsicht Berlins, der politischen Sehnsucht einer ganzen Welt entgegengesetzt wurde; wir haben mit Kummer sein gesundes und heiteres Blut vergiftet gesehen durch antisemitischen Nationalismus und Gott weiß welche finstere Dummheiten. Wir mußten beobachten, daß München sich einer entscheidenden Tatsache bei weitem nicht hinlänglich bewußt zu sein schien, einer Tatsache, in der doch große besondere Hoffnungen und Chancen gerade für München liegen würden, wenn es sie verstände. Es ist die Tatsache, daß Deutschlands Großmachtstellung heute vor allem im Geistigen und auf dem Geistigen ruht, daß alle seine Hoffnungen für die Zukunft sich auf seine geistige Ehre und Leistung stützen. Dieser Tatsache, sage ich, aus der München so viel besonderen Vorteil für sich ziehen könnte, die ihm eine Vormachtstellung in Deutschland und in der Welt sichern könnte, schien es in den letzten Jahren wenig eingedenk zu sein, weniger eingedenk entschieden als Berlin – und zwar obgleich München der Reichshauptstadt mit der Gründung einer ›Deutschen Akademie‹ zuvorgekommen ist.

Die Deutsche Akademie in München, in deren Senat neben vielen Professoren, Militärs und Großindustriellen auch zwei deutsche Schriftsteller zu sitzen die Ehre haben, ist, wie schon ihr Haupttitel ›Gesellschaft zur Erforschung des Deutschtums‹ ausdrückt, doch im wesentlichen ein rückwärts gewandtes, ich meine: historisch eingestelltes Institut. Von entschieden lebhafterem Verständnis für den Sinn und die Erfordernisse

der Zeit als ihre Gründung, zeugte die Initiative des preußischen Kultusministeriums, der Preußischen Akademie der
Künste eine Sektion für Dichtkunst anzugliedern, die sich,
wie Sie wissen, in diesen Tagen durch vorläufige Ergänzungs-
wahlen konstituiert hat, und die meiner Meinung und Hoffnung nach zu einer Körperschaft von wirklicher kultureller
Autorität, zu einer wirklichen Deutschen Akademie sich aus-
wachsen kann, vorausgesetzt, daß mit der Zeit neben dem
rein dichterischen Element auch das kritisch-versuchende,
das historisch-kulturphilosophische darin aufgenommen
wird, was meiner Überzeugung nach eine unbedingte Notwendigkeit ist. Wenn etwa Max Weber noch lebte, so wäre
es absurd, ihn außerhalb der literarischen Akademie zu lassen, und Figuren wie Gundolf, Ernst Bertram, aber auch wie
Alfred Kerr gehören auf die Dauer ganz zweifellos hinein.
Mit dem Typus des tumben Poeten allein kommen wir nicht
aus. Das Künstlerische und das Geistige, das Plastische und
das Kritische, sind heute gar nicht mehr auseinanderzuhal-
ten: eine Tatsache, die München nahe angeht. Denn München
wird nur dann in Deutschland und in der Welt an der Spitze
bleiben oder wieder an die Spitze kommen, wenn es nicht nur
eine sinnenfrohe, sondern auch eine geistige, geistfreundliche,
geistwillige, nicht nur eine künstlerische, sondern auch eine
literarische Stadt ist.

Es will vor allem eine *deutsche* Stadt sein und wer fände
das nicht treu und schön! Aber, wenn denn von Deutschtum
die Rede ist, so gilt es auch hier und auch heute, in Treue
sich zu erinnern, daß nichts Rohes, Gehässiges, Geist- und
Kulturfeindliches je mit einem Schimmer von Recht den
deutschen Namen beansprucht hat, diesen Namen, der uns
den Inbegriff aller Frömmigkeit zum Geiste und zur Kultur
bedeutet.

Meine geehrten Zuhörer! Wir leben in einer Zeit, deren
verächtliche Fidelität uns zuweilen ein bißchen auf die Nerven geht, einer Zeit von wahrem Jazz-Band-Charakter, deren
Helden der Preisboxer und der Kinostar sind, und in der Ver-
rohung und Verflachung ungeahnte Orgien feiern: amüsante
Orgien, ich gebe es zu, großartige Orgien, ich gebe es auch zu;

es wäre wohl philisterlich und kleinbürgerlich, über die neuen Zeiten zu flennen. Aber als spezifisch deutsch, ich kann mir nicht helfen, erscheint mir doch immer noch der Protest gegen die blöden Wunder dieser Zeit, der Protest gegen sie aus einer gewissen geistigen und kulturellen Frömmigkeit, aus der Sehnsucht nach dem Reineren, Höheren, Edleren. Von dieser Sehnsucht, dieser Kulturfrömmigkeit ist nun unzweifelhaft in München eine Menge lebendig. Wir haben es gespürt, sehr bald nach dem Kriege, gelegentlich der »Buchwoche«, zu deren Veranstaltungen ein Zudrang herrschte, der etwas wirklich Rührendes hatte. Er hat dem Buchhandel nicht sehr genützt, die wirtschaftlichen Umstände waren dem allzusehr entgegen, aber als Sehnsuchtssymptom blieb jener Eifer des Publikums doch bedeutsam, und gerade in jüngster Zeit scheint er einen neuen, leidenschaftlichen Auftrieb erfahren zu haben. Wo und wann immer eine literarische, geistige, bildende Darbietung, eine mündliche Bücherbesprechung, ein Vortrag angesagt wird, da sind die Säle überfüllt. Ich erinnere nur an den Wedekind-Vortrag meines Bruders von neulich, als Hunderte, weil der Saal sie nicht aufgenommen hätte, von der Kasse zurückgewiesen werden mußten. Das alles sind Zeichen der Zeit, ergreifende Zeichen der Bedürftigkeit und des guten Willens, Zeichen der Wandlung, die in der Seele einer Stadt vor sich geht, die zu unserer unendlichen Genugtuung im Begriffe scheint, sich selbst, ihr besseres Selbst wiederzufinden.

Auch die Gründung, die wir heute und hier begehen, ist ein solches Zeichen. Sie ist kein Ergebnis der Laune und planloser Unternehmungslust, sondern ein solches klarer Erkenntnis des Augenblicks und eines sicheren Willens. Sie will eine Bewegung zusammenfassen und organisieren, von der breite Massen sich ergriffen zeigen, weshalb sie gut tut, sich auf die breiteste soziale Grundlage zu stellen. Der Sinn dieser Bewegung ist Blutentgiftung, Erhebung, Befreiung, Genesung am Geiste und zum Geist. Von dieser Bewegung getragen, die ihr Ursprung ist, möge die ›Münchner Gesellschaft 1926‹ leben, blühen und gedeihen.

Über München

München ist ein Problem, über das es lohnt, nachzudenken.
Es leidet an inneren Hemmungen und Widersprüchen; es
weiß nicht recht, was es will und muß. Die kulturkonserva-
tive Rolle, die es in bewußtem, für Münchner Verhältnisse
allzu bewußtem Gegensatz zu dem demokratisch-weltstäd-
tischen Berlin übernommen hat, steht oft genug in Wider-
streit zu gewissen Zwangsläufigkeiten des modernen Lebens
und zu seinem eigenen Immerhin-Charakter als Großstadt.
Jonny durfte uns nicht aufspielen; wir hätten Schaden genommen an unserer Seele. Aber, um gewissen Bedürfnissen denn
doch entgegenzukommen, hängt man Werken wie dem »Bar-
bier von Bagdad« Balletts an, die an Jonnyhaftigkeit nicht
das geringste zu wünschen übrig lassen. Das ist nicht folge-
recht. Man ist eigensinnig und dann wieder nicht eigensinnig genug.

Die Stadt ist für festliche Sommerveranstaltungen geeignet wie keine andere. Sie ist herrlich – man kommt von keiner Reise zurück, ohne sich zu gestehen: es ist die schönste.
Eine Kunststadt? Welche Frage! Eine Stätte der Kunst – nicht
gerade im geistigen Sinn, aber der festlich angewandten
Kunst, alter, tiefreichender sinnlicher Kultur. Wenn München wollte, wenn es seine Komplexe löste, sich innerlich
erheiterte, wieder ganz selbst würde; wenn es sich aufraffte
zu den außergewöhnlichen Ansprüchen an sich selbst, die
ihm zukommen; wenn es Weltblick gewönne, seine eigensten
und höchsten Aufgaben erkennte, deren Erfüllung der Schutz
wäre vor aller Degradierung und Verödung – es könnte seine
Anziehungskraft verzehnfachen und dem Koloß an der Spree
ein Paroli bieten, glücklicher, wirksamer, ehrenvoller, als
jedes politische. Man spricht jetzt viel von Zentralisation,

von zu bekämpfender Nivellierung. Lassen Sie mich persönlich aussprechen, daß ich die Sorge um Buntheit und Echtheit der deutschen Stammescharaktere, ihre Bedrohtheit durch gewisse Entwicklungsfatalitäten, an denen kein Gott und kein Held etwas ändert, für abergläubisch übertrieben halte. München zum mindesten ist nicht umzubringen. Aber es könnte mehr sein als nur »nicht umzubringen« Man sollte ihm zurufen, was Goethe jedem einzelnen riet:

>»Deine Eigenheiten werden schon haften
> Kultiviere deine Eigenschaften!«

München und das Weltdeutsche

Ein großes Dichter-Gedenkfest kann keine schönere Folge, keine glücklichere Begleiterscheinung haben als die Belebung der öffentlichen Teilnahme für das Dichterische überhaupt und für zeitgenössische Kundgebungen des dichterischen Ingeniums.

Es hat Leute gegeben, die, als das Goethejahr sich näherte, vor öffentlichen Feiern gewarnt haben aus Gründen, von denen einer oder der andere sich hören lassen konnte, zum Beispiel, daß es Trug und Heuchelei sein werde, heute Goethe zu feiern, da die Zeit ihm so fern wie möglich sei. Und doch hatten diese Kritiker nur scheinbar recht, selbst abgesehen davon, daß Deutschland ein Gedenkfest, das, wie vorauszusehen war und wie es in *nicht* vorauszusehendem Maß der Fall gewesen ist, die ganze Welt begehen würde, nicht vorübergehen lassen konnte, ohne seiner Ehre aufs tiefste zu vergeben und namenloses Befremden zu erregen. Es war noch mehr, was gegen den Defaitismus dieser Kritiker sprach. Es war die Erfahrung, die sich in diesem Jahr wieder bewährt, daß eine große Gestalt der Geistesgeschichte durch ihr festliches Wiederhervortreten, durch die allgemeine Beschäftigung mit ihr, in ungeahnter Weise dem Leben angenähert, verdeutlicht, verwirklicht, vermenschlicht werden kann, so daß ein frischerer und unmittelbarer Blick auf ihr ruht, daß wirklich eine Art von Wiedergeburt, von Erneuerung, von Verlebendigung sich ereignet und das Historische, scheinbar so Ferngerückte sich dem Leben aufs neue befruchtend verbinden kann.

So sehr die Skeptiker mit ihren schlimmen Prophezeiungen recht behalten mögen, so viele triviale Festrednerei, leeres Sichgütlichtun und selbst Mißbrauch und Verdrehung das

Goethejahr mit sich gebracht hat: es bleibt dabei, daß eine Beschäftigung, die sonst Sache einiger weniger war, auf einmal Tausende, man könnte fast sagen, das Volk ergriffen hat, eben dadurch, daß Goethe's Name zum Namen des Tages wurde und das Wunder seiner Größe und seiner Liebenswürdigkeit, wenn auch nur ahnungsweise, mancher Seele fühlbar geworden ist, die sonst dieser Erfahrung verschlossen geblieben wäre.

Ich sprach von der begeisterten Teilnahme der Welt an diesem Fest, die es völlig unmöglich machte, daß Deutschland dabei geschwiegen hätte. Wirklich hatte und hat ja diese Teilnahme den Charakter einer kaum je bei solchem Anlaß gesehenen Internationalität, sie ist wahrhaft ökumenischer Art. Wohin man in jenen Märztagen lauschte, wohin man das Radio drehte, war huldigend und feiernd von Goethe die Rede. Dies Jahr 1932 ist wahrlich ein Ehrenjahr des deutschen Menschen und der deutschen Kultur, und so wenig, wie faktisch-praktisch das deutsche Volk Nutzen davon haben mag – die Erhebung des Selbstbewußtseins, die damit verbunden ist, kann ein leidendes Volk wie das deutsche wohl brauchen.

Unser Verhältnis zur Welt ist schwierig und war es immer. Man mag das bedauern und mag auch heimlich stolz darauf sein, aber das Phänomen des Goethe-Enthusiasmus zeigt, daß einmal doch in einem großen und begünstigten historischen Augenblick das Deutschtum die ganze Welt zur Liebe, zur Bejahung und Bewunderung hingerissen hat: eben durch die Persönlichkeit Goethe's, in ihrer Mischung aus Größe und Urbanität, aus Naturhaftigkeit und höchster Gesittung, die freilich einmalig ist, aber doch als höchstes Wunschbild unseres Glückes uns vorschweben darf.

Ist der Deutsche nicht zum Glücke geboren, ist er nicht geschaffen, geliebt zu sein? Aber in *ihm* waren wir es doch einmal und bleiben es der Möglichkeit nach immer. Hatten die öffentlichen Sprecher recht, die uns verwehren wollten, ihn zu feiern, weil wir seiner nicht würdig seien und sein Geist, seine Synthese fern und fremd unserer heutigen Wirklichkeit sei? Diejenigen bestätigen es, die Deutschland aus der Gemeinschaft der Welt reißen wollen und fordern, daß es der Sympathie, des Verständnisses der Welt entsage und sich trotzig aufs wild Dynamische, auf formlose Kraft und Natur zurückziehe. Aber ist dies der Wille, die wahre Natur der hohen Einheit, die Deutschland heißt?

Lassen Sie mich von der Stadt sprechen, in der ich lebe. Hat sie nicht immer zu den Städten gehört, um derentwillen Deutschland von der Welt geliebt worden ist? Hat sich nicht immer hier auf die natürlichste und liebenswürdigste Weise das Volkhafte, das Erd- und Echtbürtige mit dem Weltfreundlich-Weltgewinnenden, mit gastlicher Kunst und Festspiel verbunden? Oft habe ich mich gefragt – und wie heute in Deutschland die Gewichte sich verlagern und verändern, gewinnt diese Frage an Berechtigung –: ob nicht *München* einmal in den Augen der Welt die Rolle spielen könnte, die Goethe's Stadt spielte vor hundert Jahren, und ob es nicht kommen mag, daß sein heiter-stolzes Wort: »Bin Weltbürger, bin Weimaraner« das Selbstgefühl kultivierten Münchnertums inmitten des großen Deutschland charakteristisch zum Ausdruck bringen könnte.

Die atmosphärischen Vorbedingungen dazu waren immer da und bleiben bestehen. Es ist eine Stadt der Menschlichkeit, des offenen Herzens, der künstlerischen Freiheit, es ist eine Stadt, in der man zwei Dinge auf einmal spüren, erleben und lieben kann: Volk und Welt. Es kann die Stätte sein oder werden, durch die Deutschland sich am besten, am glücklichsten mit der Welt verbinden und versöhnen mag – eine Weltstadt anderen Sinnes als Berlin, eine *weltdeutsche* Stadt, weltdeutsch wie Goethe es war und durch ihn einst Weimar. München als Zuflucht jener Freiheit und Heiterkeit, die in dem Worte Kunst sich gegen die Verdüsterungen und kranken Fanatismen der Zeit behauptet, München als Heimat einer deutsch-europäischen Klassik – ist das ein Traum? Kein ganz sinnleerer Traum, sollte ich meinen, und wer auf München hoffen will, dessen Hoffnungen müssen sich, glaube ich, in dieser Richtung bewegen.

Lebensabriß

Ich wurde geboren im Jahre 1875 in Lübeck als zweiter Sohn des Kaufmanns und Senators der Freien Stadt Johann Heinrich Mann und seiner Frau Julia da Silva-Bruhns. Während mein Vater Enkel und Urenkel Lübecker Bürger war, hatte meine Mutter in Rio de Janeiro als Tochter eines deutschen Plantagenbesitzers und einer portugiesisch-kreolischen Brasilianerin das Licht der Welt erblickt und war mit sieben Jahren nach Deutschland verpflanzt worden. Sie war von ausgesprochen romanischem Typus, in ihrer Jugend eine vielbewunderte Schönheit und außerordentlich musikalisch. Frage ich mich nach der erblichen Herkunft meiner Anlagen, so muß ich an Goethes berühmtes Verschen denken und feststellen, daß auch ich »des Lebens ernstes Führen« vom Vater, die »Frohnatur« aber, d. i. die künstlerisch-sinnliche Richtung und – im weitesten Sinne des Wortes – die »Lust zu fabulieren« von der Mutter habe.

Meine Kindheit war gehegt und glücklich. Wir fünf Geschwister, drei Knaben und zwei Schwestern, wuchsen auf in einem eleganten Stadthause, das mein Vater sich und den Seinen erbaut hatte, und erfreuten uns eines zweiten Heims in dem alten Familienhause bei der Marienkirche, das meine Großmutter väterlicherseits allein bewohnte, und das heute als »Buddenbrook-Haus« einen Gegenstand der Fremdenneugier bildet. Die lichtesten Zeiten meiner Jugend aber waren die alljährlichen Sommerferienwochen in Travemünde mit ihren Badevormittagen am Strande der Ostseebucht und ihren Nachmittagen zu Füßen des fast ebenso leidenschaftlich geliebten Kurmusiktempels gegenüber der Hotelanlage. Die gepflegte, geschützte und unbildenlose Idyllik dieses Aufenthalts mit vielgängigen Table d'hôte-Mahlzeiten sagte mir unbeschreiblich zu; sie leistete meiner natürlichen, viel später erst leidlich korrigierten Neigung zu träumerischer Trägheit Vorschub, und wenn die anfangs unabsehbaren vier Wochen zu Ende waren und es nach Haus in den Alltag ging, so war meine Brust von dem weichlichen Schmerz der Selbstbemitleidung zerrissen.

Ich verabscheute die Schule und tat ihren Anforderungen bis ans Ende nicht Genüge. Ich verachtete sie als Milieu, kritisierte die Manieren ihrer Machthaber und befand mich früh in einer Art literarischer Opposition gegen ihren Geist, ihre Disziplin, ihre Abrichtungsmethoden. Meine Indolenz, notwendig vielleicht für mein besonderes Wachstum; mein Bedürfnis nach viel freier Zeit für Müßiggang und stille Lektüre; eine wirkliche Trägheit meines Geistes, unter der ich noch heute zu leiden habe, machten mir den Lernzwang verhaßt und bewirkten, daß ich mich trotzig über ihn hinwegsetzte. Es mag sein, daß der humanistische Lehrgang meinen geistigen Bedürfnissen angemessener gewesen wäre. Zum Kaufmann bestimmt – ursprünglich wohl zum Erben der Firma –, besuchte ich die Realgymnasialklassen des »Katharineums«, brachte es aber nur bis zur Erlangung des Berechtigungsscheines zum einjährig-freiwilligen Militärdienst, d. h. bis zur Versetzung nach Obersekunda. Fast während der ganzen Dauer dieser stockenden und unerfreulichen Laufbahn verband mich mit dem Sohn eines fallierten und verstorbenen Buchhändlers eine Freundschaft, die sich in phantastischen und galgenhumoristischem Spott und Hohn über »das Ganze«, namentlich aber über »die Anstalt« und ihre Beamten bewährte.

Bei diesen schadete mir sehr, daß ich »dichtete«. Ich war in dieser Hinsicht nicht diskret genug gewesen, wahrscheinlich aus Eitelkeit. Eine Romanze auf den heroischen Tod der Arria, »Paete, non dolet«, mit der ich mich vor einem Mitschüler gebrüstet, und die dieser, halb aus Bewunderung, halb aus Bosheit, dem Ordinarius eingehändigt hatte, machte schon in Untertertia den Vorgesetzten meine dienstwidrige Absonderlichkeit klar. Begonnen hatte ich mit kindischen Dramen, die ich mit meinen jüngeren Geschwistern vor Eltern und Tanten zur Aufführung brachte. Es folgten Gedichte an einen geliebten Freund, der unter dem Namen des Hans Hansen im »Tonio Kröger« ein gewisses symbolisches Leben gewonnen hat, persönlich aber sich später dem Trunke ergab und in Afrika ein trauriges Ende nahm. Was aus der braunbezopften Tanzstundenpartnerin geworden ist, der weitere Liebeslyrik galt, kann ich nicht sagen. Viel später erst gelangte ich zu erzählerischen Versuchen, sogar erst nach Zurücklegung einer kritisch-essayistischen Phase. Denn in einer wenig schulgemäßen Schülerzeitschrift, betitelt »Der Frühlingssturm«, die ich in Sekunda zusammen mit einigen revolutionären Primanern herausgab, glänzte ich hauptsächlich als philosophisch-wühlerischer Leitartikler.

Es sind fünf Jahre, daß ich (anläßlich des 700jährigen Jubiläums der Freien Stadt) meinem Deutsch-, Latein- und Klassenlehrer von Untersekunda in Lübeck wieder begegnete. Dem schlohweißen Emeritus sagte ich, natürlich hätte ich immer den Eindruck eines vollendeten Tunichtgutes gemacht, hätte aber im stillen von seinen Stunden sehr viel gehabt. Zum Beweise wiederholte ich ihm die stehende Redensart, mit der er uns Schillers Balladen als unvergleichliche Lektüre anzupreisen pflegte: »Das ist nicht das Erste-Beste, was Sie lesen, es ist das Beste, was Sie lesen können!« – »Habe ich das gesagt?« rief er und freute sich sehr. –

Mein Vater starb an einer Blutvergiftung in verhältnismäßig jungen Jahren, als ich fünfzehn zählte. Er war dank seiner Intelligenz und seiner formalen Überlegenheit in der Stadt ein höchst angesehener, populärer und einflußreicher Mann gewesen, hatte aber an dem Gang seiner Privatgeschäfte seit Jahren schon nicht mehr viel Freude gehabt, und nach einer Beerdigung, die an Ehrenpomp und Teilnahme alles überbot, was seit langem in dieser Art gesehen worden war, liquidierte die mehr als hundertjährige Getreidefirma. Auch das Stadthaus wurde verkauft, wie es mit dem großmütterlichen schon früher geschehen war, und wir vertauschten das weitläufige Heim, in dessen parkettiertem Ballsaal die Offiziere der Garnison den Töchtern des Patriziats den Hof gemacht hatten, mit einem bescheideneren, einer Gartenvilla vor dem Tore. Bald aber verließ meine Mutter überhaupt die Stadt. Sie liebte den Süden, die Berge, München, das sie auf Reisen mit meinem Vater kennengelernt hatte, und siedelte mit den jüngeren Geschwistern dorthin über, indem sie mich zum notdürftigen Abschluß meiner Schulstudien bei einem Gymnasialprofessor in Pension zurückließ, zusammen mit mecklenburgischen und holsteinischen jungen Adligen und Gutsbesitzerssöhnen, die in Lübeck die Schule besuchten.

Ich habe diese Zeit in heiterer Erinnerung. Die »Anstalt« erwartete nichts mehr von mir, sie überließ mich meinem Schicksal, das mir selbst durchaus dunkel war, dessen Unsicherheit mich aber, da ich mich trotz alledem gescheit und gesund fühlte, nicht zu bedrücken vermochte. Ich saß die Stunden ab, lebte aber im übrigen sozusagen auf freiem Fuß und stand mich gut mit den Pensionskameraden, an deren verfrühten Studentenkommersen ich zeitweise mit leutseligem Übermut teilnahm. Dann, nach Erreichung des Schulbildungszieles, mit dem ich mich beschied, folgte ich den Meinen in die bayrische Hauptstadt und trat dort, das Wort »vorläufig« im Herzen, als Volontär in das Büro einer Feuerversicherungsgesellschaft ein, deren Direktor früher ein derartiges Geschäft in Lübeck geleitet hatte und mit meinem Vater befreundet gewesen war.

Eine sonderbare Episode. Unter schnupfenden Beamten kopierte ich Bordereaus und schrieb zugleich heimlich an meinem Schrägpult meine erste Erzählung, eine Liebesnovelle mit dem Titel »Gefallen«, die mir den ersten literarischen Erfolg brachte. Nicht nur daß sie in derselben sozialistisch-naturalistischen Kampfzeitschrift, M. G. Conrads »Gesellschaft«, die schon während meiner Schülerzeit ein Gedicht von mir gedruckt hatte, veröffentlicht wurde und jungen Leuten gefiel; sie trug mir auch einen warmherzigen und ermutigenden Brief Richard Dehmels ein, ja wenig später sogar den Besuch des bewunderten Dichters, dessen enthusiastische Menschlichkeit in meinem schreiend unreifen, aber vielleicht nicht unmelodiösen Produkt Spuren von Begabung erfüllt hatte und seitdem meinen Weg bis zu seinem Tode mit Sympathie, Freundschaft und ehrenvollen Prophezeiungen begleitet hat.

Meine Bürotätigkeit, in der ich von Anfang an ein reines Verlegenheitsprovisorium erblickt hatte, endete schon nach Jahresfrist. Mit Hilfe eines Rechtsanwalts, der meine Mutter beriet und Vertrauen zu mir gefaßt hatte, gewann ich die Freiheit. Unter seiner Zustimmung erklärte ich, »Journalist« werden zu wollen, ließ mich an den Münchener Hochschulen, der Universität und dem Polytechnikum, als Hörer eintragen und belegte Vorlesungen, die geeignet schienen, mich auf jenen etwas unbestimmten Beruf allgemein vorzubereiten: historische, nationalökonomische, kunst- und literargeschichtliche Unterweisungen, die ich zeitweise regelmäßig und nicht ganz ohne Nutzen besuchte. Besonders fesselte mich ein Kolleg über »Höfische Epik«, das der Dichter und Übersetzer aus dem Mittelhochdeutschen Wilhelm Herz damals am Polytechnikum las.

Als Student lebend, ohne es rite zu sein, machte ich in der akademischen Lesehalle die Bekanntschaft von Angehörigen des »Akademisch-dramatischen Vereins« und wurde Mitglied einer theatralisch und dichterisch bestrebten Kaffeehauskumpanei, in der ich als Verfasser von »Gefallen« ein gewisses Ansehen genoß. Mein Hauptgesprächspartner unter den Kommilitonen war ein junger Jurist aus Norddeutschland, Koch mit Namen, ein kluger Junge, der später die Verwaltungskarriere einschlug, Oberbürgermeister von Kassel wurde und unter dem Namen Koch-Weser in der Politik eine bedeutende Rolle spielte. Nach der Revolution war er Reichsinnenminister und ist noch heute der Führer der demokratischen Partei Deutschlands. Auch etablierte Schriftsteller und Dichter, wie O. E. Hartleben, Panizza, J. Schaumberger, L. Scharf, der alte Heinrich von Reder verkehrten gelegentlich in diesem jugendlichen Kreise. Das Hauptereignis meiner Zugehörigkeit bildete die deutsche Uraufführung von Ibsens »Wildente«, die der Verein unter der Leitung Ernst von Wolzogens herausbrachte und unter dem Protest eines konservativen Publikums zu literarischem Erfolge führte. Wolzogen selbst spielte die Rolle des alten Ekdal, der Schriftsteller Hans

Olden den Hjalmar und ich, in Wolzogens Pelz und Brille, den Großhändler Werle. Bei späteren Begegnungen erklärte der Autor des »Lumpengesindels« wohl scherzend, er habe mich »entdeckt«.

Mein vier Jahre älterer Bruder Heinrich, der spätere Verfasser bedeutendster und einflußreichster Romandichtungen, lebte damals, abwartend wie ich, in Rom und schlug mir vor, zu ihm zu stoßen. Ich reiste, und wir verlebten, was wenige Deutsche tun, einen langen, glutheißen italienischen Sommer zusammen in einem Landstädtchen der Sabiner Berge, Palestrina, dem Geburtsorte des großen Musikers. Den Winter, mit seinem Wechsel von schneidenden Tramontana- und schwülen Sciroccotagen, verbrachten wir in der »ewigen« Stadt, als Untermieter einer guten Frau, die in der Via Torre Argentina eine Wohnung mit steinernen Fußböden und Strohstühlen innehatte. Wir waren Abonnenten eines kleinen Restaurants namens »Genzano«, das ich später nicht wiederfand, und wo es guten Wein und vorzügliche »Croquette di Pollo« gab. Abends spielten wir Domino in einem Café und tranken Punsch dazu. Wir verkehrten mit keinem Menschen. Hörten wir Deutsch sprechen, so flohen wir. Wir betrachteten Rom als Berge unserer Unregelmäßigkeit, und wenigstens ich lebte dort nicht um des Südens willen, den ich im Grunde nicht liebte, sondern einfach, weil zu Hause noch kein Platz für mich war. Die historisch-ästhetischen Eindrücke, welche die Stadt zu bieten hat, nahm ich ehrerbietig auf, nicht eben mit dem Gefühl, daß sie meine Sache seien und mich unmittelbar zu fördern vermöchten. Die antike Plastik des Vatikans hatte mir mehr zu sagen als die Malerei der Renaissance. Das »Jüngste Gericht« erschütterte mich als Apotheose meiner durchaus pessimistisch-moralistischen und antihedonistischen Stimmung. Mit Vorliebe besuchte ich San Pietro, wenn der Kardinal-Staatssekretär Rampolla in pompöser Demut die Messe las. Er war eine außerordentlich dekorative Persönlichkeit, und aus Schönheitsgründen bedauerte ich es, daß seine Erhebung zum Papst diplomatisch verhindert wurde. –

Unsere Mutter, als Nutznießerin eines mittleren bürgerlichen Vermögens, dessen Erben nach dem Testament wir Kinder waren, gab uns Brüdern monatlich je 160 oder 180 Mark, und dieser Wechsel, der sich in italienischer Währung besser ausnahm, bedeutete uns viel: die soziale Freiheit, die Möglichkeit »abzuwarten«. Bei bescheidenen Ansprüchen konnten wir tun, was wir wollten, und das taten wir. Mein Bruder, der ursprünglich gern Maler hätte werden wollen, zeichnete damals viel. Ich verschlang, im Qualm unzähliger 3-Centesimi-Zigaretten, skandinavische und russische Literatur und schrieb. Erfolge, die sich allmählich einstellten, freuten mich, ohne mich zu überraschen. Meine Lebensstimmung setzte sich aus Indolenz, schlechtem bürgerlichen Gewissen und dem sicheren Gefühl latenter Fähigkeiten zusammen. Ein Brief Ludwig Jakobowskis, der damals in Leipzig die »Gesellschaft« redigierte und dem ich eine Novelle geschickt hatte, begann mit dem Ausruf: »Was sind Sie für ein begabter Mensch!« Ich lachte über sein Erstaunen, das ich sonderbarerweise als naiv empfand.

Wichtiger war, daß eine schon in München beendete Erzählung, »Der kleine Herr Friedemann«, im Hause Fischer in Berlin eingeschlagen hatte. Oskar Bie, Leiter der »Neuen Deutschen Rundschau«, schrieb mir interessiert darüber und forderte mich auf, dem Verlage alles zu schicken, was ich hätte. Noch während des römischen Aufenthalts erschien mein erstes kleines Buch, ein Novellenband, der den Titel jener Erzählung trug. Ich durfte »mich« in den Auslagen römischer Librerien liegen sehen.

Schon in Palestrina hatte ich, nach eifrigen Vorarbeiten, »Buddenbrooks« zu schreiben begonnen. Ohne viel Glauben an die praktischen Aussichten des Unternehmens, mit jener Geduld, die meine natürliche Langsamkeit mir auferlegte, einem Phlegma, das vielleicht richtiger bezähmte Nervosität zu nennen wäre, führte ich die Erzählung in der Via Torre Argentina fort und nahm ein schon bedenklich angeschwollenes Manuskript mit nach München, wohin ich nach ungefähr einjähriger Abwesenheit denn doch zurückkehrte. Ich wohnte anfangs bei meiner Mutter, später in kleinen Junggesellenwohnungen, die ich teils aus Familienbeständen, teils auch auf eigne Hand möblierte. Das Manuskript von »Buddenbrooks« aufgeschlagen auf meinem feierlich mit grünem Stoff behangenen Ausziehtisch, verbrachte ich ganze Tage, indem ich Korbfauteuils, die ich in rohem Zustande eingekauft, auf den Knien liegend mit rotem Lack bestrich. Eine solche Bohemewohnung ist in der Novelle »Der Kleiderschrank« geschildert, die ich in der Schwabinger »Marktstraße« schrieb, und die ebenfalls zuerst in der »Neuen Deutschen Rundschau« das Licht erblickte. –

Korfiz Holm, mir von Lübeck her bekannt und befreundet, wo er, der gebürtige Balte, die Prima absolviert hatte, gehörte zu jener Zeit dem Verlagshause Langen an, dessen Chef, wegen Majestätsbeleidigung verfolgt, im Auslande lebte, wie Wedekind. Von der Straße weg, bei einer Begegnung, engagierte Holm mich mit einem Monatsgehalt von 100 Mark für die Redaktion des »Simplicissimus«, und etwa ein Jahr lang, bis Langen von Paris aus den Posten kassierte, arbeitete ich in den eleganten Büroräumen der Schackstraße als Lektor und Korrektor, hatte namentlich die erste Auswahl unter dem Novellenmanuskript-Einlauf für den »Simplicissimus« zu treffen und von der übergeordneten Instanz, Dr. Geheeb, dem Bruder des Landschulpädagogen, die endgültige Entscheidung über meine Vorschläge einzuholen. Diese Tätigkeit hatte guten Sinn. Ich liebte das Blatt, hatte es von Anfang an weit über Georg Hirths »Jugend« gestellt, deren Lebfrischheit mir philiströs erschien, und war sehr glücklich gewesen, als schon in zwei seiner ersten Nummern eine frühe Erzählung von mir, »Der Wille zum Glück«, gedruckt worden war, für die der junge Jakob Wassermann mir das Honorar in Gold eingehändigt hatte. Mein Bruder und ich hatten den Geist der Langenschen Gründung, ihre literarische Karikaturistik, ihren pessimistisch-phantastischen Humor gewissermaßen antikisiert in einem Bilderbuch, das wir mit sonderbarem Fleiß in Palestrina hergestellt und höchst unpassenderweise unserer zweiten Schwester zur Konfirmation verehrt hatten. Ein paar stümperhaft-komische Zeichnungen daraus, die von mir stammten, sind bei Gelegenheit meines fünfzigsten Geburtstages öffentlich bekannt gemacht worden.

Meine Beziehungen zu dem außerordentlichen Witzblatt entbehrten also nicht der inneren Legitimität. Während ich bei seiner Redaktion behilflich war, blieb ich direkter Mitarbeiter. Mehrere meiner kurzen Novellen, »Der Weg zum Friedhof« etwa, auch solche, die ich nicht in meine Gesammelten Schriften aufgenommen habe, erschienen dort zuerst, sogar ein Weihnachtsgedicht. »Der Weg zum Friedhof« fand den besonderen Beifall Ludwig Thomas, der damals dem »Simplicissimus« und seinem Verlage schon nahestand. Noch größeren Anklang fand bei Langen und den Seinen die sehr subjektive Schillerstudie »Schwere Stunde«, die ich zum hundertsten Todestage des Dichters für den »Simplicissimus« schrieb. Es war mir erstaunlich und rührte mich, mit welcher warmen und ernsten Anerkennung der oberbayerische Volksdichter diese kleine Arbeit des Jüngeren und so anders Gearteten begrüßte. Von meiner Seite habe ich seine »Lausbubengeschichten« und Filser-Briefe herzlich bewundert und geliebt. Ich verbrachte einen und den andern Abend mit ihm und weiteren »Simplicissimus«-Leuten, Geheeb, Th. Th. Heine, Thöny, Reznicek u.a. in der Odeonbar. Meistens schlief Thoma, die erkaltete Pfeife im Munde. –

Ich sagte, meine Beziehungen zu dieser kecken und in Wahrheit künstlerischen Sphäre, dem besten »München«, das es je gegeben hat, seien legitim gewesen. Dennoch war nur ein Teil meiner Natur daran beteiligt, und neben meiner redaktionellen Tätigkeit, für die man mir luxuriöserweise ein eigenes Zimmer mit prächtigem Schreibtisch eingeräumt hatte, lief die Förderung des persönlichen Hauptgeschäftes, die Arbeit an »Buddenbrooks« her, der nach meinem Ausscheiden aus dem Langenschen Verbande mein Tätigkeitstrieb wieder allein zustatten kam. Bei meiner Mutter, vor Geschwistern und Hausfreunden las ich zuweilen aus der Handschrift vor. Das war eine Familienunterhaltung wie eine andere, man lachte, und wenn mir recht ist, war die allgemeine Auffassung die, es handle sich bei meinem weitläufig-eigensinnigen Unternehmen um ein Privatvergnügen von geringen Weltaussichten und bestenfalles um eine ausgedehnte künstlerische Fingerübung. Ich wüßte kaum zu sagen, ob ich anderer Meinung war.

Herzlich befreundet war ich zu jener Zeit mit zwei jungen Leuten aus dem Jugendkreise meiner Schwestern, Söhnen eines Dresdener Malers und Akademieprofessors E.. Meine Neigung für den Jüngeren, Paul, der ebenfalls Maler war, Akademiker damals und Schüler des berühmten Tiermalers Zügel, außerdem vorzüglich Violine spielte, war etwas wie die Auferstehung meiner Empfindungen für jenen zugrunde gegangenen blonden Schulkameraden, aber dank größerer geistiger Nähe sehr viel glücklicher. Karl, der Ältere, Musiker von Beruf und Komponist, ist heute Akademieprofessor in Köln. Während sein Bruder mein Porträt malte, spielte er uns in seiner bewundernswert gebundenen und wohllautenden Art »Tristan« vor. Wir führten, da auch ich etwas geigte, zusammen seine Trios aus, fuhren Rad, besuchten im Karneval miteinander die Schwabinger »Bauernbälle« und hatten oft, bei mir oder den Brüdern, die gemütlichsten Abendmahlzeiten zu dritt. Ich hatte ihnen das Erlebnis der Freundschaft zu danken, das mir sonst kaum zuteil geworden wäre. Mit gebildeter Harmlosigkeit überwanden sie meine Melancholie, Scheu und Reizbarkeit, einfach indem sie sie als positive Eigenschaften und Begleiterscheinungen von Gaben nahmen, die sie achteten. Es war eine gute Zeit.

Ich war in jenen Jahren ein so leidenschaftlicher Radfahrer, daß ich fast keinen Schritt zu Fuße ging und selbst bei strömendem Regen, in Gummischuhen und Lodenpelerine, alle meine Wege auf dem Vehikel zurücklegte. Auf der Schulter trug ich es die drei Treppen hinauf in meine Wohnung, wo es in der Küche seinen Platz hatte. Vormittags, nach der Arbeit, pflegte ich es zu putzen, indem ich es auf den Sattel stellte. Ein zweites Geschäft, bevor ich mich rasierte und zum Essen in die Stadt fuhr, bestand in der Reinigung meines Petroleumofens. Eine Bedienerin räumte die Wohnung auf, während ich meine 1-Mark-20-Mahlzeit nahm. An Sommernachmittagen fuhr ich, ein Buch an der Lenkstange, in den Schleißheimer Wald. Mein Abendbrot besorgte ich mir in einer Schwabinger Lebensmittelhandlung und trank Tee oder gelösten Liebigextrakt dazu.

Sympathische Beziehungen verbanden mich mit Kurt Martens, dem Romancier und Novellisten, der dieser Freundschaft, zu der er die Initiative ergriffen hatte, in seinen Lebenserinnerungen lebhaft gedenkt. Er gehört zu den wenigen, an den Fingern einer Hand herzuzählenden Menschen, mit denen ich im Lauf meines Lebens auf den Duzfuß kam. – Auch der Zeichner Markus Behmer, der für eine meiner kurzen Novellen, »Der Kleiderschrank«, schwärmte, besuchte mich. Ferner sprach Arthur Holitscher vor, für dessen Roman »Der vergiftete Brunnen« ich als Lektor bei Langen eingetreten war, und wir musizierten zusammen. Er und Martens bekamen aus »Buddenbrooks« zu hören, und während dem Ästheten und späteren Kommunisten Holitscher der bürgerliche Geist meiner Schreiberei schwerlich etwas zu sagen hatte, legte Martens eine staunende Zustimmung an den Tag, für die ich ihm immer dankbar geblieben bin. Er war es auch, durch den ich Hans von Weber, seinen Vetter, den Verleger und Herausgeber des »Zwiebelfisch«, sowie Alfred Kubin kennenlernte, dessen unheimliche und laszive Graphik mich stark erschütterte, und der später die melancholisch-groteske Umschlagzeichnung zur ersten Ausgabe der »Tristan«-Novellen lieferte. –

Ich habe der Bildungserlebnisse meiner Kindheit und ersten Jugend nicht gedacht, nicht des unauslöschlichen Eindrucks, den Andersens Märchen mir machten, noch jener Abende, an denen wir dem Vorlesen unserer Mutter aus Reuters »Stromtid« (oder ihrem Liedergesange am Flügel) lauschten, noch auch der Vergötterung Heines um die Zeit, da ich meine ersten Gedichte schrieb, oder der behaglich-begeisterten Stunden, die ich nach der Schule bei einem Teller voll belegter Butterbrote mit der Lektüre Schillers verbrachte. Hier will ich große und entscheidende Lese-Eindrücke nicht ganz übergehen, die in die Jahre fielen, bis zu denen ich vorgeschritten bin – ich meine das Erlebnis Nietzsches und Schopenhauers. Zweifellos ist der geistige und stilistische Einfluß Nietzsches schon in meinen ersten an die Öffentlichkeit gelangten Prosaversuchen kenntlich. Ich habe in den »Betrachtungen eines

Unpolitischen« von meinen Beziehungen zu diesem zaubervollen Komplex gesprochen und sie auf ihre persönlichen
Bedingungen und Grenzen zurückgeführt. Die Berührung
mit ihm war in hohem Grade bestimmend für meine sich bildende Geistesform; aber unsere Substanz zu verändern, etwas
anderes aus uns zu machen, als wir sind, ist keine Bildungs-
macht imstande; alle Bildungsmöglichkeit überhaupt hat
ein Sein zur Voraussetzung, das den Instinktwillen und die
Fähigkeit zur persönlichen Auswahl, Assimilierung, Verar-
beitung ins Besondere besitzt. Goethe hat gesagt, daß man
etwas sein müsse, um etwas zu machen. Aber schon, um in
irgendeinem höheren Sinn etwas l e r n e n zu können, muß
man etwas sein. Zu untersuchen, welche Art von organischer
Einbeziehung und Umwandlung Nietzsches Ethos und Künstlertum in meinem Falle gefunden hat, bleibt einer Kritik überlassen, die sich dazu bemüßigt findet. Auf jeden Fall war es
eine komplizierte Art, die sich zur Mode- und Gassenwirkung
des Philosophen, allem simplen »Renaissancismus«, Über-
menschenkult, Cesare-Borgia-Ästhetizismus, aller Blut- und
Schönheitsgroßmäuligkeit, wie sie damals bei groß und klein
im Schwange war, durchaus verachtungsvoll verhielt. Der
Zwanzigjährige verstand sich auf die Relativität des »Immo-
ralismus« dieses großen Moralisten; wenn ich dem Schauspiel
seines Hasses auf das Christentum zusah, so sah ich seine brü-
derliche Liebe zu Pascal mit und verstand jenen Haß durchaus moralisch, nicht aber psychologisch, – ein Unterschied,
der sich mir auch in seinem – kulturkritisch epochalen –
Kampf gegen das bis in den Tod Geliebteste, gegen Wagner
zu bewähren schien. Mit einem Worte: ich sah in Nietzsche
vor allem den Selbstüberwinder; ich nahm nichts wörtlich bei
ihm, ich g l a u b t e ihm fast nichts, und gerade dies gab meiner Liebe zu ihm das Doppelschichtig-Passionierte, gab ihr
die Tiefe. Sollte ich es etwa »ernst« nehmen, wenn er den
Hedonismus in der Kunst predigte? Wenn er Bizet gegen Wagner ausspielte? Was war mir sein Machtphilosophem und die
»Blonde Bestie?« Beinahe eine Verlegenheit. Seine Verherrlichung des »Lebens« auf Kosten des Geistes, diese Lyrik, die
im deutschen Denken so mißliche Folgen gehabt hat, – es gab

nur eine Möglichkeit, sie mir zu assimilieren: als Ironie. Es ist wahr, die »Blonde Bestie« spukt auch in meiner Jugenddichtung, aber sie ist ihres bestialischen Charakters so ziemlich entkleidet, und übriggeblieben ist nichts als die Blondheit zusammen mit der Geistlosigkeit, – Gegenstand jener erotischen Ironie und konservativen Bejahung, durch die der Geist, wie er genau wußte, sich im Grunde so wenig vergab. Mochte doch die persönliche Verwandlung, die Nietzsche in mir erfuhr, Verbürgerlichung bedeuten. Diese Verbürgerlichung schien mir und scheint mir noch heute tiefer und verschlagener als aller heroisch-ästhetische Rausch, den Nietzsche sonst wohl literarisch entfachte. Mein Nietzsche-Erlebnis bildete die Voraussetzung einer Periode konservativen Denkens, die ich zur Kriegszeit absolvierte; zuletzt aber hat es mich widerstandsfähig gemacht gegen alle übelromantischen Reize, die von einer i n h u m a n e n Wertung des Verhältnisses von Leben und Geist ausgehen können und heute so vielfach ausgehen.

Übrigens war dies Erlebnis nicht Sache einer einmalig raschen Entdeckung und Rezeption, sondern es vollzog sich gleichsam in mehreren Schüben und verteilte sich auf Jahre. Seine früheste Wirkung betraf eine psychologische Reizbarkeit, Hellsichtigkeit und Melancholie, deren Wesen ich mir heute kaum noch recht klarzumachen weiß, unter der ich aber damals unbeschreiblich zu leiden hatte. Das Wort »Erkenntnisekel« steht im »Tonio Kröger«. Es bezeichnet recht eigentlich die Krankheit meiner Jugend, die, so glaube ich mich zu erinnern, meiner Empfänglichkeit für die Philosophie Schopenhauers, die mir erst nach einiger Bekanntschaft mit Nietzsche entgegentrat, nicht wenig Vorschub leistete. Ein s e e l i s c h e s Erlebnis ersten Ranges und unvergeßlicher Art, – während dasjenige Nietzsches eher ein geistig-künstlerisches zu nennen wäre. Es ging mir mit diesen Büchern ein wenig so, wie ich es meinem Thomas Buddenbrook dann mit dem Bande Schopenhauer ergehen ließ, den er in der Schublade des Gartentisches findet: die Brockhausausgabe war ein Okkasionskauf beim Buchhändler gewesen, geschehen mehr um des Besitzes als um des Studiums willen, und Jahr und Tag hatten die Bände unaufgeschnitten das Bort gehütet. Aber die Stunde kam, die mich lesen hieß, und so las ich denn, Tage und Nächte lang, wie man wohl nur einmal liest. An meiner Erfülltheit, meiner Hingerissenheit hatte die Genugtuung über die machtvolle sittlich-geistige Verneinung und Verurteilung der Welt und des Lebens in einem Gedankensystem, dessen symphonische Musikalität mich im Tiefsten ansprach, einen bezeichnenden Anteil. Ihr Wesentliches aber war ein metaphysischer Rausch, der mit spät und heftig durchbrechender Sexualität (ich spreche von der Zeit um mein 20. Jahr) viel zu tun hatte, und der eher leidenschaftlich-mystischer als eigentlich philosophischer Art war. Nicht um »Weisheit«, um die Heilslehre der Willensumkehr, dies buddhistisch-asketische Anhängsel, das ich rein lebenskritisch-polemisch wertete, war es mir zu tun: was es mir antat auf eine sinnlich-übersinnliche Weise, war das erotisch-einheitsmystische Element dieser Philosophie, das ja auch die nicht im geringsten asketische Tristanmusik bestimmt hatte, und wenn mir damals der Selbstmord gefühlsmäßig sehr nahe stand, so eben darum, weil ich begriffen hatte, daß es keineswegs eine Tat der »Weisheit« sein würde. Heilig leidvolle Wirren drängender Jugendzeit! Es war eine glückliche Fügung, daß sich mir sogleich die Möglichkeit bot, mein überbürgerliches Erlebnis in das zu Ende gehende Bürgerbuch einzuflechten, wo es dienen mochte, Thomas Buddenbrook zum Tode zu bereiten.

Der Roman wurde um die Jahrhundertwende, nach etwa zweieinhalbjähriger, oft unterbrochener Arbeit daran, beendet. Das Manuskript ging an Fischer, dem ich mich seit dem »Kleinen Herrn Friedemann« verbunden fühlte. Ich weiß noch, wie ich es verpackte: so ungeschickt, daß ich mir heißen Siegellack auf die Hand fallen ließ und eine fürchterliche Brandblase davontrug, die mich lange quälte. Das Manuskript war unmöglich. Doppelseitig geschrieben – ich hatte es ursprünglich abschreiben wollen, aber später, da der Umfang überhand genommen hatte, darauf verzichtet –, täuschte es über seinen Umfang, stellte aber für Lektoren und Setzer eine starke Zumutung dar. Eben weil es nur einmal vorhanden war, erste und einzige Niederschrift, entschloß ich mich zu einer Postversicherung und setzte neben die Inhaltsgabe »Manuskript« eine Wertsumme auf das Paket: ich glaube gar 1000 Mark. Der Schalterbeamte lächelte.

Die sorgenvollen Beratungen im Hause Fischer über mein unförmiges Angebot fielen in meine Militärzeit. Ich hatte »mein Jahr zu dienen«, das sich jedoch, da meine Tauglichkeitserklärung ein psychologischer Irrtum gewesen war, auf drei Monate reduzierte. Ein- oder zweimal war ich wegen Brustschmalheit und Herznervosität zurückgestellt worden, hatte aber offenbar jetzt eine Jugendblüte erreicht, die den diensttuenden Stabsarzt über meine Qualifikation zum Soldaten irreführen konnte. Ich wurde angenommen, meldete mich beim Infanterie-Leibregiment und ließ mir bunte Kleider anmessen. Erst einige Wochen lebte ich im Dunstkreis der Kaserne, als meine Entschlossenheit, mich zu befreien, bereits einen tödlichen und, wie sich erwies, unwiderstehlichen Charakter angenommen hatte. Geschrei, Zeitvergeudung und eiserne Schmuckheit quälten mich über die Maßen. Körperlich zog ich mir beim Parademarsch eine schwere, äußerst schmerzhafte Sehnenscheidenentzündung im Fußgelenk zu. Ich kam ins Revier, dann ins Lazarett, und als ich dort vierzehn Tage lang mit einem Wasserglasverband gelegen hatte, war der Ausbildungsanschluß verlorengegangen – genau wie einst in der Schule. Übrigens kehrte das Fußübel nach wiederaufgenommenem Dienst, wenn auch in leichterem und überwindbarem Maße, sofort zurück. Ich hielt mich daran. Der Hausarzt meiner Mutter war mit dem zuständigen Oberstabsarzt bekannt. Ich wurde vorläufig beurlaubt und zu Neujahr entlassen. Ich unterschrieb einen Verzicht auf geldliche Vergütung erworbenen Leibesschadens – wie gern! Die Oberersatzkommission, der ich überwiesen worden, teilte mich bei erneuter Untersuchung dem »Landsturm mit der Waffe« zu, was praktische Lossprechung bedeutete. Ich habe in keinem militärischen Verhältnis mehr gestanden. Auch der Krieg ließ von meiner physischen Person die Hand, einfach weil der erste Stabsarzt, dem ich vorgeführt wurde, ein Leser war, mir die Hand auf die bloße Schulter legte und erklärte: »Sie sollen Ihre Ruhe haben.« Die folgenden unterwarfen sich seinem Befunde. –

Die scheinbar nur zu berechtigten Skrupel und Zweifel, die unterdessen das Verlagshaus in Berlin meines Romans wegen geplagt hatten, waren überwunden worden – zum Teil wohl durch einen Brief, den ich aus dem Garnisonslazarett mit Bleistift an Fischer geschrieben, und worin ich, in Abwehr des Verlangens nach eingreifenden Kürzungen, den Umfang des Buches für eine wesentliche und nicht anzutastende Eigenschaft desselben erklärte. Der Brief, mit fliegendem Stift in großer Sorge geschrieben, war bewegt und notgedrungen geschickt; er verfehlte nicht seine Wirkung. Fischer entschloß sich zum Druck, und Ende 1900 (mit der Jahreszahl 1901) kamen »Buddenbrooks« heraus, in zwei gelbbroschierten Bänden zum Preise von zusammen 12 Mark.

Man darf nicht glauben, daß das Buch sogleich leichtes Spiel hatte. Die Befürchtungen des Verlegers schienen sich zu erfüllen. Niemand hatte Lust, für das ungefüge Produkt eines obskuren jungen Verfassers soviel Geld anzulegen. Die Kritik fragte mißgelaunt, ob etwa die mehrbändigen Wälzer wieder Mode werden sollten. Sie verglich den Roman mit einem im Sande mahlenden Lastwagen. Freilich wurden bald aus dem Publikum und in der Presse auch andere Stimmen laut. Ich horchte auf, als der Inhaber der Buchhandlung Ackermanns Nachf. in der Maximilianstraße, Carl Schüler, ein guter Bekannter aus der Zeit des Akademisch-dramatischen Vereins, mir gratulierte: Er habe gehört, sagte er, ich hätte einen großen Treffer gemacht. Dieser Meinung war namentlich ein kranker und längst verstorbener jüdischer Kritiker namens Samuel Lublinski, der im Berliner Tageblatt mit sonderbarer Bestimmtheit erklärte, dies Buch werde wachsen mit der Zeit und noch von Generationen gelesen werden. Soweit ging außer ihm niemand. Immerhin wurde im Lauf eines Jahres die erste Auflage von 1000 Exemplaren verkauft, und jetzt erhielt der Roman die Gestalt, in der er seine erstaunliche, am wenigsten von seinem Autor vorausgesehene Laufbahn beginnen sollte. Dringlichen Ratschlägen zugänglich, deren Spender sich auf den voraufgegangenen Bucherfolg von Frenssens »Jörn Uhl« beriefen, veranstaltete der Verlag die einbändige 5-Mark-Ausgabe mit Wilhelm Schulzens biedermeierlicher Umschlagzeichnung, und alsbald, während die preisenden Pressestimmen, selbst in ausländischen Blättern, sich mehrten, begannen die Auflagen einander zu jagen. Es war der Ruhm. Ich wurde in einen Erfolgstrubel gerissen, wie ich ihn später noch zweimal, binnen weniger Jahre, an meinem fünfzigsten Geburtstag und jetzt bei Verleihung des Nobelpreises, jedesmal mit gemischten Gefühlen, voller Skepsis und Dankbarkeit, erlebt habe. Meine Post schwoll an, Geld strömte herzu, mein Bild lief durch die illustrierten Blätter, hundert Federn versuchten sich an dem Erzeugnis meiner scheuen Einsamkeit, die Welt umarmte mich unter Lobeserhebungen und Glückwünschen ...

Manches von den Stimmungen und Empfindungen dieser Zeit ist dichterisch eingegangen in jene dramatisch-undramatischen »Fiorenza«-Dialoge, die, nicht ohne Kühnheit in der Absicht, aber als Werk verfehlt, in fünfundzwanzig Jahren nicht aufgehört haben, das Theater leise zu beunruhigen und es gelegentlich zu verlocken. Es bildet ihren persönlichsten und ursprünglichsten Bestandteil: Jugendliche Ruhmeslyrik schwingt da, Ruhmeslust, Ruhmesangst eines in zartem Alter vom Erfolg Umstrickten. »O Welt! O tiefste Lust! O Liebestraum der Macht, süßer, verzehrender! ... Man sollte nicht besitzen. Sehnsucht ist Riesenkraft; doch der Besitz entmannt!« – »Fiorenza« erschien 1906. Vorangegangen war der Novellenband, der die Geschichte enthielt, die noch heute vielleicht von allem, was ich schrieb, meinem Herzen am nächsten steht und noch immer von jungen Leuten geliebt wird, den »Tonio Kröger«.

Die Konzeption ging zurück in die Zeit der Arbeit an »Buddenbrooks«, das Jahr meiner Tätigkeit bei Langen. Ich benutzte damals einen vierzehntägigen Sommerurlaub zu jener Reise über Lübeck nach Dänemark, von der in der Novelle die Rede ist, und meine Eindrücke in dem kleinen Badeort Aalsgard am Sund, nahe Helsingör, bildeten den Erlebniskern, um den nun die beziehungsreiche kleine Dichtung zusammenschoß. Ich schrieb sie sehr langsam. Namentlich das lyrisch-essayistische Mittelstück, das Gespräch mit der (durchaus fingierten) russischen Freundin, kostete mich

Monate, und ich erinnere mich, daß ich das Manuskript während eines meiner wiederholten Aufenthalte in Riva am Gardasee, in R. von Hartungens »Haus zur Sonne«, bei mir hatte, ohne um eine Zeile vorwärtszukommen. Ich habe die Urschrift lange nicht in der Hand gehabt, sehe sie aber deutlich vor mir. Ich hatte damals eine sonderbar geduldige Technik, nach Fertigstellung einer Arbeit sämtliche Korrekturen mit dichter Tintenschraffierung zu bedecken, das Getilgte also zu schwärzen, damit es in keiner Weise mitspräche, und so eine Art von Reinschrift herzustellen. Die Schraffierungen durften nicht gelöscht werden, sondern mußten an der Luft trocknen, und so war bei dieser Schlußarbeit das ganze Manuskript, in seine Einzelblätter aufgelöst, auf allen Möbeln und dem Fußboden ausgebreitet. Auch das von »Tristan«, das faksimiliert worden ist, zeigt diese Manier. – »Tonio Kröger« erschien 1903 in der Neuen Deutschen Rundschau und fand in Berliner literarischen Kreisen eine sehr warme Aufnahme. Die Erzählung hat vor dem ihr nächstverwandten »Tod in Venedig« den Schmelz jugendlicher Lyrik voraus, und rein künstlerisch genommen, mögen es ihre musikalischen Eigenschaften sein, die ihr Sympathien gewannen. Hier wohl zum erstenmal wußte ich die Musik stil- und formbildend in meine Produktion hineinwirken zu lassen. Die epische Prosakomposition war hier zum erstenmal als ein geistiges Themengewebe, als musikalischer Beziehungskomplex verstanden, wie es später, in größerem Maßstabe, beim »Zauberberg« geschah. Auch wenn man diesen dahin bestimmt hat, er gebe ein Beispiel ab für den »Roman als Ideenarchitektur«, so geht die Neigung zu solcher Kunstauffassung bis zum »Tonio Kröger« zurück. Vor allem war darin das sprachliche »Leitmotiv« nicht mehr, wie noch in »Buddenbrooks«, bloß physiognomisch-naturalistisch gehandhabt, sondern hatte eine ideelle Gefühlstransparenz gewonnen, die es entmechanisierte und ins Musikalische hob. –

Der erstaunliche Siegeszug des Familienromans konnte nicht verfehlen, ändernd auf meine Lebensumstände einzuwirken. Ich war nicht mehr der völlig im Dunkel lebende junge Mensch von einst. Das, was ich in meinen italienischen und

Schwabinger Versteck »abzuwarten« gehabt hatte, war nun – ich will nicht sagen: erreicht, aber eingetreten. Es bedeutete nicht länger Verlegenheit, über meine Existenz Auskunft geben zu müssen, es erübrigte sich, eine zu geben, sie stand im Buch: Ein Münchener Fremdenführer und Nachschlagewerk vom Typus »Who is who?« verzeichnete meine Adresse als diejenige des Verfassers von »Buddenbrooks«. Ich war bewiesen, meine dumpfe Widersetzlichkeit gegen alle regulären Ansprüche der Welt gerechtfertigt, die Gesellschaft nahm mich auf – soweit ich mich aufnehmen ließ; die Gesellschaft ist in diesen Bestrebungen nie sehr erfolgreich gewesen. Immerhin begann ich in ein paar Münchener Salons von literarisch-künstlerischer Atmosphäre zu verkehren, vor allem in dem der Dichterin Ernst Rosmer, der Gattin des berühmten Verteidigers Max Bernstein. Von hier ging der Weg in das Pringsheimsche Haus in der Arcisstraße, ein Zentrum des Münchener gesellschaftlich-künstlerischen Lebens zur Zeit Ludwigs II. und der Regentschaft, der Epoche Lenbachs, dessen pompöser Bestattungsfeier ich beigewohnt hatte. Die Atmosphäre des großen Familienhauses, die mir die Umstände meiner Kindheit vergegenwärtigte, bezauberte mich. Das im Geiste kaufmännischer Kultureleganz Vertraute fand ich hier ins Prunkhaft-Künstlerische und Literarische mondänisiert und vergeistigt. Jedes der fünf erwachsenen Kinder (es waren fünf wie bei uns, die Jüngsten ein Zwillingspaar) besaß eine eigene schöngebundene Bibliothek, zu schweigen von der reichen Kunst- und Musikbücherei des Hausherrn, eines der frühesten Wagnerianer, der den Meister gekannt hatte und nur aus einer Art von intelligenter Selbstbezwingung sich nicht ganz der Musik, sondern der Mathematik, die er dozierte, gewidmet hatte. Die Hausfrau, aus Berliner literarischem Hause stammend, Ernst und Hedwig Dohms Tochter, voller Sinn für meine Existenz und meine jugendliche Leistung, war der leidenschaftlichen Neigung nicht entgegen, die für die einzige Tochter des Hauses in mir keimte, und die vor irgend jemandem zu verbergen meine Einsamkeit mich nicht gelehrt hatte. Ein großes Ballfest in den goldenen Hochrenaissance-Gesellschaftsräumen des Pringsheimschen Hauses, eine glänzende und menschenreiche Veranstaltung, bei der ich vielleicht zum erstenmal die Sonne der öffentlichen Gunst und Achtung voll auf mir ruhen fühlte, brachte Gefühle zur Reife, auf die mein Leben zu gründen ich hoffen durfte.

Schon einmal, mehrere Jahre zurück, hatte ich dicht vor der Heirat gestanden. In einer Florentiner Pension hatte näherer Umgang mit zwei Tischgenossinnen, Schwestern aus England, sich ergeben, von denen ich die Ältere, Dunkle sympathisch, die Jüngere, Blonde, reizend fand. Mary, oder Molly, erwiderte meine Zuneigung, und ein zärtliches Verhältnis entwickelte sich, von dessen ehelicher Befestigung zwischen uns die Rede war. Was mich schließlich zurückhielt, war das Gefühl, es möchte zu früh sein, es waren auch Bedenken, die die fremde Nationalität des Mädchens betrafen. Ich glaube, die kleine Britin empfand ähnlich, und jedenfalls löste die Beziehung sich in nichts auf. – Diesmal lag alles anders. Es mag sein, daß ich innerlich »auf Freiersfüßen gegangen« war, ich strebte wohl zur Ehe. Die Umstände lagen günstig, und im Februar 1905 wechselte der Dreißigjährige mit der Märchenbraut die Ringe.

Sechs Kinder gingen aus diesem Bunde hervor, von denen das älteste, Erika, heute Mitglied des Münchener Staatstheaters, im Jahre 1906, das jüngste, Michael, unter gefährlichen Umständen, im Kanonendonner, an dem Tage das Licht erblickte, an dem nach dem Sturz der Räterepublik die »weißen« Truppen in München einzogen. Das vorjüngste, nach der Mutter meines Vaters Elisabeth geheißen und heute elfjährig, steht meinem Herzen am nächsten. Sie ist die kindliche Heldin der Revolutions- und Inflationsnovelle »Unordnung und frühes Leid«, welche, Produkt eines sich selbst ironisierenden Kulturkonservativismus und der Vaterliebe zur neuen Welt, in Deutschland und außerhalb freundlich begrüßt worden ist.

Die Erzählung ist von 1925; ich schrieb sie, unmittelbar nach Beendigung des »Zauberbergs«, für das Heft der »Neuen Rundschau«, das meinem fünfzigsten Geburtstag gewidmet war. Die erste künstlerische Frucht meines jungen Ehestandes aber war der Roman »Königliche Hoheit«, und er trägt die

Merkmale seiner Entstehungszeit. Dieser Versuch eines Lust-
spiels in Romanform, der zugleich den Versuch eines Paktes
mit dem »Glücke« bedeutete, wurde nach den »Buddenbrooks« von der Kritik allgemein zu leicht befunden. Gewiß
mit Recht. Nur daß die ideellen Absichten und Gesinnungen
dieses vernünftigen Märchens doch tiefer reichten, als meistens bemerkt wurde, und nicht ohne instinktive und vorta-
stende Fühlung mit Heraufkommendem waren. Ich rede nicht
von der Analyse der dynastischen Lebensform, die auf so mit-
leidig-sympathische Art vielleicht nur an einer zum Untergang
reifen Institution geübt werden konnte. Aber das »Glück«,
von dem »Königliche Hoheit« handelte, war nicht ganz platt
und eudämonistisch gemeint. Ein Problem wurde lustspiel-
haft gelöst, aber es war ein Problem immerhin, ein empfun-
denes dazu und kein müßiges: Ein junger Ehemann fabulierte
hier über die Möglichkeit der Synthese von Einsamkeit und
Gemeinschaft, Form und Leben, über die Aussöhnung des ari-
stokratisch-melancholischen Bewußtseins mit n e u e n Forde-
rungen, die man schon damals auf die Formel der »Demokratie« hätte bringen können. Seine humoristischen Phantasien
trugen autobiographisch-stimmungsmäßiges Gepräge und lie-
ßen jede direkte und tendenziöse Verkündigung aus dem Spiel;
daß aber das Spiel seinen Ernst hatte und gewisse fast schon
politische Suggestionen davon in die deutsche Welt von 1905
ausgingen, möchte ich wahr haben.

Wir lebten sommers viel auf dem Lande, in Oberammer-
gau, wo ich große Teile von »Königliche Hoheit« schrieb, dann
eine Reihe von Jahren auf unserer 1908 erworbenen Besitzung
in Tölz an der Isar, und hier war es, wo zum erstenmal wieder,
seit dem Abscheiden meines Vaters, der Tod eines Nächsten
mich betraf und mich, begreiflicherweise, tiefer – bis in den
Grund – erschütterte, als jener frühe Fall es vermocht hatte.
Meine zweite Schwester, Carla, nahm sich das Leben. Sie hatte
die Bühnenlaufbahn eingeschlagen, wohl dazu ausgestattet
durch ihre Schönheit, aber kaum nach der Seite ursprünglich-
wurzelhaften Talentes. Als kleines Kind schon war sie dem
Tode nah gewesen: eine furchtbare Komplikation von Zahn-
krämpfen, Keuchhusten und Lungenentzündung hatte die

Ärzte an ihrem Aufkommen verzweifeln lassen. Ihr Wesen blieb zart, gefährdet, heikel. Ein stolzer und spöttischer Charakter, entbürgerlicht, aber vornehm, liebte sie die Literatur, den Geist, die Kunst und wurde durch eine unentwickelte, ihrer Stufe ungünstige Zeit ins unselig Bohemehafte gedrängt. Ein makabrer Ästhetizismus, der sich sehr wohl mit der kindlichsten, uns allen eigenen Lachlust vertrug, hatte sie schon ihr Mädchenzimmer mit einem Totenkopf schmücken lassen, dem sie einen skurrilen Namen gab. Später besaß sie Gift – es ist nur zu vermuten, durch wen –: eine phantastisch-spielerische Akquisition wohl auch dies, doch glaube ich, daß der zeitige stolze Entschluß daran beteiligt war, sich keine Erniedrigung gefallen zu lassen, die das Leben ihr etwa zugedacht hatte. Ohne handgreifliche Talente literarischer oder kunstfertiger Art, umfaßte sie das Theater leidenschaftlich als Sphäre möglicher Betätigung und Selbstverwirklichung; den gefühlten Mangel jedoch an vital-komödiantischer Gabe, dem, was man Theaterblut nennt, suchte sie durch eine außerkünstlerische Überbetonung ihrer Person und Weiblichkeit zu kompensieren, so daß man früh das ängstigende Gefühl hatte, hier werde eine Aufgabe schief, unglücklich und mit gefährlichem Mißverstand angegriffen. Ihre Laufbahn stockte in der Provinz. Von der Bühne enttäuscht, begehrt von den Männern, aber ohne höheren Erfolg, mochte sie sich nach einem Rückweg ins Bürgerliche umsehen, und ihre Lebenshoffnungen klammerten sich an die Heirat mit einem jungen elsässischen Industriellensohn, der sie liebte. Sie hatte jedoch vorher einem anderen Manne gehört, der, Arzt von Beruf, seine Macht über sie zu erotischen Erpressungen ausnutzte. Der Bräutigam fand sich betrogen und stellte sie zur Rede. Da nahm sie ihr Zyankali, eine Menge, mit der man wohl eine Kompanie Soldaten hätte töten können.

Die Tat geschah fast unter den Augen unserer armen Mutter, auf dem Lande, in Polling bei Weilheim in Oberbayern, wohin die einst gefeierte Gesellschaftsdame bei wachsendem Ruhe- und Einsamkeitsbedürfnis mit einigen Möbeln, Büchern und Andenken sich zurückgezogen hatte. Meine Schwester war bei ihr zu Besuch, der Bräutigam hatte sich eingefunden, von einer Unterredung mit ihm kommend, eilt die Unglückliche lächelnd an ihr vorbei in ihr Zimmer, schließt sich ein, und das letzte, was von ihr laut wird, ist das Wassergurgeln, womit sie die Verätzungen in ihrem Schlunde zu kühlen sucht. Sie hatte danach noch Zeit gehabt, sich auf die Chaiselongue zu betten. Dunkle Flecken an den Händen und im Gesicht zeugten von dem Erstickungstode, der, nach einem kurzen Zögern der Wirkung, jäh gewesen sein mochte. Ein Zettel in französischer Sprache fand sich: »*Je t'aime. Une fois je t'ai trompé, mais je t'aime.*« Ein Telephonanruf, dessen Umschreibungen nicht viel zu bezweifeln übrigließen, störte uns abendlich auf, und in nächster Frühe fuhr ich nach Polling, in die Arme unserer Mutter, um ihren wimmernden Schmerz an meiner Brust zu bergen.

Ihr ohnedies mit dem Alter schwach und ängstlich gewordenes Herz hat den Stoß niemals verwunden. In dem meinen mischte sich der Jammer um die Verlorene, das Erbarmen mit dem, was sie durchlitten haben mußte, mit dem Protest dagegen, daß sie ihre Schreckenstat in unmittelbarer Nähe dieses schwachen Herzens hatte begehen müssen und mit der Auflehnung gegen die Tat selbst, die mir in ihrer Selbständigkeit, ihrer lebensstrengen und fürchterlich endgültigen Wirklichkeit auf irgendeine Weise wie ein Verrat an unserer geschwisterlichen Gemeinschaft erschien, einer Schicksalsgemeinschaft, die ich — es ist schwer zu sagen — den Wirklichkeiten des Lebens im letzten als ironisch übergeordnet empfand, und deren die Schwester für mein Gefühl bei ihrer Tat vergessen hatte. In Wahrheit durfte ich mich nicht beklagen. Denn auch ich war ja schon weitgehend »wirklich« geworden, durch Werk und Würde, Haus, Ehe und Kind, oder wie die Dinge des Lebens, die strengen und menschlich gemütlichen nun hießen, und wenn die Verwirklichung in meinem Falle nach Segen und Heiterkeit aussah, so bestand sie doch aus demselben Stoff wie die Tat meiner Schwester und schloß dieselbe Untreue ein. Alle Wirklichkeit hat t o d ernsten Charakter, und es ist das Sittliche selbst, das, eines mit dem Leben, es uns verwehrt, unserer wirklichkeitsreinen Jugend die Treue zu halten. —

Das war 1910. Meine Mutter überlebte, in zunehmender seelischer Gebrechlichkeit, ihre jüngste Tochter um zwölf Jahre. Ihre letzte Lebenszeit, die Zeit des Umsturzes, der Inflation, des Hungers, verbrachte sie, in ihren eigenen Ansprüchen immer bescheidener, ja unter ihrem Stande schüchtern und genügsam geworden, damit, von ihren Landaufenthalten aus ihre Kinder mit Lebensmitteln zu versorgen. Die Ehre, die ihre Söhne mit ihrer Arbeit einlegten, erfüllte sie mit kindlichem Stolz, und jedes böse Wort, das diese Söhne öffentlich hinzunehmen hatten, mußte man sorgfältig vor ihr verbergen. Sie starb, siebzigjährig, nach kurzer Erkältungskrankheit einen sanften Tod, und so hat das Schicksal sie wenigstens damit verschont, auch das kummervolle Verderben eines zweiten Kindes noch, ihrer ersten Tochter, nach der Mutter Julia genannt, mit Augen zu sehen. Das Leben zu bestehen, scheint die tragende und nährende Liebe uns Söhne besser ausgestattet zu haben als die Mädchen. Unsere beiden Schwestern sind von eigener Hand gestorben. Vom Schicksal der älteren, das sich siebenzehn Jahre nach der Pollinger Katastrophe vollendete, schon hier zu berichten, widerstrebt mir. Ihr Grab ist zu frisch, und ich will diese Erzählung einer späteren Lebensbeschreibung in größerem Rahmen vorbehalten. –

Nach der Zurücklegung von »Königliche Hoheit« hatte ich die »Bekenntnisse des Hochstaplers Felix Krull« zu schreiben begonnen – ein sonderbarer Entwurf, auf den, wie viele erraten werden, die Lektüre der Memoiren Manolescus mich gebracht hatte. Es handelte sich natürlich um eine neue Wendung des Kunst- und Künstlermotivs, um die Psychologie der unwirklich-illusionären Existenzform. Was mich aber stilistisch bezauberte, war die noch nie geübte autobiographische Direktheit, die mein grobes Muster mir nahelegte, und ein phantastischer geistiger Reiz ging aus von der parodischen Idee, ein Element geliebter Überlieferung, das Goethisch-Selbstbildnerisch-Autobiographische, Aristokratisch-Bekennerische, ins Kriminelle zu übertragen. Wirklich ist diese Idee die Quelle großer Komik, und ich schrieb das »Buch der Kindheit«, wie es als Torso des geplanten Ganzen in einer

Ausgabe der »Deutschen Verlagsanstalt« vorliegt, mit soviel
Lust, daß es mich nicht wunderte, als Kenner das Fragment
für das Glücklichste und Beste erklärten, was ich gemacht
hätte. Es mag in gewissem Sinn das Persönlichste sein, denn
es gestaltet mein Verhältnis zur Tradition, das zugleich lie-
bevoll und auflösend ist und meine schriftstellerische »Sendung« bestimmt. Die inneren Gesetze, nach denen später der
»Bildungsroman« des Zauberbergs sich herstellte, waren ja
verwandter Natur.

Den Krullschen Memoirenton, ein heikelstes Balance-
kunststück, lange festzuhalten, war freilich schwer, und der
Wunsch, davon auszuruhen, leistete wohl der Konzeption
Vorschub, durch die im Frühjahr 1911 die Fortsetzung unterbrochen wurde. Nicht zum erstenmal verbrachten wir, meine
Frau und ich, einen Teil des Mai auf dem Lido. Eine Reihe
kurioser Umstände und Eindrücke mußte mit einem heimlichen Ausschauen nach neuen Dingen zusammenwirken,
damit eine produktive Idee sich ergäbe, die dann unter dem
Namen des »Tod in Venedig« ihre Verwirklichung gefunden hat. Die Novelle war so anspruchslos beabsichtigt wie
nur irgendeine meiner Unternehmungen; sie war als rasch
zu erledigende Improvisation und Einschaltung in die Arbeit
an dem Betrügerroman gedacht, als eine Geschichte, die sich
nach Stoff und Umfang ungefähr für den »Simplicissimus«
eignen würde. Aber die Dinge – oder welches dem Begriff
des Organischen nähere Wort hier sonst einzusetzen wäre –
haben ihren eigenen Willen, nach dem sie sich ausbilden:
»Buddenbrooks«, geplant nach Kiellandschem Muster als
Kaufmannsroman von allenfalls 250 Seiten, hatten den ihren
gehabt, der »Zauberberg« würde den seinen durchsetzen, und
auch Aschenbachs Geschichte erwies sich als »eigensinnig«
ein gutes Stück über den Sinn hinaus, den ich ihr hatte bei-
legen wollen. In Wahrheit ist jede Arbeit eine zwar fragmen-
tarische, aber in sich geschlossene Verwirklichung unseres
Wesens, über das Erfahrungen zu machen solche Verwirklichung der einzige, mühsame Weg ist, und es ist kein Wunder,
daß es dabei nicht ohne Überraschungen abgeht. Hier schoß,
im eigentlich kristallinischen Sinn des Wortes, vieles zusam-

men, ein Gebilde zu zeitigen, das, im Licht mancher Facette spielend, in vielfachen Beziehungen schwebend, den Blick dessen, der sein Werden tätig überwachte, wohl zum Träumen bringen konnte. Ich liebe dies Wort: Beziehung. Mit seinem Begriff fällt mir der des Bedeutenden, so relativ er immer auch zu verstehen sei, durchaus zusammen. Das Bedeutende, das ist nichts weiter als das Beziehungsreiche, und ich erinnere mich wohl des dankbaren Einverständnisses, mit dem ich, als Ernst Bertram uns das tiefe Venedig-Kapitel seiner Nietzsche-mythologie aus dem Manuskript vorlas, den Namen meiner Geschichte fallen hörte.

Es ging an der Peripherie ihrer Fabel nicht anders zu als weiter innen. Alles stimmte auf eine besondere Weise, und was mich dabei an Erfahrungen mit dem »Tonio Kröger« erinnerte, war die eingeborene Symbolik und Kompositions-gerechtheit auch unscheinbarer, durch die Wirklichkeit gegebener Einzelheiten. Man sollte denken, daß in jener Jugendno-velle Szenen wie die in der Volksbibliothek oder die mit dem Polizisten zweckhaft, um der Idee, des Witzes willen erdacht seien. Sie sind es nicht, sind einfach der Wirklichkeit abge-nommen. Ganz ebenso ist im »Tod in Venedig« nichts erfun-den: Der Wanderer am Münchener Nordfriedhof, das düstere Polesaner Schiff, der greise Geck, der verdächtige Gondolier, Tadzio und die Seinen, die durch Gepäckverwechslung miß-glückte Abreise, die Cholera, der ehrliche Clerc im Reisebüro, der bösartige Bänkelsänger oder was sonst anzuführen wäre – alles war gegeben, war eigentlich nur einzustellen und erwies dabei aufs verwunderlichste seine kompositionelle Deutungs-fähigkeit. Auch damit mochte es zusammenhängen, daß ich bei der – wie immer langwierigen – Arbeit an der Novelle momentweise das Gefühl eines gewissen absoluten Wandels, einer gewissen souveränen Getragenheit erprobte, wie ich es sonst nicht gekannt hatte. Ich lebte, als ich die Geschichte zu Ende schrieb, aus gleich anzugebenden Gründen allein mit den Kindern in Tölz, und der bewegte Anteil, den zu Besuch kommende Freunde bei abendlichen Vorlesungen in meinem kleinen Arbeitszimmer daran nahmen, mochte mich auf das fast stürmische Aufsehen vorbereiten, das sie bei ihrem

Erscheinen in der Öffentlichkeit erregen sollte. Beim deutschen Publikum, das im Grunde nur das Seriös-Gewichtige, nicht das Leichte achtet, bewirkte sie trotz ihrer stofflichen Bedenklichkeit eine gewisse moralische Rehabilitierung des Autors von »Königliche Hoheit«. In Frankreich wurde der »petit roman« sehr wohlwollend aufgenommen. Edmund Jaloux schrieb der Übersetzung ein geistvolles Vorwort. –

Im Jahre 1912 war meine Frau an einem Lungenspitzenkatarrh erkrankt und mußte zweimal, in diesem Jahre und aufs neue im übernächsten, eine Reihe von Monaten im Schweizer Hochgebirge verbringen. Im Mai und Juni 1912 verbrachte ich drei Wochen als Hospitant bei ihr in Davos und sammelte – aber das Wort entspricht sehr schlecht der Passivität meiner Erlebnisart – jene wunderlichen Milieueindrücke, aus denen die Hörselbergidee zu einer knappen Novelle sich bildete, gedacht wiederum als rasche Einlage in die Schwindlerbekenntnisse, die durchaus zur Fortsetzung lockten, und als Satyrspiel zu der novellistischen Tragödie der Entwürdigung, von der ich kam. Die Faszination durch den Tod, der Sieg höchster Unordnung über ein auf Ordnung gegründetes und der Ordnung geweihtes Leben sollte hier verkleinert und ins Komische herabgesetzt werden. Ein schlichter Held, ein kurioser Konflikt von bürgerlicher Pflicht und makabrem Abenteuer – der Ausgang war vorderhand ungewiß, würde sich aber finden, und unbedingt würde, was ich da vorhatte, bequem, lustig und auf mäßigem Raume zu machen sein. Nach Tölz und München zurückgekehrt, begann ich die ersten Kapitel des »Zauberbergs« zu schreiben und las sogar gelegentlich, in der »Galerie Caspari«, in Gegenwart Wedekinds, wie ich mich erinnere, öffentlich daraus vor.

Ganz im Grunde verhehlte ich mir die expansiven Möglichkeiten und Neigungen des Stoffes kaum und fühlte früh, daß er in einem gefährlichen »Beziehungs« zentrum stand. Ich werde nie ergründen und tue besser, nicht daran zu rühren, wieweit es ein unbewußt-geflissentlicher und produktiv notwendiger Selbstbetrug ist, der mir jede Arbeitsidee in dem harmlosen Licht einer ziemlich bescheidenen, mit wenig Zeit und Mühe verbundenen Ausführbarkeit zeigt. Sich die Schwierigkeiten einer Aufgabe, die Ansprüche an Lebenskraft und -zeit, die sie stellt, im voraus einzugestehen und klarzumachen, würde gewiß einen Schauder erregen, der alles verhinderte. Dies eben verhindert ein Apparat der Selbstvexierung, der wahrscheinlich nicht ohne die Einwilligung geheimer Bewußtseinsinstanzen am Werke ist. Daß die Davoser Geschichte »es in sich hatte«, daß sie über sich selber anders dachte, als ich es tun mußte, um mich auf sie einzulassen, fühlte ich früh – ganz äußerlich schon gab sie es mir zu verstehen: gerade die englische Bequemlichkeit des Tons, den ich – zur Erholung gleichsam von der Severität des »Tod in Venedig« – hier angeschlagen, das ausladend Humoristische forderte einfach Raum. Es war für die Form des »Zauberbergs« noch ein Glück, daß der Krieg mich zu jener Generalrevision meiner Grundlagen, dem mühsamen Gewissenswerk der »Betrachtungen eines Unpolitischen« zwang, durch welches dem Roman das Schlimmste an grüblerischer Beschwerung abgenommen oder doch zu seinen Gunsten spiel- und kompositionsreif gemacht wurde. Die Probleme aber der Erzählung wie die des Bekenntnis- und Kampfbuches waren vor dem Kriege da und in mir lebendig – alles war da vor dem Kriege und wurde durch ihn nur aktualisiert und in die grelle und wüste Beleuchtung der Feuersbrunst getaucht.

Die nervenzerreißenden Tage vor der Mobilmachung, dem Ausbruch der Völkerkatastrophe verbrachten wir in unserer Tölzer Zurückgezogenheit. Wie es im Lande, in der Welt aussah, davon bekamen wir einen Begriff, als wir, um uns von meinem jüngeren Bruder zu verabschieden, der sogleich als Artillerist an die Front gehen mußte, zur Stadt fuhren und der sommerheiße Wirrwarr der verstopften Bahnhöfe, das Gebrodel einer aufgewühlten, in Angst und Begeisterung gerissenen Menschheit uns umgab. Das Verhängnis nahm seinen Lauf. Ich teilte die Schicksalsergriffenheit eines geistigen Deutschtums, dessen Glaube soviel Wahrheit und Irrtum, Recht und Unrecht umfaßte und so furchtbaren, ins Große gerechnet aber heilsamen, Reife und Wachstum fördernden Belehrungen entgegenging. Ich habe diesen schweren Weg zusammen mit meinem Volke zurückgelegt, die Stufen meines

Erlebens waren die des seinen, und so will ich's gutheißen. So wenig denn aber meine Anlagen und Bildungsüberlieferungen, die moralisch-metaphysischer, nicht politisch-gesellschaftlicher Art waren, mich in den Stand setzten, von jener Ergriffenheit, jenem Glauben einen Abstand zu nehmen, der anderen vielleicht zu natürlich war, so wenig wußte ich mich meiner körperlicheren Natur nach zum Kriegsmann und Soldaten geschaffen, und nur augenblicksweise, im Anfang, war ich versucht, dies Wissen zu verleugnen. »Mit euch zu leiden«, gab es in den folgenden Jahren auch zu Hause in physischer und geistiger Beziehung hinlängliche Gelegenheit, und die »Betrachtungen eines Unpolitischen« waren ein Gedankendienst mit der Waffe, zu welchem, wie ich im Vorwort sagte, nicht Staat und Wehrmacht, sondern die Zeit selbst mich »eingezogen« hatte. Mit eigentlich soldatischer Sphäre kam ich während des Krieges nur einmal in Berührung: es war im okkupierten Brüssel, wohin man mich eingeladen, und wo ich, nach abenteuerlicher Fahrt, einer Aufführung von »Fiorenza« durch die deutsche dramatische Truppe im *Théâtre Royal du Parc* beiwohnte. Ich frühstückte beim Gouverneur der Stadt, dem bayerischen General Hurt, im Kreise seiner Offiziere, schmucker und liebenswürdiger Leute, die alle, Gott wußte, um welcher Verdienste willen, das Eiserne Kreuz erster Klasse auf der Brust trugen. Einer von ihnen – er war an einem thüringischen Hofe Kammerherr gewesen – redete mich später brieflich »Herr Kriegskamerad« an; und wirklich, so hart wie diese Herren habe auch ich den Krieg mich ankommen lassen. –

Januar 1914 hatte ich, während meine Frau noch in Arosa festgehalten war, mit den Kindern das Familienhaus bezogen, das wir uns im Bogenhausener Viertel, am Ufer der Isar, erbaut hatten, und hier haben wir die Jahre des Grauens und wüsten Elends, den Verfall einer unzweifelhaft echten, wenn auch politisch unberatenen und historisch irrigen Erhebung, die Verderbnis, den Zusammenbruch durchlebt, das widerwärtig-entnervende Gefühl des Ausgeliefertseins an die Fremden erprobt und die Wirren der inneren Auflösung über uns ergehen lassen. Das Gefühl epochaler und zeitalterscheidender Wende, die auch in mein persönliches Leben unweigerlich tief eingreifen mußte, war von Anfang an sehr stark in mir gewesen – es war der Grund des Schicksalsrausches, der meinem Verhältnis zum Kriege den deutsch-positiven Charakter verlieh. An eine Fortsetzung der begonnenen Kunstarbeiten war nicht zu denken, oder sie erwies sich, in wiederholten Ansätzen versucht, als seelisch unmöglich. Was zunächst in raschem Schöpfen aus einem Vorrat längst gesammelter Studien improvisiert wurde, war der Aufsatz »Friedrich und die große Koalition«, dessen recht naturalistische Zeichnung des Königs in aller Hingenommenheit das Wachgebliebensein meines kritischen Prosaistentums bekundete. Und dann begann, in mehreren Anläufen, die Arbeit an den »Betrachtungen«, – ein wegloses Sich-durchs-Gestrüpp-schlagen, das zwei Jahre dauern sollte. Ich habe nie eine Arbeit betrieben, die in meinen eigenen Augen so sehr das Gepräge des Privatwerkes und der öffentlichen Aussichtslosigkeit getragen hätte. Ich war allein mit meiner Plage. Keinem Fragenden war auch nur klarzumachen, was ich da eigentlich täte. Ernst Bertram war der Vertraute meiner uferlosen politisch-antipolitischen Grübeleien; ich las ihm vor daraus, wenn er in München war, er ehrte sie als zwanghaft-leidenschaftliche Gewissenserforschung und verstand sich auf ihren Protestantismus und Konservatismus. Was diesen betrifft, so weiß ich genau, daß ich selbst ihn mehr als eine künstlerische Eroberung und Erkundung der melancholisch-reaktionären Sphäre denn als Ausdruck meines letzten Wesens empfand. Er war ein psychologisches oder, wenn man will, ein im Wortsinne pathologisches Phänomen: Was ich dachte, stand im Zeichen und unter dem Druck des Krieges und sagte mehr über diesen aus als über mich. Dennoch herrschte die schmerzlichste Solidarität und Einheit des Schreibenden mit seinem schwer präzisierbaren Gegenstande. Das Problem des Deutschtums, um das es ging, war zweifellos mein eigenes – das war der Nationalismus des Buches, das in aller Qual, allem polemischen Trotz zuletzt seinen erzieherischen Lebenssinn erwies. »*Que diable allait-il faire, dans cette galère!*« Das Motto kam ihm wohl zu, und auch der Tassovers »Vergleiche dich! Erkenne, was du bist!« stand an seiner Spitze zu Recht. Ich hätte ein drittes Wort hinzufügen sollen, wenn ich es nicht erst später hätte finden können: »Niemand bleibt ganz, der er ist, indem er sich erkennt.«

Die »Betrachtungen« erschienen 1918, im – äußerlich gesehen – ungünstigsten, ja unmöglichsten Augenblick, dem des Zusammenbruchs und der Revolution. In Wahrheit war es der richtige: Was über das deutsche Bürgertum an geistiger Not und Aufgabe jetzt hereinbrach, hatte ich *anticipando* durchgemacht und ausgesprochen, und es ist manchem behilflich gewesen – nicht ganz allein im Beharren, so will ich meinen, möge auch das Buch seinen geistesgeschichtlichen Sinn und Wert vor allem als letztes, großes und nicht ohne Bravour geführtes Rückzugsgefecht romantischer Bürgerlichkeit vor dem »Neuen« behalten.

Die Tierstudie »Herr und Hund«, die namentlich in England, dank einer vorzüglichen Übersetzung, Sympathien gewann, ein etwas exzentrischer Versuch mit der Hexameter-Idylle: »Gesang vom Kindchen«, der später, in günstigerer Verfassung, durch »Unordnung und frühes Leid« überboten und richtiggestellt wurde, bildete den Übergang zu neuer künstlerischer Beschäftigung. Der »Zauberberg« kam wieder in Fluß, aber kritische Aufsätze, von denen die drei umfangreichsten: »Goethe und Tolstoi«, »Von deutscher Republik« und »Okkulte Erlebnisse« unmittelbare prosaistische Ableger des Romans waren, begleiteten die Arbeit daran und zogen sie in die Länge. Ich werde meine dichterische Arbeit, soviel »dankbarer« sie sei, wohl niemals vor argen Unterbrechungen und Verzögerungen durch eine essayistische, ja polemische Neigung schützen können, die weit zurückreicht, die offenbar ein unveräußerliches Ingrediens meines Wesens bildet, und bei deren Erfüllung ich des Goetheschen Selbstgefühls, »recht zum Schriftsteller geboren zu sein«, vielleicht erregender teilhaft werde als beim Fabulieren. Ich liebe die unter uns Deutschen so gern gehandhabte Unterscheidung zwischen Dichter- und Schriftstellertum aus dem Grunde nicht, weil ja die Grenze zwischen beidem nicht außen und zwischen den Erscheinungen, sondern innerhalb der Persönlichkeit verläuft und hier durchaus fließend ist. »Eine Kunst«, habe ich in meiner Lessingrede von 1928 gesagt, »deren Mittel die Sprache ist, wird immer ein in hohem Grade kritisches Schöpfertum zeitigen, denn Sprache selbst ist Kritik des Lebens: sie nennt, sie trifft, sie bezeichnet und richtet, indem sie lebendig macht.« Soll ich trotzdem eingestehen, daß ich das »Schreiben« – zum Unterschiede vom freien Musizieren des Epikers – regelmäßig als eine Art leidenschaftlichen Müßigganges und als einen selbstquälerischen Raub an glücklicheren Aufgaben empfinde? Es ist hier viel naives Pflichtgefühl und »kategorischer Imperativ« einschlägig, und man könnte von dem Paradoxon einer Askese mit schlechtem Gewissen sprechen, wenn nicht ein gut Teil Lust und Genugtuung damit verbunden wären, – wie übrigens bei aller Askese. Auf jeden Fall scheint der Essay als kritische Überwachung meines Lebens ein Zubehör meiner Produktivität bleiben zu sollen. »Buddenbrooks« waren die einzige größere Erzählung, die nicht durch Aufsätze unterbrochen wurde, aber bald schon folgte ihnen einer nach: »Bilse und ich«, die polemische Untersuchung über das Verhältnis des Dichters zur Wirklichkeit ist von 1906, und das Jahr 1910 brachte gleich zwei umfangreiche Abhandlungen, den »Versuch über das Theater«, dessen Gegenstand ich 1928 bei der Eröffnung der Heidelberger Festspiele wieder aufnahm, und den »Alten Fontane«, der zuerst in Hardens »Zukunft« erschien und mir unter allen Exkursen dieser Art wohl die liebste geblieben ist. Nach dem Kriege nun gar, in einer problemgequälten und hart zum Gedanken angehaltenen Zeit, konnte es nicht fehlen, daß Anforderungen in dieser Richtung von seiten der Außenwelt sich häuften, und der Verfasser der »Betrachtungen eines Unpolitischen« hatte unter seinesgleichen am wenigsten Recht mehr, sich ihrer zu entschlagen. So, aus einer Begegnung innerer Nötigung mit den Wünschen der Zeit, entstanden die Ansprachen, Erörterungen, Einleitungen, Repliken, die die drei Essaybände »Rede und Antwort«, »Bemühungen« und »Die Forderung des Tages« füllen, und von denen besonders die Reden, angefangen mit der »Von deutscher Republik«, die ich im Winter 1922 / 23 im Berliner Beethovensaale hielt, über das Literarische hinaus, gehobene Augenblicke meines persönlichen Lebens bezeichnen.

Ich will hier einer glücklichen theatralischen Erfahrung gedenken, die mir kurze Zeit nach Kriegsende in Wien zuteil wurde: einer »Fiorenza«-Darstellung, mir unvergeßlich, weil sie von allen Umständen so begünstigt war, daß zum erstenmal die theatralischen Gewissensbisse ausblieben, die sonst den Autor bei solchen Versuchen plagen. Dr. Friedrich Rosenthal, damals Oberregisseur des Volkstheaters, ein Liebhaber des spröden Produkts, hatte im Auftrage einer dramatischen Gesellschaft die Aufführung ins Werk gesetzt, und zwar mit einem erlesen kombinierten Ensemble von Schauspielern des Burg- und Volkstheaters, in einer Rollenbesetzung also, die noch an die bescheidenste Stelle einen kunstreichen Sprecher, eine fesselnde Persönlichkeit stellte. Schauplatz war das Akademietheater mit seiner geräumigen Bühne und seinem intimen Zuschauerraum, gefüllt von einem geistig bereitwilligen, international durchsetzten Publikum. Ich wohnte dem Spiel in einer Loge bei, und meine eigene Anteilnahme erstaunte mich. Die historische Situation kam der frühen Dichtung, deren Fehler und Zwienatur mir allezeit nur zu bewußt waren, aufs merkwürdigste zustatten und verhalf ihr zu einer Wirkung, die sich wahrhaftig auch auf den Verfasser erstreckte. Der Untergang einer ästhetischen Epoche und das Heraufkommen einer sozialen Leidenswelt, der Sieg des Religiösen über das Kulturelle – die allgemeine Empfänglichkeit war geöffnet für solchen Vorgang, und der Abend hat etwas Denkwürdiges für mich behalten, weil er mir Gedanken eingab über das Wesen einer freilich unagitatorischen und nur seismographisch-anzeigenden Empfindlichkeit, die mir als eine andere, stillere und indirektere Form politischen Wissens erscheinen wollte. –

Unterdessen hatten die Grenzen nach dem neutralen und kriegsfeindlichen Auslande sich geöffnet; das Bild eines durch den Krieg gleichsam verkleinerten, zusammengedrängten und intim gewordenen Europa begann in den Rauchschwaden des Brandes sichtbar zu werden. Ausländische Vortragsreisen begannen; sie führten mich vorerst nach Holland, in die Schweiz und nach Dänemark, in dessen Hauptstadt ich Gast des deutschen Gesandten, des philosophischen Schriftstellers Gerhart von Mutius war. Eine spanische Reise fiel in das Frühjahr 1923. Sie ging zu Schiff, unter noch gebotener Vermeidung Frankreichs, von Genua nach Barcelona, Madrid, Sevilla und Granada, dann, durch die Halbinsel zurück, zum nördlichen Sant Ander, durch den Golf von Biscaya über Plymouth nach Hamburg. Das Gedächtnis des Himmelfahrtstages in Sevilla wird mir bleiben, mit der Messe im Dom, dem herrlichen Orgelspiel und der Fest-Corrida am Nachmittag. Im ganzen aber hatte der andalusische Süden mir weniger zu sagen, als das klassisch-hispanische Gebiet, Kastilien, Toledo, Aranjuez, Philipps granitne Klosterfestung und jene Fahrt, dem Escorial vorüber, nach Segovia, jenseits des schneehohen Guadarrama. – Wir hatten damals die englische Küste, heimkehrend, nur berührt. Im folgenden Jahre war ich Ehrengast des kürzlich gegründeten Penklubs in London, von Galsworthy in herzlicher Tischrede begrüßt und Gegenstand nachdrücklichster Kundgebungen kulturellen Versöhnungswillens. Erst zwei Jahre später war die Zeit erfüllt für jenen Besuch in Paris, dessen Urheber die französische Niederlassung der Carnegiestiftung war, und über den ich in dem Büchlein »Pariser Rechenschaft« Journal geführt. Das Jahr 1927 sodann brachte eine Reise nach Warschau, dessen Gesellschaft den deutschen Schriftsteller mit einer unvergeßlichen Gebärde hochherzig-freundschaftswilliger Gastlichkeit empfing. Ich spreche von der Warschauer Gesellschaft im ganzen, denn nicht nur die im Penklub zusammengeschlossenen Schriftsteller konnten sich, wohl eine Woche lang, in herzlicher Aufmerksamkeit nicht genugtun, sondern der Adel, die amtlichen Stellen schlossen sich an, und ich gewann den Eindruck eines durchgehend herrschenden Verhältnisses aufrichtiger Ehrerbietung und Dankbarkeit zur deutschen Kultur, das mit Eifer die menschliche Gelegenheit ergriff, sich gegen politische Schwierigkeiten und Antinomien zu behaupten. –

Im Herbst 1924 war, nach unendlichen Zwischenfällen und Hemmnissen, denn also der Roman erschienen, der mich

nicht sieben, sondern alles in allem zwölf Jahre in seinem
Bann gehalten hatte, und seine Aufnahme hätte viel ungün-
stiger sein dürfen, um meine Erwartungen bis zur Verblüf-
fung zu übertreffen. Ich bin gewohnt, eine vollendete Arbeit
in achselzuckender Resignation, ohne die geringste Zuversicht in ihre Weltmöglichkeit aus der Hand zu geben. Die
Reize, die einst von ihr auf mich, ihren Betreuer, ausgingen,
haben sich längst schon abgenutzt, das Fertigmachen war
eine Sache produktionsethischer Bravheit, des Eigensinns im
Grunde, und vom Eigensinn überhaupt scheint mir die jahre-
lange Verbissenheit darein viel zu sehr bestimmt, sie erscheint
mir in viel zu hohem Grade als problematisches Privatvergnügen, als daß ich mit der Teilnahme vieler an der Spur meiner sonderbaren Vormittage im geringsten zu rechnen mich
getraute. Ich »falle aus den Wolken«, wenn, wie mehrmals
im Lauf meines Lebens, diese Teilnahme sich dennoch in fast
turbulentem Maße einstellt, und dieser freundliche Sturz war
im Falle des »Zauberberg« besonders tief und überraschend.
War zu glauben gewesen, daß ein wirtschaftlich bedrängtes
und gehetztes Publikum aufgelegt sein werde, den träume-
rischen Verknüpfungen dieser in 1200 Seiten ausgebreiteten
Gedankenkomposition zu folgen? (»Seines Liedes Riesentep-
pich – zweimalhunderttausend Verse«: diese Wendung aus
Heines »Firdusi« war mein Lieblingszitat während der Arbeit
gewesen und dann jenes Goethesche »Daß du nicht enden
kannst, das macht dich groß.«) Würden unter den heutigen
Umständen mehr als ein paar tausend Leute sich bereit finden, für eine so wunderliche Unterhaltung, die mit Roman-
lektüre in irgendeinem gewohnten Sinn fast nichts zu tun
hätte, den Preis von sechzehn oder zwanzig Mark zu erlegen?
Sicher war, daß die beiden Bände auch nur zehn Jahre früher weder hätten geschrieben werden noch Leser finden können. Es waren dazu Erlebnisse nötig gewesen, die der Autor
mit seiner Nation gemeinsam hatte, und die er beizeiten in
sich hatte kunstreif machen müssen, um mit seinem gewagten
Produkt, wie einmal schon, im günstigen Augenblick hervor-
zutreten. Die Probleme des »Zauberberg« waren von Natur
nicht massengerecht, aber sie brannten der gebildeten Masse

auf den Nägeln, und die allgemeine Not hatte die Rezeptivität des breiten Publikums genau jene alchimistische »Steigerung« erfahren lassen, die das eigentliche Abenteuer des kleinen Hans Castorp ausgemacht hatte. Ja, gewiß, der deutsche Leser erkannte sich wieder in dem schlichten, aber »verschmitzten« Helden des Romans; er konnte und mochte ihm folgen.

Ich täusche mich nicht über den Charakter dieses seltsamen Erfolges. Er war weniger epischer Natur als der meines Jugendromans, war zeitlicher bestimmt, aber darum nicht seichter und flüchtiger, denn er beruhte auf Schmerzenssympathie. Er ging hurtiger vonstatten als jener erste: Schon die ersten Zeitungsberichte lauteten alarmierend, das Hindernis des hohen Preises wurde im Sturm überrannt, und nur vier Jahre waren nötig, das Buch die hundertste Auflage erreichen zu lassen. Eine ungarische Übersetzung erschien fast gleichzeitig mit der Originalausgabe, die holländische, englische, schwedische folgte, und, allen Gesetzen und Gewohnheiten des Pariser Marktes entgegen, ist nun auch die französische, ungekürzt, in zwei Bänden, beschlossen, für deren Aufnahme ein bewegter und bewegender Brief André Gides über seine wochenlange Beschäftigung mit dem Buch mir die glücklichste Gewähr bietet. Ich glaube an die Wahrheit des schönen Wortes von Emile Faguet: »L'étranger, cette postérité contemporaine.« –

In der mehrfach erwähnten heiteren Novelle, die ich im Jahre 1925 dem Roman folgen ließ, habe ich der »Unordnung« eine Art von nachsichtiger Huldigung dargebracht; aber ich liebe die Ordnung als Natur und tief gesetzliche Unwillkürlichkeit, als stille Fügung und entsprechungsvolle Klarheit eines produktiven Lebensplanes. So finde ich Vergnügen daran, wie in dem meinen die beiden Haupterzählungen zu den großen Romanen und diese zueinander stehen, »Tonio Kröger« mit »Buddenbrooks«, »Der Tod in Venedig« mit dem »Zauberberg« korrespondiert und wiederum dieser genau so das dichterische Gegenstück zu dem Roman des Fünfundzwanzigjährigen bildet, wie die venezianische Untergangsgeschichte dasjenige der nordischen Jünglingsnovelle.

Nicht ehe ich fünfzig war, hatte der »Zauberberg« fertig sein wollen, aber er versäumte nicht, zur vollen Lebensstunde fertig zu sein, mit deren Gedächtnis soviel dankbare Lebensnachdenklichkeit über eine ergreifende Teilnahme der deutschen Öffentlichkeit verbunden bleiben wird.

Im folgenden Jahre begründete der preußische Kultusminister Dr. Becker die literarische Sektion der Berliner Akademie der Künste. Die Behörde hatte mich in das kleine Gremium der Urwähler berufen, und bei jener Festsitzung der Gesamtakademie unter dem Vorsitz Liebermanns, die dank Arno Holzens im Augenblick wenig sinnvoller Streitbarkeit soviel von sich reden machte, hatte ich dem Minister im Namen der Sektion für seine Begrüßungs- und Einführungsrede zu danken. Ich unterließ nicht, die Widerstände zu kennzeichnen, die in deutsch-geistiger Sphäre dem akademischen Gedanken entgegenstehen, und die Möglichkeit ihrer inneren Überwindung anzudeuten. Das soziale »Trotzdem«, das ich aussprach, kam aus der aufrichtigen Billigung eines Entschlusses, für den auch nach meiner Einsicht die historische Stunde richtig gewählt war. Die amtliche Anerkennung des literarischen Geistes als Organ des nationalen Lebens, seine Einordnung, um nicht zu sagen »Erhebung«, ins Offizielle war eine logische Folge der staatlich-gesellschaftlichen Entwicklung Deutschlands und nichts weiter als die Bestätigung schon bestehender Tatsachen. Es war kein Zufall, daß man mich reden hieß: Wie vielleicht kein zweiter hatte ich den zeitlichen Zwang zum Übergange aus dem Metaphysisch-Individuellen ins Soziale unter heftigen Kämpfen am eigenen Leibe erfahren; die geistigen Argumente, mit denen mancher deutsche Dichter seine Ablehnung stützte, waren auch mir geläufig, aber meine Überzeugung, der Schriftsteller müsse über die Einwände der eigenen Ironie sowohl wie über volkstümlichen Spott von außen – einen im Grunde billigen und reaktionären Spott – mit dem Mute der Gutwilligkeit hinweggehen: diese Überzeugung hatte ihre Geschichte. Mag doch der Dichter schließlich sogar die dekorative Vereinigung des Unvereinbaren, die Verbindung des Dämonischen mit dem Offiziellen, der Einsamkeit und Abenteuerlichkeit mit gesellschaftlicher

Repräsentativität als einen starken und heimlichen Lebens-
reiz empfinden. –

Um diese Zeit, oder etwas früher, zeigte ein Münchener
Maler, Jugendfreund meiner Frau, mir eine Bildermappe,
die er gefertigt, und die die Geschichte Josephs, des Sohnes
Jakobs, in hübscher graphischer Darstellung bot. Der Künstler wünschte sich einen einleitenden Schriftsatz von mir zu
seinem Werk, und halb gewillt, ihm den Freundschaftsdienst
zu leisten, las ich in meiner alten Familienbibel, in der manche ins Graue verblichene Federunterstreichung von dem
frommen Studium längst vermoderter Vorfahren zeugt, die
reizende Mythe nach, von der Goethe gesagt hat: »Höchst
anmutig ist diese natürliche Erzählung, nur erscheint sie zu
kurz, und man fühlt sich berufen, sie ins einzelne auszu-
malen.« Noch wußte ich nicht, wie sehr mir dies Wort aus
»Dichtung und Wahrheit« zum Motto kommender Arbeits-
jahre werden sollte. Aber die Abendstunde war einer tasten-
den, versuchenden und wagenden Nachdenklichkeit voll,
und die Vorstellung von etwas durchaus Neuem: aus aller
gewohnten Modernität und Bürgerlichkeit nämlich so tief
ins Menschliche erzählerisch zurückzudringen, übte einen
unbeschreiblichen sinnlich-geistigen Reiz auf mich aus. Neigungen der Zeit trafen mit solchen meiner eigenen Jahre
zusammen, mir einen solchen Stoff verlockend zu machen.
Das Problem des Menschen hat vermöge extremer Erfahrungen, die er mit sich selbst gemacht, eine eigenartige Aktu-
alität gewonnen; die Frage nach seinem Wesen, seiner Herkunft und seinem Ziel erweckt überall eine neue humane
Anteilnahme – das Wort »human« in seinem wissenschaft-
lich-sachlichsten, von optimistischen Tendenzen befreiten
Sinn genommen –; Vorstöße der Erkenntnis, sei es ins Dunkel der Vorzeit oder in die Nacht des Unbewußten, Erkun-
dungen, die sich an einem gewissen Punkte berühren und
zusammenfallen, haben das anthropologische Wissen in die
Tiefen der Zeit zurück, oder, was eigentlich dasselbe ist, in
die Tiefen der Seele hinab, mächtig erweitert, und die Neugier nach dem menschlich Frühesten und Ältesten, dem Vor-
vernünftigen, Mythischen, Glaubensgeschichtlichen ist rege

in uns allen. Solche ernsten Liebhabereien der Zeit stimmen nicht schlecht überein mit dem Geschmack eines persönlichen Reifestandes, der anfangen mag, sich vom Individuell-Besonderen zu desinteressieren und sich dem Typischen, das heißt aber dem Mythischen zuzuwenden. Freilich kann die Eroberung des Mythus von der Stufe aus, die wir einnehmen, nie ohne Selbstbetörung die seelische Rück- und Heimkehr in ihn bedeuten wollen, und die ultraromantische Verleugnung der Großhirnentwicklung, die Verfluchung des Geistes, die wir an der philosophischen Tagesordnung sehen, ist nicht jedermanns Sache. Die Vereinigung von Sympathie und Vernunft zu einer Ironie, die nicht unheilig zu sein brauchte: ein Kunstgriff, eine innere Haltung dieser Art würde wohl bei Betreuung der mir vorschwebenden Aufgabe das natürlich Gegebene sein. Mythus und Psychologie, – die anti-intellektualistischen Frömmler wollten das weit geschieden wissen. Und doch konnte es, so schien mir, lustig sein, vermittelst einer mythischen Psychologie eine Psychologie des Mythus zu versuchen.

Die Bezauberung wuchs. Viel trug zu ihrer Stärke die Idee der Einordnung, Fortsetzung, Kontinuität, der Mitarbeit an etwas überliefert Menschlichem bei, eine Idee, die ebenfalls auf meiner Altersstufe an Kraft der Anziehung gewinnt. Der Stoff war uraltes Kultur- und Phantasiegut, ein Lieblingsgegenstand aller Kunst, hundertmal bearbeitet in Ost und West als Bild und Dichtung. Mein Werk, gut oder schlecht, würde seinen historischen Platz in dieser Reihe und Überlieferung einnehmen, geprägt von seiner Stunde und Zone. Das Wichtigste, das Entscheidende ist Legitimität. Diese Träume hatten ihre Wurzeln in meiner Kindheit. Wenn ich begann, sie durch archäologisch-orientalische Erkundigungen und Studien zu fundieren, so knüpfte ich nur an eine geliebte Knabenlektüre wieder an, eine frühe Passion fürs »Land der Pyramiden«, kindliche Errungenschaften, die mich in Quinta einen Lehrer hatten in Verwirrung setzen lassen, indem ich seine Frage, wie der heilige Stier der Ägypter geheißen habe, nicht mit der gräzisierten, sondern mit der Originalform des Namens beantwortete.

Was ich plante, versteht sich, war eine Novelle als Flügel-
stück eines historischen Triptychons, dessen beide andre Bilder spanische und deutsche Gegenstände behandeln sollten,
wobei das religionsgeschichtliche Motiv als durchgehend
gedacht war. Das alte Lied! Ich hatte kaum, nach langem
Zögern, langem Herumgehen um den außergewöhnlich heißen Brei, zu schreiben begonnen, als auch schon die räum-
lichen Selbständigkeitsansprüche der Erzählung nicht länger zu verbergen waren. Denn meine epische Pedanterie, der
Fanatismus des *ab ovo* hatte mich genötigt, die Vor- und
Vätergeschichte mit einzubeziehen, und namentlich die Figur
Jaakobs, des Vaters, gewann eine so vorherrschende Stellung, daß der Titel »Joseph und seine Brüder«, an dem ich der
Überlieferung wegen hänge, am Ende sich als unzutreffend
erweisen und dem anderen »Jaakob und seine Söhne« wird
weichen müssen.

Eine unvordringliche Sorge. Daß der Roman, dessen Ausführung mir etwa bis zur Mitte vorgerückt scheint (aber vielleicht ist das, mit Hegel zu reden, eine »List der Vernunft«)
und aus dem ein paar Stilproben vorläufig in der »Neuen
Rundschau« und der »Literarischen Welt« veröffentlicht worden sind, nicht ohne die üblichen Aufenthalte und Ruhezeiten
zugunsten improvisatorischer Einlagen würde fortschrei-
ten dürfen, darein hatte ich wohl im voraus willigen müssen. Wirklich besteht schon ein guter Teil des Bandes »Die
Forderung des Tages« aus solchen Zwischenfällen, namentlich die genaue Studie über Kleists geliebte Amphitryon-Dich-
tung, eine analytische Huldigung, wie sie in Deutschland, das
keinen Sainte-Beuve besessen hat, so ziemlich ohne Muster
war. So sehr ich mich in jungen Jahren auf Muster angewiesen fühlte und ohne steten Kontakt mit bewunderten Beispielen keinen Schritt zu tun wagte, so ganz ist mir mit der
Zeit das eigensinnig Vorbildlose und durchaus Gewagte, die
persönliche Ermöglichung von etwas Neuem zum Inbegriff
der Kunst geworden, und keine Art von Lobspruch weiß ich
höher zu werten als die bestätigende Äußerung André Gides
über den »Zauberberg«: »Cette œuvre considérable n'est vrai-
ment comparable à rien.« –

Ich will die wochenlange Liebesvertiefung in Kleists Lustspiel und die Wunder seines metaphysischen Witzes nicht müßig nennen, da allerlei unterirdische Beziehungen diese kritische Arbeit mit dem »Hauptgeschäft« verbanden und Liebe niemals unökonomisch ist. Aber zufrieden bin ich es doch, daß zu den Stegreifleistungen, vor denen bisher der Roman zurücktreten mußte, auch eine selbständige Erzählung gehört. Ich meine das »tragische Reiseerlebnis« »Mario und der Zauberer« – und mechanischeren Ursachen hat wohl selten etwas – ich will es hoffen – Lebendiges seine Entstehung zu danken gehabt. Einmütig gewöhnt, keinen Sommer ohne einen Aufenthalt am Meere vorübergehen zu lassen, verbrachten wir, meine Frau und ich, mit den jüngsten Kindern im Jahre 1929 den August in dem samländischen Ostseebad Rauschen, eine Wahl, die durch ostpreußische Wünsche, besonders eine oft erneuerte Einladung des Königsberger Goethebundes, bestimmt gewesen war. Auf dieser bequemen, aber weitläufigen Reise das angeschwollene Material, das unabgeschriebene Manuskript des »Joseph« mitzuschleppen, empfahl sich nicht sehr. Da ich mich aber auf beschäftigungslose »Erholung« durchaus nicht verstehe und eher Nachteil als Nutzen davon erfahre, beschloß ich, meine Vormittage mit der leichten Ausführung einer Anekdote zu füllen, deren Idee auf eine frühere Ferienreise, einem Aufenthalt in Forte dei Marmi bei Viareggio und dort empfangene Eindrücke zurückging: mit einer Arbeit also, zu der es keines Apparates bedurfte, und die im bequemsten Sinn des Wortes »aus der Luft gegriffen« werden konnte. Ich begann, die gewohnten Frühstunden hindurch auf meinem Zimmer zu schreiben, aber die Beunruhigung, die das Versäumnis des Meeres mir erregte, schien meiner Tätigkeit wenig zuträglich. Ich glaubte nicht, daß ich im Freien arbeiten könnte. Ich muß ein Dach dabei über dem Kopf haben, damit der Gedanke nicht träumerisch evaporiert. Das Dilemma war schwer. Nur das Meer hatte es zeitigen können, und glücklicherweise erwies sich, daß seine besondere Natur auch vermögend war, es aufzuheben. Ich ließ mich bereden, meine Schreiberei an den Strand zu verlegen. Ich rückte den Sitzkorb nah an den Saum des Wassers, das voll von Badenden war, und so, auf den Knien kritzelnd, den offenen Horizont vor Augen, der immerfort von Wandelnden überschnitten wurde, mitten unter genießenden Menschen, besucht von nackten Kindern, die nach meinen Bleistiften griffen, ließ ich es geschehen, daß mir aus der Anekdote die Fabel, aus lockerer Mitteilsamkeit die geistige Erzählung, aus dem Privaten das Ethisch-Symbolische unversehens erwuchs, – während immerfort ein glückliches Staunen darüber mich erfüllte, wie doch das Meer jede menschliche Störung zu absorbieren und in seine geliebte Ungeheuerlichkeit aufzulösen vermag.

Übrigens hatte der Aufenthalt außer der literarischen eine Lebensfolge. Wir besuchten von dort aus die Kurische Nehrung, deren Landschaft uns vielfach anempfohlen worden war und wirklich sich so gewichtiger Fürsprecher wie W. von Humboldt rühmen kann, verbrachten einige Tage in dem zum litauisch verwalteten Memelgebiet gehörigen Fischerdorfe Nidden und waren von der unbeschreiblichen Eigenart und Schönheit dieser Natur, der phantastischen Welt der Wanderdünen, den von Elchen bewohnten Kiefern- und Birkenwäldern zwischen Haff und Ostsee, der wilden Großartigkeit des Strandes so ergriffen, daß wir beschlossen, uns an so entlegener Stelle, als Gegengewicht gleichsam zu unserer süddeutschen Ansässigkeit, einen festen Wohnsitz zu schaffen. Wir nahmen die Verhandlungen auf, pachteten von der litauischen Forstverwaltung ein Dünengrundstück mit großidyllischer Umschau und beauftragten eine Memeler Architektenfirma mit der Errichtung des Häuschens, das schon unter Schilfdach ist, und in dem wir fortan die Sommerferien unserer Schulpflichtigen verbringen wollen. –

Das Jahr sollte nicht ohne stürmische Erlebnisse und verwirrenden Weltdrang zu Ende gehen. Die sensationelle Auszeichnung, welche die Schwedische Akademie zu vergeben hat, und die nach siebzehn Jahren zum erstenmal wieder nach Deutschland fiel, hatte, soviel ich wußte, schon mehr als einmal dicht über mir geschwebt und traf mich nicht unvorbereitet. Sie lag wohl auf meinem Wege – ich sage es ohne Überheblichkeit, aus gelassener, wenn auch nicht uninteressierter Einsicht in dem Charakter meines Schicksals, meiner »Rolle« auf Erden, zu der nun einmal der zweideutige Glanz des Erfolges gehört, und die ich durchaus menschlich betrachte, ohne viel geistiges Aufheben davon zu machen. Im Sinn einer solchen nachdenklich hinnehmenden Gelassenheit habe ich den geräuschvollen Zwischenfall, bei dem mir soviel Festlich-Freundliches geschah, als lebenszugehörig anerkannt und ihn in möglichst guter Haltung bestanden – auch innerlich, was das Schwierigere ist. Mit einiger Einbildungskraft und einiger Nachgiebigkeit gegen sie könnte man wohl süße Erschütterungen aus dem Abenteuer ziehen, sich feierlich und vor aller Welt in den Kreis der Unsterblichen aufgenommen zu sehen und Mommsen, France, Hamsun, Hauptmann seine Peers nennen zu dürfen; aber die träumerische Exaltation zu dämpfen, ist der Gedanke an diejenigen recht sehr geeignet, welche den Preis n i c h t bekommen haben. Übrigens ist klar und geht auch aus der schön gefertigten Urkunde hervor, die König Gustav mir übergab, daß ich die Ehrung in erster Linie nordischer Sympathie für den Lübecker Familienroman meiner Jugend verdanke, und ich muß lächeln, wenn ich mich erinnere, wie ich bei der Arbeit daran die atmosphärische Verwandtschaft der Heimatwelt mit der skandinavischen bewußt herausarbeitete, um, was ich schrieb, meinen literarischen Idealen von damals anzunähern. Und doch hätte das Nobelkomitee sich kaum in der Lage gesehen, mir den Preis zuzuerkennen, ohne einiges Weitere, das ich nachher getan. Wenn er mir nur für »Buddenbrooks« und bereits für diese gebührte, warum habe ich ihn dann nicht 25 Jahre früher erhalten? Die ersten Anzeichen, daß man im Norden anfing, meinen Namen mit dieser Institution in Zusammenhang zu bringen, kamen zu mir im Jahre 1913, nach dem Erscheinen des »Tod in Venedig«. Ohne Zweifel trifft das Komitee seine Entscheidungen frei und dennoch nicht ganz nach eigenem Kopf. Es fühlt sich auf die Zustimmung der Welt angewiesen, und ich glaube, es mußte nach »Buddenbrooks« noch einiges aus mir werden, ehe es sich zu dieser Zustimmung auch nur in dem Grade versehen konnte, wie es sie gefunden hat.

Das Stockholmer Vorkommnis verlieh einer von längerer Hand her verabredeten Vortragsreise ins Rheinland einen besonderen, festlichen Akzent. Die Feier in der Aula der Universität Bonn, deren philosophische Fakultät mich kurz nach dem Kriege zum Doktor h.c. promoviert hatte, bleibt mir unvergeßlich durch einen jugendlichen Zudrang, der nach Aussage besorgter Professoren den Fußboden des alten Saales auf eine bedenkliche Belastungsprobe stellte. Aber die besagte Reise fiel ungünstig insofern, als fast unmittelbar die an meine Aktivität so große Anforderungen stellende Fahrt gen Norden sich anschloß, – freilich eine Fahrt, die ich dankbar die freundlichste und gehobenste Reiseerfahrung meines Lebens nennen will. Ich rede nicht von dem würdigen Glanz der eigentlichen Preisverteilungsfeier, bei welcher – eine außerordentliche Geste – König und Hof sich zusammen mit dem Publikum zu Ehren der zuletzt eintretenden Preisträger von den Sitzen erhoben. Wer aber in irgendeinem Sinn als Vertreter Deutschlands nach Schweden kommt, der hat es gut dort oben: Er findet sich im deutschfreundlichsten Auslande, wie meine Tischrede beim großen Bankett nach dem Festakt mich recht gewahr werden ließ. Der bewegten Sympathie, mit der jedes Wort aufgenommen wurde, das ich darin meinem schicksalreichen Lande und Volke widmete, kann ich mich nur mit Rührung erinnern. Im Individuellen aber bereicherten jene festlichen Tage mein Leben um eine Reihe menschlich gewichtiger Bekanntschaften, wie die mit dem klugen und gütigen Erzbischof Nathan Söderblom von Upsala, dem liebenswürdigen Prinzen Eugen, der die schönen Fresken im neuen Stadthause gemalt hat, mit Selma Lagerlöf, dem Verleger Bonnier, dem Nobelpreisträger für Chemie Hans von Euler-Chelpin und dem Literarhistoriker und Akademiker Frederik Böök. –

Nur langsam hat nach der Heimkehr der Wogenhochgang, in den durch den Zwischenfall mein Leben versetzt worden, sich zu legen begonnen. Das Entnervende ist, daß man, höchst öffentlich in den Besitz einer Geldsumme geraten, wie mancher Industrielle sie ohne Aufsehen alljährlich beiseite bringt, sich plötzlich dem ganzen Elend der Welt Aug in Aug gegenübergestellt findet, welches, von der Ziffer aufgestachelt, in unzähligen Formen und Abwandlungen das Gewissen des glücklichen Gewinners bestürmt. Der Akzent der Forderung, der Ausdruck, mit dem eine tausendköpfige Notdurft die Hände nach dem beschrienen Gelde reckt, hat etwas Bedrohliches und Gehässig-Dämonisches, das nicht zu beschreiben ist, und man sieht sich vor die Wahl gestellt, entweder den »vom Mammon Verhärteten« oder den Schwachkopf zu spielen, der eine zu anderen Zwecken bestimmte Summe ins Hoffnungslose verzettelt. Ich kann nicht sagen, daß meine organisatorischen Fähigkeiten den Anforderungen gewachsen waren, die das äußere Leben in langsam und stetig zunehmendem Grade daran stellten. Ihnen Genüge zu tun, wäre zeitweise ein wohl besetztes Büro mit Abteilungen für Übersetzungswesen, Bücher- und Manuskriptbegutachtung, Wohltätigkeit, menschliche Beratung usw. erforderlich, kurz, eine Organisation der Pflichten, durch die die Pein der Unübersichtlichkeit und verdrießliche Insuffizienzgefühle hintangehalten würden. Nicht genug Dank zollen aber kann ich auch in dieser Beziehung der Frau, die seit nun bald auf den Tag 25 Jahren mein Leben teilt, – dies schwierige, Geduld vor allem erfordernde, aber leicht ermüd- und verstörbare Leben, von dem ich nicht weiß, wie es sich ohne den klugen, tapferen und zart-energischen Beistand der außerordentlichen Gefährtin auch nur, wie geschehen, hätte behaupten sollen.

Der Tag des Ehegedenkfestes steht unmittelbar bevor, herbeigeführt von einem Jahr, dessen Zahl rund ist wie alle, die mein Leben beherrschen. Es war Mittag, als ich zur Welt kam; zwischen den Mitten der Jahrzehnte lagen meine fünfzig Jahre, und inmitten eines Jahrzehnts, ein halbes nach ihrer Mitte, heiratete ich. Mein Sinn für mathematische Klarheit stimmt dem zu, wie er der Anordnung zustimmt, daß meine Kinder als drei reim- und reigenartig gestellte Paare – Mädchen, Knabe – Knabe, Mädchen – Mädchen, Knabe – erschienen und wandeln. Ich vermute, daß ich im Jahre 1945, so alt wie meine Mutter, sterben werde.

Unterdessen treffen wir die Vorbereitungen zu einer Reise, die mich an die Stätten meines Romans, nach Ägypten und

Palästina, führen soll. Den Himmel und viel Menschliches meine ich nach dreitausendfünfhundert Jahren dort unverändert zu finden. –

Leiden und Größe Richard Wagners

Il y a là mes blâmes, mes éloges et tout ce que j'ai dit.

Maurice Barrès

Leidend und groß, wie das Jahrhundert, dessen vollkommener Ausdruck sie ist, das neunzehnte, steht die geistige Gestalt Richard Wagners mir vor Augen. Physiognomisch zerfurcht von allen seinen Zügen, überladen mit allen seinen Trieben, so sehe ich sie, und kaum weiß ich die Liebe zu seinem Werk, einem der großartig fragwürdigsten, vieldeutigsten und faszinierendsten Phänomene der schöpferischen Welt, zu unterscheiden von der Liebe zu dem Jahrhundert, dessen größten Teil sein Leben ausfüllt, dies unruhvoll umgetriebene, gequälte, besessene und verkannte, in Weltruhmesglanz mündende Leben. Wir Heutigen, beansprucht wie wir sind von Aufgaben, die an Neuigkeit und Schwierigkeit allerdings ihresgleichen suchen, haben keine Zeit und wenig Lust, der Epoche, die hinter uns versinkt (wir nennen sie die bürgerliche), Gerechtigkeit widerfahren zu lassen; wir verhalten uns zum neunzehnten Jahrhundert wie Söhne zum Vater: voller Kritik, wie billig. Wir zucken die Achseln über seinen Glauben sowohl, der ein Glaube an Ideen war, wie über seinen Unglauben, das heißt seinen melancholischen Relativismus. Seine liberale Anhänglichkeit an Vernunft und Fortschritt scheint uns belächelnswert, sein Materialismus allzu kompakt, sein monistischer Welterätselungsdünkel außerordentlich seicht. Und doch wurde sein wissenschaftlicher Stolz kompensiert, ja überwogen von seinem Pessimismus, seiner musikalischen Nacht- und Todverbundenheit, die es wahrscheinlich einmal stärker kennzeichnen wird als alles andere. Damit aber hängt ein Zug und Wille zusammen zum großen Format, zum Standardwerk, zum Monumentalen und grandios Massenhaften – verbunden, merkwürdig genug, mit einer Verliebtheit in das ganz Kleine und Minutiöse, das seelische Detail. Ja, Größe, und zwar eine düstere, leidende, zugleich skeptische und wahrheitsbittere, wahrheitsfanatische Größe, die im Augenblicksrausch hinschmelzender Schönheit ein kurzes, glaubensloses Glück zu finden weiß, ist sein Wesen und Gepräge; seine Statue müßte eine atlasmäßige moralische Muskelbelastung und -spannung aufweisen, die an Michelangelos Figurenwelt denken ließe. Welche Riesenlasten wurden damals getragen, e p i s c h e Lasten, im letzten Sinn dieses gewaltigen Wortes, – weshalb man dabei nicht nur an Balzac und Tolstoi, sondern auch an Wagner denken soll. Als dieser dem Freunde Liszt (man schrieb 1851) in einem feierlichen Brief den Plan zu seinen »Nibelungen« entwickelt hatte, antwortete ihm Liszt aus Weimar: »Mach' Dich nur heran und arbeite ganz rücksichtslos an Deinem Werk, für welches man allenfalls dasselbe Programm stellen könnte, wie das Domkapitel zu Sevilla bei Erbauung der Kathedrale dem Architekten stellte: ›Bauen Sie uns solch einen Tempel, daß die künftigen Generationen sagen sollen, das Kapitel war närrisch, so etwas Außerordentliches zu unternehmen.‹ Und doch steht die Kathedrale da!« – Das ist neunzehntes Jahrhundert!

Der Zaubergarten der impressionistischen Malerei Frankreichs, der englische, französische, russische Roman, die deutschen Naturwissenschaften, die deutsche Musik, – nein, das ist kein schlechtes Zeitalter, im Rückblick ist das ein Wald von großen Männern. Und der Rückblick, die Distanz auch erst erlaubt uns, die Familienähnlichkeit zwischen ihnen allen zu erkennen, dies gemeinsame Gepräge, das bei allen Unterschieden ihres Seins und Könnens die Epoche ihnen aufdrückt. Z o l a und Wagner etwa, die »Rougon-Macquarts« und »Der Ring des Nibelungen« – vor fünfzig Jahren wäre nicht leicht jemand darauf verfallen, diese Schöpfer, diese Werke zusammen zu nennen. Dennoch gehören sie zusammen. Die Verwandtschaft des Geistes, der Absichten, der Mittel springt heute ins Auge. Es ist nicht nur der Ehrgeiz des Formates, der Kunstgeschmack am Grandiosen und Massenhaften, was sie verbindet, auch nicht nur, im Technischen, das homerische Leitmotiv, es ist vor allem ein Naturalismus, der sich ins Symbolische steigert und ins Mythische wächst; denn wer wollte in Zolas Epik den Symbolismus und mythischen Hang verkennen, der seine Figuren ins Überwirkliche hebt? Ist jene Astarte des zweiten Kaiserreichs, Nana genannt, nicht ein Symbol und ein Mythus? Woher hat sie ihren Namen? Es ist ein Urlaut, ein frühes, sinnliches Lallen der Menschheit; Nana, das war ein Beiname der babylonischen Ischtar. Hat Zola das gewußt? Aber desto merkwürdiger und kennzeichnender, wenn er es nicht gewußt hat.

Auch Tolstoi hat das naturalistisch Umfangsmächtige, die demokratische Massenhaftigkeit. Auch er hat das Leitmotiv, das Selbstzitat, die stehende Sprachwendung, die seine Figuren charakterisiert. Seine Unerbittlichkeit im Ausführen, im Wiederholen und Einschärfen, seine Entschlossenheit, dem Leser nichts zu schenken, sein großartiger Wille zur Langweiligkeit ist ihm oft zum Vorwurf gemacht worden; und von Wagner sagt Nietzsche, er sei jedenfalls das unhöflichste aller Genies, er nehme den Hörer gleichsam als ob –, er sage eine Sache so oft, bis man verzweifele, bis man's glaube. Auch das ist eine Verwandtschaft, aber eine tiefere liegt in dem sozialethischen Element, das ihnen gemeinsam ist, wobei es wenig besagen will, daß Wagner in der Kunst ein heiliges Arkanum, ein Allheilmittel gegen die Schäden der Gesellschaft sah, während Tolstoi gegen das Ende seines Lebens sie als frivolen Luxus verwarf. Denn als Luxus hat auch Wagner sie verworfen. Ihre Reinigung und Heiligung galt ihm als Reinigungsund Heiligungsmittel für eine verdorbene Gesellschaft, er war ein kathartischer, ein reinigender Mensch, der durch das Mittel ästhetischer Weihung die Gesellschaft von Luxus, Geldherrschaft und Lieblosigkeit befreien wollte, in seinem Sozialethos dem russischen Epiker ganz nahe. Und gemeinsam ist ihnen auch das Geschick, daß man in beider Leben einen Bruch hat finden wollen, der ihren Charakter, ihre Gesinnung gespalten und etwas wie einen moralischen Kollaps bedeutet habe, – während in Wahrheit diese Lebensläufe die vollkommenste Folgerichtigkeit und Geschlossenheit aufweisen. Wenn es den Leuten schien, als sei Tolstoi im Alter einer Art von religiösem Wahnsinn verfallen, so sahen sie nicht, daß das Endstadium seines Lebens in seinem vorangegangenen vorgebildet war; sie vergaßen oder hatten nicht bemerkt, daß in Gestalten wie dem Pierre Besuchow in »Krieg und Frieden« oder dem Lewin in »Anna Karenina« der alte Tolstoi seelisch schon präexistent ist. Und wenn Nietzsche es so darstellt, als sei Wagner gegen sein Ende plötzlich ein Überwundener, vor dem christlichen Kreuz niedergebrochen, so übersieht er oder will übersehen lassen, daß schon die Gefühlswelt des »Tannhäuser« diejenige des »Parsifal« vorwegnimmt und daß dieser aus einem im tiefsten romantisch-christlichen Lebenswerk die Summe zieht und es mit großartiger Konsequenz zu Ende führt. Das letzte Werk Wagners ist auch sein theatralischstes, und nicht leicht war eine Künstlerlaufbahn logischer als seine. Eine Kunst der Sinnlichkeit und des symbolischen Formelwesens (denn das Leitmotiv ist eine Formel – mehr noch, es ist eine Monstranz, es nimmt eine fast schon religiöse Autorität in Anspruch) führt mit Notwendigkeit ins zelebrierend Kirchliche zurück, ja, ich glaube, daß die heimliche Sehnsucht, der letzte Ehrgeiz alles Theaters der Ritus ist, aus dem es bei Heiden und Christen hervorgegangen. Theaterkunst, das ist in sich selbst schon Barock, Katholizismus, Kirche, und ein Künstler, der, wie Wagner, gewohnt war, mit Symbolen zu hantieren und Monstranzen emporzuheben, mußte sich schließlich als Bruder des Priesters, ja selbst als Priester fühlen. –

Oft habe ich den Beziehungen nachgegangen, die Wagner und I b s e n verbinden, und fand es schwer, zwischen der epochalen Verwandtschaft und einer intimeren noch zu unterscheiden, als Zeitgenossenschaft sie hervorbringt. Es war mir unmöglich, in dem Dialog von Ibsens bürgerlichem Schauspiel nicht Mittel, Wirkungen, Bestrickungen, tiefste Reize wiederzuerkennen, die mir aus Wagners Klangwelt vertraut waren, nicht eine Brüderlichkeit festzustellen, die wohl zum Teil einfach in ihrer Größe, aber so vielfach auch in ihrer Art groß zu sein bestand. Wieviel Gemeinsames in der ungeheuren Geschlossenheit, Sphärenrundheit, Restlosigkeit ihrer gewaltigen, jugendlich sozialrevolutionären und alternd ins Mythisch-Zeremonielle verbleichenden Lebenswerke! »Wenn wir Toten erwachen«, die schaurig gehauchte Beichte des Werkmenschen, der bereut, die späte, zu späte Liebeserklärung an das »Leben« – und »Parsifal«, das Oratorium der Erlösung –, wie bin ich gewohnt, sie in eins zu sehen, in eins zu empfinden, die beiden Abschiedsweihespiele und letzten Worte vor ewigem Schweigen, die zelesten Greisenwerke in ihrer majestätisch-sklerotischen Müdigkeit, dem Schon-mechanisch-geworden-Sein all ihrer Mittel, dem Spätgepräge von Resümee, Rückschau, Selbstzitat, Auflösung.

War nicht, was man »Fin de siècle« nannte, ein recht klägliches Satyrspiel der kleinen Zeit zu dem eigentlichen und verehrungswürdigen Ausklang des Jahrhunderts, der sich in den Alterswerken der beiden Magier vollzog? Denn nordische Magier, schlimm verschmitzte alte Hexenmeister waren sie beide, tief bewandert in allen Einflüsterungskünsten einer so sinnigen wie ausgepichten Teufelsartistik, groß in der Organisation der Wirkung, im Kultus des Kleinsten, in aller Doppelbodigkeit und Symbolbildung, in diesem Zelebrieren des Einfalls, diesem Poetisieren des Intellektes – Musiker dabei, wie es sich für Nordmenschen von selbst versteht: nicht nur der eine, der die Musik, bewußt und weil er sie als Eroberer brauchte, erlernt hatte, sondern auch der andere, auch Ibsen, obschon nur heimlicher-, geistigerweise und hinter dem Wort.

Was sie aber gar zum Verwechseln einander ähnlich macht, ist der von niemandem als möglich geahnte Sublimierungsprozeß, den unter den Händen des einen wie des anderen eine vorgefundene, und zwar in geistig bescheidenem Zustande vorgefundene Kunstform erfuhr. Diese Kunstform war in Wagners Fall die Oper, im Falle Ibsens das Gesellschaftsstück. Goethe sagt: »Alles Vollkommene in seiner Art muß über seine Art hinausgehen, es muß etwas anderes Unvergleichbares werden. In manchen Tönen ist die Nachtigall noch Vogel; dann steigt sie über ihre Klasse hinüber und scheint jedem Gefiederten andeuten zu wollen, was eigentlich

Singen heißt.« Ganz so haben Wagner und Ibsen die Oper, das zivile Schauspiel vollkommen gemacht: sie machten etwas anderes, Unvergleichbares daraus. Und selbst jener Rest und Rückschlag im Beispiel von Goethes Nachtigall findet sich bei ihnen wieder: zuweilen, und zwar bis hoch hinauf, bis in den »Parsifal« hinein, gibt es bei Wagner noch Oper; zuweilen noch klappert bei Ibsen die Technik des Dumas-Dramas. Aber beide sind sie schöpferisch in dem perfektionierend-übersteigernden Sinn, daß sie aus dem Gegebenen das neue und Ungeahnte entwickeln.

Was erhebt das Werk Wagners geistig so hoch über das Niveau alles älteren musikalischen Schauspiels? Es sind zwei Mächte, die sich zu dieser Erhebung zusammenfinden, Mächte und geniale Begabungen, die man für feindlich einander entgegengesetzt halten sollte und deren kontradiktorisches Wesen man wirklich gerade heute wieder gern behauptet: sie heißen P s y c h o l o g i e und M y t h u s . Man will ihre Vereinbarkeit leugnen, Psychologie erscheint als etwas zu Rationales, als daß man sich entschließen könnte, etwa k e i n unüberwindliches Hindernis auf dem Wege ins mythische Land darin zu erblicken. Sie gilt als Widerspruch zum Mythischen, wie sie als Widerspruch zum Musikalischen gilt, obgleich eben dieser Komplex von Psychologie, Mythus und Musik uns gleich in zwei großen Fällen, in Nietzsche und Wagner, als organische Wirklichkeit vor Augen steht. Über den Psychologen Wagner wäre ein Buch zu schreiben, und zwar über die psychologische Kunst des Musikers wie des Dichters, sofern diese Eigenschaften bei ihm zu trennen sind.

Die Technik des Erinnerungsmotivs, in der alten Oper gelegentlich schon verwandt, wird allmählich zu einem tiefsinnig-virtuosen System ausgebaut, das die Musik in einem Maße, wie nie zuvor, zum Werkzeug psychologischer Anspielungen, Vertiefungen, Bezugnahmen macht. Die Umdeutung des naiv-epischen Zaubermotivs des »Liebestrankes« in ein bloßes Mittel, eine schon bestehende Leidenschaft freizumachen – in Wirklichkeit könnte es reines Wasser sein, was die Liebenden trinken, und nur ihr Glaube, den Tod getrunken zu haben, löst sie seelisch aus dem Sittengesetze des Tages –, ist die dichterische Idee eines großen Psychologen. Wie geht das Dichterische bei Wagner von Anfang an übers Libretto-mäßige hinaus – und zwar weniger sogar im Sprachlichen als im Psychologischen! »Die düstre Glut«, sagt der Holländer in dem schönen Duett mit Senta im zweiten Akt –

»Die düstre Glut, die hier ich fühle brennen,
Soll ich Unseliger sie Liebe nennen?
Ach nein, die Sehnsucht ist es nach dem Heil.
Würd' es durch solchen Engel mir zuteil!«

Das sind sangbare Verse, aber nie war etwas so kompliziert Gedachtes, seelisch so Verschlungenes vordem gesungen oder für den Gesang bestimmt worden. Der Verdammte liebt dieses Mädchen auf den ersten Blick, aber er sagt sich, daß seine Liebe eigentlich nicht ihr gilt, sondern dem Heil, der Erlösung. Sie nun aber wieder steht ihm als die Verkörperung der Heilsmöglichkeit gegenüber, so daß er zwischen der Sehn-sucht nach geistlicher Rettung und der Sehnsucht nach ihr nicht zu unterscheiden vermag und nicht unterscheiden will. Denn seine Hoffnung hat ihre Gestalt angenommen, und er kann nicht mehr wollen, daß sie eine andere habe, das heißt, er liebt in der Erlösung dies Mädchen. Welche Verschränkung eines Doppelten, welcher Blick in die schwierigen Tiefen eines Gefühls! Es ist Analyse – und dies Wort drängt sich in einem noch moderneren, noch kühneren Sinn auf, wenn man das frühlingshaft keimende und hervorsprießende Liebesleben des Knaben Siegfried betrachtet, wie Wagner es im Wort und mit Hilfe der deutend untermalenden Musik lebendig macht. Da ist ein ahnungsvoller und aus dem unbewußten herauf-schimmernder Komplex von Mutterbindung, geschlecht-lichem Verlangen und A n g s t – ich meine jene Märchen-furcht, die Siegfried erlernen möchte –, ein Komplex also, der den Psychologen Wagner in merkwürdigster, intuitiver Über-einstimmung zeigt mit einem anderen typischen Sohn des neunzehnten Jahrhunderts, mit Siegmund Freud, dem Psy-choanalytiker. Wie in Siegfrieds Träumerei unter der Linde der Muttergedanke ins Erotische verfließt; wie in der Szene, wo Mime den Zögling über die Furcht zu belehren sucht, im Orchester das Motiv der im Feuer schlafenden Brünhilde auf eine dunkel entstellte Weise sein Wesen treibt, – das ist Freud, das ist Analyse, nichts anderes; und wir wollen uns erinnern, daß auch bei Freud, dessen seelische Radikalforschung und Tiefenkunde bei Nietzsche in großem Stil vorweggenommen ist, das Interesse fürs Mythische, Menschlich-Urtümliche und Vorkulturelle mit dem psychologischen Interesse aufs engste zusammenhängt.

»Die Liebe in vollster Wirklichkeit«, sagt Wagner, »ist bloß innerhalb des Geschlechtes möglich: nur als Mann und Weib können die Menschen am wirklichsten lieben, während alle andere Liebe nur eine von dieser abgeleitete, von ihr herrührende, auf sie sich beziehende oder ihr künstlich nachgebildete ist. Irrig ist es, diese Liebe« (die sexuelle nämlich) »nur für e i n e Offenbarung der Liebe überhaupt zu halten, während n e b e n ihr andere und wohl gar höhere Offenbarungen anzunehmen wären.« – Diese Zurückführung aller »Liebe« aufs Sexuelle hat unverkennbar analytischen Charakter. Derselbe psychologische Naturalismus spricht aus ihr, der sich in Schopenhauers metaphysischer Formel vom »Brennpunkt des Willens« und in Freuds Kultur- und Sublimierungstheorien bekundet. Sie ist echt neunzehntes Jahrhundert. –

Übrigens findet der erotische Mutterkomplex sich auch im »Parsifal« wieder, in der Verführungsszene des zweiten Aktes – und damit sind wir bei der Figur der Kundry, der stärksten, dichterisch kühnsten, die Wagner je konzipiert hat: er selbst hat wohl gefühlt, welche außerordentliche Bewandtnis es mit ihr hatte. Sein Sinnen ging nicht zuerst von ihr aus, sondern von Karfreitagsgefühlen, aber bald sammelt sich das ideelle und formende Interesse mehr und mehr um sie, und die Eingebung, daß die wilde Gralsbotin ein und dasselbe Wesen sein solle mit dem verführenden Weib, der Gedanke der seelischen Doppelexistenz also, ist die entscheidende Erleuchtung und Verlockung, sie erzeugt die heimlichste Lust zu dem wundersamen Unternehmen. »Seitdem mir dies aufgegangen«, schreibt er, »ist mir fast alles an diesem Stoff klar geworden.« Und ein anderes Mal: »Namentlich geht mir eine eigentümliche Schöpfung, ein wunderbar weltdämonisches Weib (die Gralsbotin) immer lebendiger und fesselnder auf. Wenn ich diese Dichtung noch einmal zustande bringe, müßte ich damit etwas sehr Originelles leisten.« – Originell, das ist ein rührend stilles, bescheidenes Wort für das, was tatsächlich zustande kam. Die Heldinnen Wagners kennzeichnet überhaupt ein Zug von Edelhysterie, etwas Somnambules, Verzücktes und Seherisches, das ihre romantische Heroik mit eigentümlicher und bedenklicher Modernität durchsetzt. Aber die Figur Kundrys, der Höllenrose, ist geradezu ein Stück mythischer Pathologie; in ihrer qualvollen Zweiheit und Zerrissenheit, als instrumentum diaboli und heilssüchtige Büßerin, ist sie mit einer klinischen Drastik und Wahrheit, einer naturalistischen Kühnheit im Erkunden und Darstellen schauerlich krankhaften Seelenlebens gemalt, die mir immer als etwas Äußerstes an Wissen und Meisterschaft erschienen ist. Und nicht sie allein unter den Gestalten des »Parsifal« hat diesen seelisch extremen Charakter. Wenn es im Entwurf zu diesem letzten und äußersten Werk von Klingsor heißt, er sei der Dämon der verborgenen Sünde, das Wüten der Ohnmacht gegen die Sünde, so fühlen wir uns in eine Welt christlichen Wissens um entlegene und höllische Seelenzustände versetzt, in die Welt Dostojewskis.

Wagner als Mythiker, als Entdecker des Mythus für die Oper, als Erlöser der Oper durch den Mythus, das ist das zweite; und wirklich, er hat seinesgleichen nicht an seelischer Affinität mit dieser Bild- und Gedankenwelt, nicht seinesgleichen in dem Vermögen, den Mythus zu beschwören und neu zu beleben: er hatte sich selbst gefunden, als er von der historischen Oper zum Mythus fand; und wenn man ihm lauscht, möchte man glauben, die Musik sei zu nichts anderem geschaffen und könne sich nie wieder eine andere Aufgabe setzen, als dem Mythus zu dienen. Ob dieser als Bote aus reiner Sphäre erscheint, der Unschuld zu Hilfe gesandt, und leider, da der Glaube nicht standhält, dahin zurückkehren muß, woher er kam der Fahrt; oder als singendes, sagendes Wissen von der Welt Anfang und Ende, als kosmogonische Märchenphilosophie – immer ist sein Geist, sein

Wesen, sein L a u t mit einer Sicherheit und wahlverwandtschaftlichen Intuition getroffen, seine Sprache mit einer Angeborenheit geredet, die in aller Kunst ohne Beispiel ist. Es ist die Sprache des »Einst« in seinem Doppelsinn aus »Wie alles war« und »Wie alles sein wird«; und die mythologische Stimmungsdichtigkeit, etwa in der Nornenszene zu Anfang der »Götterdämmerung«, in der die drei Erdatöchter sich in einer Art von weihevollem Weltenklatsch ergehen, oder der Erdaerscheinungen selbst im »Rheingold« und »Siegfried« ist unübertrefflich. Die übergewaltigen Akzente der Musik, die Siegfrieds Leiche hinweggeleitet, gelten nicht mehr dem Waldknaben, der auszog, das Fürchten zu lernen; sie belehrt das Gefühl, was eigentlich da hinter niedergehenden Nebelschleiern vorüberzieht: der Sonnenheld selbst liegt auf der Bahre, erschlagen von bleicher Finsternis; und das andeutende Wort kommt der Empfindung zu Hilfe: »Eines wilden Ebers Wut«, heißt es, und »Er ist der verfluchte Eber«, sagt Gunther, auf Hagen weisend, »der diesen Edeln zerfleischte«. Die Perspektive reißt auf bis ins Erste und Früheste menschlichen Bildträumens. Tammuz, Adonis, die der Eber schlug, Osiris, Dionysos, die Zerrissenen, die wiederkehren sollen als der Gekreuzigte, dem ein römischer Speer die Seitenwunde reißen muß, auf daß man ihn erkenne, – alles, was war und immer ist, die ganze Welt der geopferten, von Wintergrimm gemordeten Schönheit, umfaßt dieser mythische Blick – und so sage man nicht, der Schöpfer des »Siegfried« sei sich untreu geworden durch »Parsifal«.

Die Passion für Wagners zaubervolles Werk begleitet mein Leben, seit ich seiner zuerst gewahr wurde und es mir zu erobern, es mit Erkenntnis zu durchdringen begann. Was ich ihm als Genießender und Lernender verdanke, kann ich nie vergessen, nie die Stunden tiefen, einsamen Glückes inmitten der Theatermenge, Stunden voll von Schauern und Wonnen der Nerven und des Intellektes, von Einblicken in rührende und große Bedeutsamkeiten, wie eben nur diese Kunst sie gewährt. Meine Neugier nach ihr ist nie ermüdet; ich bin nicht satt geworden, sie zu belauschen, zu bewundern, zu überwachen – nicht ohne Mißtrauen, ich gebe es zu; aber die Zweifel, Einwände, Beanstandungen taten ihr so wenig Abbruch, wie die unsterbliche Wagnerkritik Nietzsches, die ich immer als einen Panegyrikus mit umgekehrtem Vorzeichen, als eine andere Form der Verherrlichung empfunden habe. Sie war Liebeshaß, Selbstkasteiung. Wagners Kunst war die große Liebesleidenschaft von Nietzsches Leben. Er hat sie geliebt, wie Baudelaire, der Dichter der »Fleurs du Mal«, sie geliebt hat, von dem man erzählt, er habe noch in der Agonie, in der Lähmung und halben Verblödung seiner letzten Tage, vor Freude gelächelt, wenn der Name Wagners genannt wurde – *il a souri d'allégresse.* So pflegte Nietzsche in seiner paralytischen Nacht beim Klang dieses Namens aufzuhorchen und zu erwidern: »Den habe ich sehr geliebt.« Er hat ihn sehr gehaßt, aus geistigen, kulturmoralischen Gründen, die hier und heute, an dem »heiligen Tage«, mit Nietzsche zu reden, an dem Richard Wagner in Venedig starb, nicht zur Erörterung stehen. Aber es wäre seltsam, wenn ich allein stände mit der Erfahrung, daß Nietzsches Polemik gegen Wagner der Begeisterung eher ein Stachel ist, als daß sie sie zu lähmen vermöchte.

Was ich beanstandete, von jeher, oder besser, was mich gleichgültig ließ, war Wagners Theorie, – kaum habe ich mich je bereden können, zu glauben, daß überhaupt je jemand sie ernst genommen habe. Was sollte ich anfangen mit dieser Addition von Musik, Wort, Malerei und Gebärde, die sich als das allein Wahre und als die Erfüllung aller künstlerischen Sehnsucht ausgab? Mit einer Kunstlehre, der zufolge der »Tasso« dem »Siegfried« nachzustehen hätte? Es war ein starkes Stück, fand ich, die Einzelkünste aus dem Zerfall einer ursprünglich theatralischen Einheit abzuleiten, in die sie zu ihrem Glück dienend zurückkehren sollten. Die Kunst ist ganz und vollkommen in jeder ihrer Erscheinungsformen; man braucht nicht ihre Gattungen zu summieren, um sie vollkommen zu machen. Das zu denken, ist s c h l e c h t e s neunzehntes Jahrhundert, eine schlimm mechanistische Denkungsweise, und Wagners siegreiches Werk beweist nicht seine Theorie, sondern nur sich selbst. Es lebt und wird lange leben, aber die Kunst wird es in den Künsten überleben und die Menschheit durch sie bewegen, wie eh und je. Es wäre kindliche Barbarei, zu glauben, Höhe und Intensität der Kunstwirkung ergäben sich aus dem gehäuften Maß ihrer sinnlichen Aggression.

Wagner als leidenschaftlicher Theatraliker, man kann wohl sagen, als Theatromane, neigte zu solchem Glauben, insofern ihm die unmittelbarste und restloseste Mitteilung alles zu Sagenden an die Sinne als die erste Forderung der Kunst erschien. Und es ist merkwürdig genug, zu sehen, was dank diesem unerbittlichen Bedürfnis im Falle seines Hauptwerkes, des »Ringes des Nibelungen«, aus dem Drama wurde, dem doch all sein Trachten galt und als dessen Grundgesetz ihm eben das restlos Sinnliche erschien. Man kennt die Entstehungsgeschichte dieses Werkes. Wagner, mit der Gestaltung seines dramatischen Entwurfes »Siegfrieds Tod« beschäftigt, ertrug es nicht, wie er selbst erzählt, daß so viel vorauszusetzen war, so viel Handlung vor dem Anfang lag, deren Mitteilung in das Stück hätte hineinkomponiert werden müssen. Sein Bedürfnis, die Vorgeschichte zu sinnlicher Anschauung zu bringen, war übermächtig, und so begann er nach rückwärts zu schreiben: er dichtete den »Jungen Siegfried«, dann die »Walküre«, dann das »Rheingold«; er ruhte nicht, bis er alles in voller Gegenwart auf die Bühne gebracht hatte, in vier Abenden alles von der Urzelle, dem Erzbeginn, dem ersten Baßfagott-Es des »Rheingold«-Vorspieles an, womit er denn feierlich und fast unhörbar zu erzählen anhob. Etwas Herrliches entstand, und man versteht die Begeisterung, die den Schöpfer angesichts seines so gewordenen, an neuen und tiefen Wirkungsmöglichkeiten so reichen Riesenplanes ergriff. Aber was war es eigentlich, was entstand? Die Ästhetik hat gelegentlich das mehrteilige Drama als Form verworfen. Grillparzer zum Beispiel tat das. Er meinte, die Beziehung eines Teils auf den anderen gebe dem Ganzen e t w a s E p i s c h e s, wodurch es freilich an Großartigkeit gewänne. Aber damit ist die Wirkung des »Ringes« bestimmt, der Charakter seiner Größe, und was wir feststellen, ist eben, daß Wagners Hauptwerk seine Großartigkeit ihrer Art nach dem epischen Kunstgeist verdankt, in dessen Sphäre der Stoff ja auch beheimatet war. Der »Ring« ist ein szenisches Epos, hervorgegangen aus der Abneigung gegen Vorgeschichten, die hinter der

Szene spuken, einer Abneigung, die die antike und die französische Tragödie bekanntlich nicht teilen. Ibsen mit seiner analytischen Technik und seiner Kunst, Vorgeschichten zu entwickeln, ist hierin dem klassischen Drama viel näher. Und es liegt Humor darin, daß gerade das dramatische Sinnlichkeitstheorem Wagners ihn auf eine so wundervolle Art zum Epischen verführte.

Sein Verhältnis zu den Einzelkünsten, aus denen er sein »Gesamtkunstwerk« schuf, ist des Nachdenkens wert; es liegt etwas eigentümlich Dilettantisches darin, wie denn Nietzsche in seiner wagnerfrommen »Vierten Unzeitgemäßen Betrachtung« über Wagners Kindheit und Jugend sagt: »Seine Jugend ist die eines vielseitigen Dilettanten, aus dem nichts Rechtes werden will. Ihn schränkte keine strenge erb- und familienhafte Kunstübung ein. Die Malerei, die Dichtkunst, die Schauspielerei, die Musik kamen ihm so nahe, als die gelehrtenhafte Erziehung und Zukunft; wer oberflächlich hinblickte, möchte meinen, er sei zum Dilettantisieren geboren.« – Tatsächlich und nicht nur oberflächlich, sondern mit Leidenschaft und Bewunderung hingeblickt, kann man sagen, auf die Gefahr hin, mißverstanden zu werden, daß Wagners Kunst ein mit höchster Willenskraft und Intelligenz monumentalisierter und ins Geniehafte getriebener Dilettantismus ist. Die Vereinigungsidee der Künste selbst hat etwas Dilettantisches und wäre ohne die mit höchster Kraft vollzogene Unterwerfung ihrer aller unter sein ungeheures Ausdrucksgenie im Dilettantischen steckengeblieben. Es ist etwas Zweifelhaftes um seine Beziehung zu den Künsten; so unsinnig es klingt, haftet ihr etwas Amusisches an. Italien, die bildende Kunst, lassen ihn im Grunde völlig kalt. Der Wesendonk schreibt er nach Rom: »Sehen Sie und schauen Sie für mich mit: ich habe es nötig, daß es jemand für mich tut... Mit mir hat es da eine eigne Bewandtnis: das habe ich wiederholt und endlich am bestimmtesten in Italien kennengelernt. Ich werde eine Zeitlang durch bedeutende Wirkung auf mein Auge lebhaft ergriffen: aber – es dauert nicht lang... Es scheint, daß das Auge mir als Sinn der Wahrnehmung der Welt nicht genügt.«

Sehr begreiflich! Er ist ja Ohrenmensch, Musiker und Dichter, aber seltsam ist es doch, daß er aus Paris an dieselbe Adressatin schreiben kann: »Ach was schwelgt das Kind in Raphaël und Malerei! Was ist das schön, lieblich und beruhigend! Nur mich will das nie einmal berühren! Ich bin immer noch der Vandale, der seit einem Jahresaufenthalt in Paris nicht dazu gekommen ist, das Louvre zu besuchen! Sagt Ihnen das nicht alles??« – Nicht alles, aber doch manches und sonderbar Bezeichnendes. Die Malerei ist eine große Kunst, so groß, wie das Gesamtkunstwerk. Sie hat vor diesem auf eigene Hand bestanden und tut es nach ihm; aber sie berührt ihn nicht. Er müßte weniger groß sein, daß man sich nicht dadurch in der Seele der Malerei gekränkt fühlen sollte! Denn die bildende Kunst hat ihm weder als Vergangenheit, noch als lebendige Gegenwart etwas zu sagen. Das Große, das neben seinem Werk aufwächst, die französische impressionistische Malerei, sieht er kaum, sie geht ihn nichts an. Seine Beziehungen dazu beschränken sich auf die Tatsache, daß Renoir sein Porträt gemalt hat – ein Bild, das seinen Gegenstand nicht gerade heroisiert und ihm nicht sehr gefallen haben wird. Es ist klar, daß er zur Dichtung ganz anders steht als zur bildenden Kunst. Sie hat ihm, namentlich durch Shakespeare, sein Leben lang Unendliches gegeben, wenn auch die Theorie, mit der er sein eigenes Talent glorifizierte, ihn von den »Literatur-Dichtern«, wie er sagte, fast mitleidig reden ließ. Aber was liegt daran, da er selbst der Dichtung Gewaltiges geschenkt, sie mit seinen Werken bereichert hat, – bei denen freilich nie zu vergessen ist, daß sie nicht gelesen werden sollen, nicht eigentlich Sprachwerke, sondern »Musikdunst« sind, der Ergänzung durch Bild, Gebärde, Musik bedürfen und erst in ihrer aller Zusammenwirken sich als Dichtung vollenden. Rein sprachlich gesehen haben sie oft etwas Schwulstiges und Barockes, auch Kindliches, etwas von großartiger und selbstherrlicher Unberufenheit – mit Einlagerungen von absoluter Genialität, von Kraft, Gedrungenheit, Urschönheit, die jeden Zweifel entkräften – und doch das Bewußtsein nicht auslöschen, daß es sich nicht um Gebilde handelt, die innerhalb der Kultur der großen europäischen Literatur und Dichtung stehen, sondern abseits davon, als Anweisungen zu einer theatralischen Ausdrucksveranstaltung, die unter anderem auch des Wortes bedarf. Ich denke bei jenen ins kühn Dilettantische eingesprengten Sprachgenialitäten besonders an den »Ring des Nibelungen« und an den »Lohengrin«, der, als Wortschöpfung genommen, vielleicht das Reinste, Edelste und Schönste darstellt, was Wagner gelungen ist.

Sein Genie ist eine dramatische Synthesis der Künste, die nur als Ganzes, eben als Synthese, den Begriff des echten und legitimen Werkes erfüllt. Den Bestandteilen, selbst der Musik als solcher und sofern sie eben nicht Mittel zum Gesamtzweck ist, eignet etwas Wildwüchsig-Illegitimes, das sich erst im erhabenen Ganzen aufhebt. Daß Wagners Verhältnis zur Sprache nicht dasjenige unserer großen Dichter und Schriftsteller war, daß es der Strenge und Delikatesse entbehrt, die dort walten, wo die Sprache als höchstes Gut und anvertrautes Mittel der Kunst empfunden wird, das zeigen seine Gelegenheitsgedichte, diese verzuckert romantischen Huldigungen und Widmungspoeme an Ludwig den Zweiten von Bayern, diese banausisch fidelen Reimereien an Freunde und Helfer. Jedes hingeworfene Gelegenheitsreimchen Goethes ist goldschwere Dichtung und hohe Literatur gegen diese Sprachphilistereien und versifizierten Männerscherze, bei denen die Verehrung nur etwas mühsam zu lächeln vermag. Sie halte sich dafür an Wagners Prosaaufsätze, diese ästhetischen, kulturkritischen Manifeste und Selbsterläuterungen, – Künstlerschriften von erstaunlicher Gescheitheit und denkerischer Willenskraft, die man freilich als Sprach- und Geisteswerke nicht mit den kunstphilosophischen Arbeiten Schillers, etwa mit dem unsterblichen Versuch »Über naive und sentimentalische Dichtung« vergleichen darf. Etwas schwer Lesbares, zugleich Verschwommenes und Steifes gehört zu ihnen, wiederum etwas wild- und nebenwüchsig Dilettantisches; sie gehören nicht eigentlich der Welt großer deutscher und europäischer Essayistik an, sind nicht eigentlich Werke eines geborenen Schriftstellers, sondern nebenbei, aus Not, entstanden. Wagner war alles einzelne nur aus Not. Glücklich, berufen, vollkommen, legitim und groß ist er erst im Großen und Ganzen.

Krieg er denn nicht auch Musiker nur aus Not, zum Zweck des überwältigenden Ganzen und durch den Willen? Nietzsche bemerkt einmal, daß die sogenannte Begabung nicht das Wesentliche des Genies sein könne. »Wie wenig Begabung zum Beispiel bei Richard Wagner«, ruft er aus. »Gab es je einen Musiker, der in seinem achtundzwanzigsten Jahr noch so arm war?« Wirklich wächst Wagners Musik aus zagen, kümmerlichen und unselbständigen Anfängen auf, und diese Anfänge liegen viel später in seinem Leben als bei großen Musikern sonst. Er selbst sagt: »Ich entsinne mich noch, um mein dreißigstes Jahr herum mich innerlich zweifelhaft befragt zu haben, ob ich denn wirklich das Zeug zu einer höchsten künstlerischen Individualität besäße: ich konnte in meinen Arbeiten immer noch Einfluß und Nachahmung verspüren und wagte nur beklommen, auf meine ferne Entwicklung als durchaus originell Schaffender zu blicken.« Das ist ein Rückblick aus der Zeit der Meisterschaft, im Jahre 62. Aber nur drei Jahre früher, mit sechsundvierzig Jahren, aus Luzern, in Tagen, da es mit dem »Tristan« durchaus nicht vorwärts gehen will, schreibt er an Liszt: »Wie jämmerlich ich mich als Musiker fühle, kann ich Dir gar nicht stark genug versichern; aus Herzensgrund halte ich mich für einen absoluten Stümper. Du solltest mich nur manchmal so dasitzen sehen, wenn ich so denke, »es muß doch gehen« – und dann ans Klavier gerate und einigen miserablen Dreck zusammengreife, um dann blödsinnig es aufzugeben. Wie mir da zumute ist! – welch innige Überzeugung von meiner eigentlichen musikalischen Lumpenhaftigkeit! Und nun kommst Du, dem es aus allen Poren hervorquillt, wie Ströme und Quellen und Wasserfälle, und – da muß ich mir nun noch so etwas sagen lassen, wie Deine Worte. N i c h t zu glauben, daß dies völlige Ironie sei, fällt mir da sehr schwer... Liebster, das ist eine eigene Geschichte, und glaub' mir, mit mir ist's nicht weit her.« – Das ist offenbare Depression, ungültig in jedem Wort und doppelt absurd durch die Adresse, an die ein solches Bekenntnis sich richtet; und Liszt antwortet denn auch

gebührend darauf. Er macht ihm »verrückte Ungerechtigkeit
gegen sich selbst« zum Vorwurf. Übrigens kennt jeder Künstler solche plötzliche Scham vor dem Meisterhaften neben und
vor ihm: sie kommt daher, daß jede Kunstübung eine neue
und ihrerseits schon sehr kunstvolle Anpassung des persönlich und individuell Bedingten an die Kunst überhaupt darstellt, und der einzelne, selbst nach anerkannten, geglückten
Leistungen, beim Vergleich mit fremder Meisterschaft sich
plötzlich fragen kann: wie ist es möglich, mein persönliches
Arrangement mit jenen Dingen überhaupt in einem Atem zu
nennen? – Und doch hat ein solcher Grad von depressiver
Selbsterniedrigung, von Gewissensverzweiflung im Angesicht der Musik bei dem, der im dritten Akt des »Tristan«
hält, etwas Befremdendes und psychologisch Auffallendes.
Wahrhaftig, die diktatorische Selbstgewißheit von Wagners alten Tagen, als er in den Bayreuther Blättern gar vieles
Schöne, Mendelssohn, Schumann und Brahms zum höheren
Ruhm der eigenen Kunst verspottete und verdammte, –
dies Selbstbewußtsein ist mit vieler früherer Zerknirschung
und Verzagtheit vor der Kunst erkauft! Woher kamen diese
Anfälle? Gewiß nur daher, daß er selbst in solchen Augenblicken den Fehler beging, sein Musikertum zu isolieren und
es so in Vergleich mit dem Höchsten zu stellen, während es
doch ebenso nur sub specie seines Dichtertums betrachtet
werden darf, wie umgekehrt, – und diesem Fehler hauptsächlich entstammt ja der erbitterte Widerstand, den seine Musik
zu überwinden gehabt hat. Wir, die wir der Wunderwelt dieser Klänge, ihrer intellektuellen Magie soviel Beglückung
und Entrückung, soviel Staunen über ein selbstgeschaffenes,
ungeheures Können verdanken, wir begreifen nur schwer
diese Widerstände, diesen Abscheu; wir finden Ausdrücke,
wie sie gegen Wagners Musik gebraucht werden, Bezeich-
nungen wie »kalt«, »algebraisch«, »formlos« entsetzlich miß-
verständlich und uneinsichtig, von einer dickhäuterischen
Verständnisarmut und Unempfänglichkeit zeugend, und wir
sind geneigt, zu glauben, nur aus ganz unmusischer und phi-
listerhafter, gott- und musikverlassener Sphäre hätten solche
Urteile kommen können. Aber dem war nicht so. Viele, die so

urteilen, so urteilen mußten, waren keine Spießer, es waren künstlerische Seelen und Geister, Musiker und Liebende der Musik, Menschen, denen das Schicksal der Musik am Herzen lag und die mit Recht den Anspruch erhoben, zwischen Musik und Unmusik unterscheiden zu können – und sie fanden, daß diese Musik keine sei. Ihre Meinung ist vollkommen geschlagen worden, ihr war eine säkulare Niederlage beschieden. Aber, wenn sie falsch war, war sie auch unentschuldbar? Wagners Musik ist so ganz und so gar nicht Musik, wie die dramatische Unterlage, die sie zur Dichtung vervollständigt, Literatur ist. Sie ist Psychologie, Symbol, Mythik, Emphatik – alles; aber nicht Musik in dem reinen und vollwertigen Sinn jener verwirrten Kunstrichter. Die Texte, um die sie sich rankt und die sie zum Drama erfüllt, sind nicht Literatur, aber die Musik ist es. Sie, die wie ein Geysir aus vorkulturellen Tiefen des Mythos hervorzuschießen scheint (und nicht nur scheint: sie tut es wirklich), ist in Wahrheit und außerdem – gedacht, berechnet, hochintelligent, von ausgepichter Klugheit, so literarisch konzipiert, wie ihre Texte musikalisch konzipiert sind. Aufgelöst in ihre Urelemente muß die Musik dazu dienen, mythische Philosopheme ins Hochrelief zu treiben. Die unstillbare Chromatik des Liebestodes ist eine literarische Idee. Das Urströmen des Rheines, die sieben primitiven Akkordklötze, die Walhall aufbauen, sind es nicht weniger. Ein berühmter Dirigent, der eben den »Tristan« geleitet hatte, sagte auf dem Heimweg zu mir: »Es ist gar keine Musik mehr.« Er sagte es im Sinne unserer gemeinsamen Erschütterung. Aber was wir heute als bewunderungsvolles Ja aussprechen, wie hätte es nicht anfangs als zorniges Nein lauten sollen? Solche Musik, wie die von Siegfrieds Rheinfahrt oder wie die Totenklage für den Gefällten, Stücke von unnennbarer Herrlichkeit für unser Ohr, unseren Geist, waren nie erhört worden, sie waren unerhört im anstößigsten Sinne. Dies Aneinanderreihen symbolischer Motivzitate, die wie Felsbrocken im Gießbach musikalischer Elementarvorgänge liegen, als Musik im Sinne Bachs, Mozarts und Beethovens zu empfinden, war zuviel verlangt. Es war zuviel verlangt, den Es-Dur-Dreiklang, der das Rheingoldvorspiel ausmacht, bereits Musik nennen zu sollen. Es war auch keine. Es war ein akustischer Gedanke: der Gedanke des Anfanges aller Dinge. Es war die selbstherrlich dilettantische Nutzbarmachung der Musik zur Darstellung einer mythischen Idee. Die Psychoanalyse will wissen, daß die Liebe sich aus lauter Perversitäten zusammensetze. Darum bleibt sie doch die Liebe, das göttlichste Phänomen der Welt. Nun denn, das Genie Richard Wagners setzt sich aus lauter Dilettantismen zusammen.

Aber aus was für welchen! Er ist ein Musiker der Art, daß er auch die Unmusikalischen zur Musik überredet. Das mag ein Einwand sein für Esoteriker und Aristokraten der Kunst – aber wenn unter den Unmusikalischen sich nun Menschen und Artisten wie Baudelaire befinden? Für Baudelaire war die Begegnung mit Wagner einfach die mit der Musik. Er war unmusikalisch, er schrieb es selbst an Wagner, daß er nichts von der Musik verstehe und nichts gekannt habe als ein paar schöne Stücke von Weber und Beethoven. Und nun eine Hingerissenheit, die ihm den Ehrgeiz eingab, mit der Sprache zu musizieren, mit ihr allein es Wagner gleichzutun, was weitgehende Folgen für die französische Lyrik gehabt hat. Solche Erweckte und Proselyten kann eine uneigentliche, eine Laienmusik sich gefallen lassen; mancher Strenge könnte sie um solche beneiden und nicht nur um sie. In dieser exoterischen Musik gibt es Dinge von einer Genialität und Herrlichkeit, durch die solche Unterscheidungen der Lächerlichkeit verfallen. Das Schwanenmotiv aus »Lohengrin« und »Parsifal«; die Sommermondnachtklänge am Schlusse des zweiten Meistersingeraktes und das Quintett im dritten; die As-Dur-Partie im zweiten Akt von »Tristan und Isolde« und Tristans Vision der übers Meer schreitenden Geliebten; die Karfreitagsmusik im »Parsifal« und die gewaltige Verwandlungsmusik im dritten Akt dieses Werkes; der herrliche Zwiegesang zwischen Siegfried und Brünhilde zu Anfang der »Götterdämmerung« mit der volksliedhaften Intonation: »Willst du mir Minne schenken« und dem hinreißenden »Heil dir, Brünhild', prangender Stern!«; gewisse Partien aus der Venusberg-Bearbeitung der Tristan-Zeit, – das sind Eingebungen, vor denen die absolute Musik selbst vor Neid erblassen oder vor Entzücken erröten könnte. Und dabei ist es Zufall und Willkür, daß ich gerade sie nenne. Ebensogut könnte ich andere anführen oder an die erstaunliche Kunst erinnern, die Wagner im Abbiegen, Verändern und Umdeuten eines im musikalischen Verlauf schon gegebenen Motivs bewährt, wie es etwa im Vorspiel zum dritten Akt der »Meistersinger« mit Hans Sachsens Schusterlied geschieht, das uns aus der Humoristik des zweiten Aktes als derber Handwerkssang bekannt war und nun bei seiner Wiederkehr in diesem Vorspiel zu ungeahnter Poesie verklärt wird. Oder man denke an die rhythmische und klangliche Umgestaltung und Neuauslegung, die das sogenannte Glaubensmotiv, schon aus den Anfängen der Ouvertüre bekannt, oftmals im Laufe des »Parsifal« und zuerst in der großen Erzählung des Gurnemanz erfährt. Es ist schwer, von diesen Dingen zu sprechen, wenn einem nur das Wort zur Verfügung steht, um sie heraufzurufen. Warum wird, indem ich von Wagners Musik rede, gerade eine solche Einzelheit, eine bloße Arabeske, mir im Ohre wach wie die technisch leicht beschreibbare und im Grunde doch unbeschreibliche Hornfigur, die in der Totenklage für Siegfried das Liebesmotiv seiner Eltern harmonisch vorbereitet? Man weiß in solchen Augenblicken kaum zu unterscheiden, ob es Wagners besondere und persönliche Kunst oder die Musik selbst ist, die man bewundert und die es einem so antut. Mit einem Wort, es ist himmlisch – man schämt sich eines Wortes nicht, wie es so feminin und schwärmerisch eben nur die Musik einem auf die Lippen zu zwingen vermag. –

Der allgemeine seelische Charakter von Wagners Musik hat etwas pessimistisch Schweres, langsam Sehnsüchtiges, im Rhythmus Gebrochenes und aus dunklem Wirrsal nach Erlösung im Schönen Ringendes; es ist die Musik einer beladenen Seele, nicht tänzerisch zu den Muskeln redend, sondern ein Wühlen, Sichschieben und Drängen von unsüdlicher Mühsal, die Lenbachs Mutterwitz schlagend kennzeichnete, als er eines Tages zu Wagner sagte: »Ihre Musik – ach was, das ist ja ein Lastwagen nach dem Himmelreich.« Aber sie ist nicht nur das. Über ihrer Seelenschwere darf man das Kecke, Stolze und Heitere nicht vergessen, das sie ebenfalls hervorbringen kann, in den ritterlichen Themen etwa, den Motiven Lohengrins, Stolzings und Parsifals, nicht das Elbisch-Natur-neckische und Liebliche der Rheintöchterterzette, den paro-dischen Witz und gelehrten Übermut des Meistersingervor-spiels, auch nicht die Ländlerlustigkeit des Volkstanzes im dritten Akt. Wagner kann alles. Er ist ein Charakteristiker ohnegleichen, und seine Musik als Charakterisierungsmit-tel verstehen, heißt sie ohne Maß bewundern. Diese Kunst ist pittoresk, ja grotesk und auf Distanz berechnet, wie das Theater es verlangt, aber von einem Erfindungsreichtum auch im Kleinen, einer beweglichen Fähigkeit des Eingehens in die Erscheinungen, des Redens und Gestikulierens aus ihnen heraus, die in solcher Ausprägung vorher nie da war. Sie tri-umphiert in den Einzelfiguren: in der musikalisch-dichte-rischen Gestalt des Holländers etwa, ihrer Umflossenheit von Öde und Verdammtheit, ihrer verzweifelten Umtostheit von Meereswildnis... In Loges elementarischer Unberechenbarkeit und tückischer Anmut. Im Geblinzel und Geknick von Sieg-frieds zwergischem Pflegevater. In Beckmessers närrischer Bosheit und Torheit. Der dionysische Schauspieler – seine Kunst, seine Künste, wenn man so will – offenbaren sich in dieser Omnipotenz und Ubiquität der Verwandlung und Dar-stellung; er wechselt nicht nur die menschliche Maske, er geht ein in die Natur, er spricht aus Sturm und Gewitter, aus Blät-tersäuseln und Wellengeglitzer, aus Flammentanz und Regen-bogen. Alberichs Tarnkappe ist das Generalsymbol dieses Vermummungsgenies und imitativen Allvermögens, das im niedrigen Leben der Kröte, in ihrem schwammigen Hüpfen und Kriechen so wahrhaftig zu Hause ist wie im sorglos sich wiegenden Wolkendasein der Asen. Es ist diese charakterisie-rende Allmacht, die Werke von solcher seelischen Heterogeni-tät nebeneinander zu stellen vermag wie die lutherisch derben und deutschen »Meistersinger« und die todessüchtige, todes-trunkene Welt des »Tristan«. Sie sondert jedes der Werke vom anderen, entwickelt jedes aus einem Grundlaut, der es von allen anderen unterscheidet, so daß innerhalb des Gesamt-werkes, das doch selbst ein persönlicher Kosmos ist, jedes Ein-zelwerk wiederum eine solche geschlossene und sternenhafte

Einheit bildet. Es gibt musikalische Berührungen und Verbindungen zwischen ihnen, in denen die organische Einheit des Ganzen sich andeutet. Im »Parsifal« laufen Meistersingerakzente unter; in der Musik des »Holländer« sind Antizipationen aus dem »Lohengrin« erlauschbar und in seinem Text solche Vordeutungen auf die religiöse Verzücktheit der Parsifalsprache, wie die Worte »Ein heil'ger Balsam meinen Wunden – Dem Schwur, dem hohen Wort entfließt«; im christlichen »Lohengrin« ergeben die in Ortrud personifizierten heidnischen Rückstände seiner Sphäre schon Nibelungenklänge. Im ganzen aber ist jedes Werk auf eine Art stilistisch gegen die übrigen abgesetzt, die das Geheimnis des S t i l e s als Kern der Kunst und fast als die Kunst selbst sichtbar und fühlbar macht: es ist das Geheimnis der Vermählung des Persönlichen mit dem Sachlichen. Wagner ist in jedem Werk ganz er selbst, und jeder Takt darin kann nur von ihm sein, zeigt seine unverwechselbare persönliche Formel und Handschrift. Und doch ist jedes zugleich besonders und eine stilistische Welt für sich, das Produkt einer sachlichen Einfühlsamkeit, die der persönlichen Eigenwilligkeit die Waage hält und sich rein in ihr aufhebt. Das stärkste Wunder in diesem Betracht ist vielleicht das Werk des Siebzigjährigen, der »Parsifal«, der im Erkunden und Zum-Reden-Bringen entlegener schauerlicher und heiliger Welten etwas Äußerstes leistet – trotz »Tristan und Isolde« das extremste unter Wagners Werken und Zeugnis von einer seelisch-stilistischen Anpassungsfähigkeit, die selbst das bei ihm gewohnte Maß zum Schluß noch überbietet, voll von Lauten, denen man mit immer neuer Beunruhigung, Neugier und Verzauberung nachhängt.

»Eine üble Geschichte das!« schreibt Wagner im Mai 1859 aus Luzern, mitten aus der verzehrenden Arbeit am dritten Akt des »Tristan« heraus, die ihm zu der längst erschauten und entworfenen Figur des Amfortas neue Aufregung bringt. »Eine üble Geschichte! Denken Sie um des Himmels willen, was da los ist! Mir ward es plötzlich schrecklich klar: Amfortas ist mein Tristan des dritten Aktes in seiner undenklichen Steigerung.« – Diese »Steigerung« ist das unwillkürliche, auf Selbstverwöhnung beruhende Lebens- und Wachstumsgesetz

166

seiner Produktion, an den Qual- und Sündenzerknirschungs-
akzenten des Amfortas hat er sein Leben lang geübt. Sie sind
schon da in Tannhäusers »Ach, wie drückt mich der Sünde
Last!«, sie sind im »Tristan« ein scheinbares Nonplusultra an
zerreißendem Ausdruck geworden, aber im »Parsifal« werden sie, wie er mit Schrecken erkennt, zu überbieten sein,
eine »undenkliche Steigerung« erfahren müssen. Es handelt
sich um ein Auf-die-Spitze-Treiben von Akzenten, zu denen
unbewußt immer stärkere und tiefere Anlässe und Situati-
onen gesucht werden. Die Stoffe, die Einzelwerke sind Stufen und sich übersteigernde Abwandlungen einer Einheit, des
in sich geschlossenen und sphärenrunden Lebenswerkes, das
»sich entwickelt«, aber gewissermaßen von Anfang an da ist.
Damit hängt die Verschachtelung, das Ineinander der Kon-
zeptionen zusammen, die es mit sich bringt, daß ein Künstler
dieser Art und geistigen Form es niemals nur mit dem Werk,
der Aufgabe zu tun hat, woran er gerade arbeitet, sondern
daß gleichzeitig noch alles andere mit auf ihm liegt und den
produktiven Augenblick belastet. Etwas scheinbar (nur halb
scheinbar) Planmäßiges, Lebensplanmäßiges tritt hervor, derart, daß Wagner im Jahre 1862, während der Komposition
der »Meistersinger«, in einem Brief an Bülow aus Bieberich
mit aller Bestimmtheit voraussagt, der »Parsifal« werde sein
letztes Werk sein, rund zwanzig Jahre, bevor er zur Ausführung kommt. Denn vorher ist ja der »Siegfried«, in den »Tristan« und »Meistersinger« eingelegt werden, und die ganze
»Götterdämmerung« aufzuarbeiten, damit die Lücken des
Werkplanes gefüllt seien. Am »Ring« hat er während des
ganzen »Tristan« zu tragen, in den von Anfang an der »Parsifal« hineinspricht. Dieser ist auch während der lutherisch
gesunden »Meistersinger« gegenwärtig und wartet tatsächlich seit dem Jahre der Dresdner Uraufführung des »Tannhäuser« 1845. Ins Jahr 1848 fällt der Prosaentwurf, der den
Nibelungenmythus zum Drama verdichtet, die Niederschrift
von »Siegfrieds Tod«, woraus die »Götterdämmerung« werden soll. Dazwischen aber ist 1846 bis 47 der »Lohengrin«
entstanden und schon die Handlung der »Meistersinger« skiz-
ziert, die ja als Satyrspiel und humoristisches Gegenstück zu

»Tannhäuser« gehören. Diese vierziger Jahre, in deren Mitte er zweiunddreißig Jahre alt wird, bringen eigentlich vom »Holländer« bis zum »Parsifal« den ganzen Arbeitsplan seines Lebens geschlossen zusammen, der in den folgenden vier Jahrzehnten, bis 1881, ineinander verschachtelt, in gleichzeitiger innerer Arbeit an allem, ausgeführt wird. Sein Werk hat, genau genommen, keine Chronologie. Es entsteht zwar in der Zeit, ist aber von vorhinein und auf einmal da. Das letzte, als solches weit im voraus erkannt, ausgeführt mit neununddreißig Jahren, ist auch insofern Erlösung, als es Ende, Ausgang und Vollendung bedeutet und nach ihm nichts mehr kommt; die Arbeit des alten Mannes daran, eines Künstlers, der sich ganz ausgelebt hat, ist eben nur noch Arbeit hieran, – es ist vollbracht, das Riesentagwerk, und ein Herz, das unter extremen Zumutungen siebzig Jahre ausgehalten hat, kann in einem letzten Krampf stille stehen.

Diese Schöpfungslast nun liegt auf Schultern, die keineswegs die eines Christopherus sind, einer Konstitution, so hinfällig dem Anschein und dem subjektiven Befinden nach, daß niemand es gewagt hätte, ihr zuzutrauen, sie werde lange aushalten und eine solche Bürde zum Ziele tragen. Es ist eine Natur, die sich jeden Augenblick am Rande der Erschöpfung fühlt und die Erfahrung des Wohlseins nur als Ausnahme kennt. Konstipiert, melancholisch, schlaflos, allgemein gepeinigt, ist dieser Mensch mit dreißig Jahren in einem Zustande, daß er sich oft niedersetzt, um eine Viertelstunde lang zu weinen. Er wird die Vollendung des »Tannhäuser« nicht erleben, er kann es nicht glauben. Mit sechsunddreißig die Ausführung des Nibelungenplanes zu unternehmen, dünkt ihn hybrid, und als er vierzig ist, »denkt er täglich an den Tod«, – er, der mit fast siebzig den »Parsifal« schreiben wird.

Es ist ein Nervenleiden, das ihn martert, eine jener organisch ungreifbaren Krankheiten, die ihren Mann durch die Jahre narren und ihm das Leben unmöglich zu machen drohen, ohne »lebensgefährlich« zu sein. Zu glauben, daß sie es nicht sind, fällt ihrem Opfer aus guten Gründen sehr schwer, und mehr als eine Stelle in Wagners Briefen bekundet seine Überzeugung, daß er ein Kind des Todes ist. »Meine Nerven«, schreibt er mit neununddreißig Jahren seiner Schwester, »sind bereits in voller Abzehrung begriffen; vielleicht gelingt es einer äußeren Wendung meiner Lebenslage, den Tod mir künstlich noch einige Jahre abzuhalten: dies könnte aber nur eben dem Tode gelten, mein Sterben kann es nicht mehr aufhalten.« Und in demselben Jahre: »Ich bin sehr nervenkrank und habe nach mancherlei Versuchen zu radikalen Heilungen auch keine Hoffnung mehr auf Genesung... Meine Arbeit ist alles, was mich aufrecht erhält: schon sind aber meine Gehirnnerven so ruiniert, daß ich nie über zwei Stunden täglich zur Arbeit verwenden kann, und auch diese gewinne ich nur dann, wenn ich nach der Arbeit mich neue zwei ausstrekken und endlich ein wenig schlafen kann.« – Zwei Stunden täglich. In so kleinen Tagwerken ist also, zu Zeiten wenigstens, dies gigantische Lebenswerk aufgeschichtet, im Kampf mit einer jedesmal rasch erschöpften Kraft, Geschenk einer elastischen Zähigkeit, aus der sich die schnell abgesunkene Energie kurzfristig immer wieder erneuert und deren moralischer Name G e d u l d lautet. »Die echte Geduld zeugt von großer Elastizität«, notiert Novalis; und Schopenhauer preist die Geduld als die wahre Tapferkeit. Es ist diese körperlich-moralische Einheit von Elastizität, Geduld und Tapferkeit, die diesen Mann seine Sendung vollenden läßt; und nicht leicht ist an einem anderen Künstlerleben die eigentümliche vitale Konstitution des Genies, diese Mischung aus Sensibilität und Kraft, Zartheit und Ausdauer so gut zu studieren – diese Mischung des Trotzdem und der Selbstüberraschungen, aus der die großen Werke kommen und die begreiflicherweise mit der Zeit das Gefühl des Hingehaltenseins durch eine eigenwillige Aufgabe erzeugt. Ja, es ist schwer, hier nicht an einen metaphysischen Eigenwillen des Werkes zu glauben, das nach Verwirklichung strebt und dem das Leben seines Erzeugers nur Werkzeug und freiwillig-unfreiwilliges Opfer ist. »In Wahrheit, man befindet sich elend, aber man befindet sich.« Das ist so ein Ausruf kopfschüttelnder und desperater Selbstverspottung aus Wagners Briefen. Und er verfehlt nicht, einen Kausalnexus zwischen seinem Leiden und seinem Künstlertum herzustellen, Kunst und Krankheit als ein und dieselbe Heimsuchung zu begreifen – mit dem Ergebnis, daß er zu echappieren versucht, und zwar naiverweise vermittelst einer Kaltwasserkur. »Vor einem Jahre«, schreibt er, »befand ich mich in einer Wasserheilanstalt, mit der Absicht, ein ganz und gar sinnlich gesunder Mensch werden zu wollen. Meinem Wunsch lag im geheimen die Gesundheit vor, die es mir möglich machen sollte, der Marter meines Lebens, der Kunst, gänzlich ledig zu werden; es war ein letztes verzweifeltes Ringen nach Glück, nach wirklicher, edler Lebensfreude, wie sie nur dem bewußten Gesunden beschieden sein kann.«

Was für eine kindlich-wirre und ergreifende Äußerung! Mit kaltem Wasser will er sich von der Kunst kurieren, das heißt von der Konstitution, die ihn zum Künstler macht! Sein Verhältnis zur Kunst, seinem Schicksal, ist von einer kaum zu entwirrenden Kompliziertheit, höchst widerspruchsvoll verwickelt, zuweilen scheint er wie in einem logischen Netz darin zu zappeln. »Und so etwas soll ich noch machen?« ruft der Sechsundvierzigjährige, nachdem er sich bewegt über die seelischen und symbolischen Inhalte des Parsifalplanes ergangen. »Und gar noch Musik dazu machen? – Bedanke mich schönstens! Das kann machen, wer Lust hat; ich werde mir's bestens vom Halse halten!« – Man höre den Tonfall femininer Koketterie in diesen Worten, voll von zitternder Begier nach dem Werk, voll von dem Wissen »Du mußt« und wollüstiger Abwehr! Der Traum, von der Kunst loszukommen, leben zu dürfen, statt schaffen zu müssen, glücklich zu sein, kehrt immer wieder in seinen Briefen; das Wort »Glück«, »edles Glück«, »edler Lebensgenuß« zieht sich als Gegensatzbegriff zum Künstlerdasein hindurch, zusammen mit der Auffassung der Kunst als eines Ersatzmittels für jede Genußunmittelbarkeit. An Liszt schreibt der Neununddreißigjährige: »Mit mir geht es von Tag zu Tag einem sichereren Verfalle zu: ich lebe ein unbeschreiblich nichtswürdiges Leben! Vom wirklichen Genusse des Lebens kenne ich gar nichts: für mich ist Genuß des Lebens, ist die Liebe (diese Unterstreichung ist von ihm) nur ein Gegenstand der Einbildungskraft, nicht der Erfahrung. So mußte mir das

Herz in das Hirn treten, und mein Leben nur noch ein künstliches werden: nur noch als ›Künstler‹ kann ich leben, in ihm ist mein ganzer ›Mensch‹ aufgegangen.« – Man muß gestehen, daß die Kunst nie mit krasseren Worten und mit verzweifelterer Offenheit als Rauschmittel, Haschisch, *Paradis artificiel* gekennzeichnet worden ist. Und es gibt Anfälle toller Revolte gegen dies künstliche Dasein, so wenn er an Liszt an seinem vierzigsten Geburtstag schreibt: »Da will ich mich neu taufen lassen: möchtest Du nicht Pate sein? – Ich wollte – wir beide machten uns dann von hier stricte auf, um in die Welt zu gehen!... Komm mit mir in die weite Welt: wär's auch, drin flott zugrunde zu gehen, in irgendeinem Abgrund lustig zu zerschellen!« – Man denkt an Tannhäuser, der Wolfram umklammert hält, ihn mit sich in den Venusberg zu ziehen, – denn wirklich sind hier die Welt, das »Leben« von einer Phantasie der Entbehrung vollkommen als Venusberg, als Stätte eines radikal bohèmehaften *Je m'en fichisme* und des Zugrundegehens in toller Lust gedacht, kurz: alles dessen, wofür die Kunst ihm »nichtswürdiger«weise Ersatz bieten muß.

Daneben aber, oder vielmehr in sonderbarer Verschränkung damit, erscheint diese ihm in einem ganz anderen Licht: als Mittel der Erlösung nämlich, als Quietiv, als Zustand reiner Anschauung und Willenlosigkeit, denn so hat die Philosophie sie ihn zu sehen gelehrt, und mit der geistigen Gutwilligkeit und Lernbereitschaft des Künstlerkindes möchte er ihr folgen. Oh, er ist Idealist! Das Leben hat seinen Sinn nicht in sich selbst, sondern in Höherem, der Aufgabe, dem Schaffen, und »so immer und ewig im Kampf für die Herbeischaffung des Nötigen zu sein«, wie er es ist, »oft ganze lange Zeitperioden gar nichts anderes bedenken zu dürfen, als wie ich es anzufangen habe, um für eine kurze nächste Zeit mir Ruhe nach außen und das Erforderliche für das Bestehen zu erschwingen und hierzu so ganz aus meiner eigentlichen Gesinnung treten zu müssen, denjenigen, durch die ich mich versorgen will, ein ganz anderer erscheinen zu müssen als ich bin, – das ist doch eigentlich empörend... Alle diese Sorgen stehen demjenigen so gut und natürlich an, dem eben das

Leben Selbstzweck ist, und der in der Sorge für die Herbeischaffung des Nötigen gerade die Würze für den imaginären
Genuß des endlich Beschafften findet: deshalb kann auch im
Grunde niemand recht begreifen, warum unsereinem das so
absolut widerwärtig ist, da es doch das Los und die Bedin-
gung für alle ist. Daß jemand einmal das Leben eben nicht
als Selbstzweck ansieht, sondern als unerläßliches Mittel für
einen höheren Zweck, wer begreift das so recht innig und
klar?« (Brief an M. Wesendonk aus Venedig, Oktober 1858.) –
In der Tat, das ist schändlich und höchst entwürdigend, so
um das Leben zu kämpfen und dafür betteln gehen zu müssen, wenn man das Leben gar nicht meint, sondern seinen
höheren, über und außer ihm gelegenen Zweck: die Kunst,
das Schaffen, für das man sich Ruhe und Frieden erkämp-
fen muß und das selbst im Lichte der Ruhe und des Friedens
erscheint. Ist aber die Freiheit zum Eigentlichen, zur Arbeit,
deren Bedingungen ziemlich anspruchsvoll sind, mit Mühe
und Not gewonnen, so setzt erst die eigentliche und höhere
Willensfron ein, die produktive, der Kampf der Kunst, über
deren Wesen er sich im niederen Kampf um das Leben philosophischen Täuschungen hingab, da sie keineswegs erlösende
Erkenntnis und reine »Vorstellung«, sondern höchster Wil-
lenskrampf, erst recht und in Wahrheit das »Rad des Ixion«
ist.

Reinheit und Frieden – in seiner Brust lebt, komplemen-
tär zu seinem Lebensdurst, ein tiefes Verlangen nach ihnen,
und sobald es, im Rückschlag auf sein vergebliches Trachten
nach direktem Genuß, dominiert, erscheint ihm die Kunst –
das ist eine neue Komplikation seines Verhältnisses zu ihr –
als das Hindernis des Heils. Es ist die Tolstoische Verwerfung
der Kunst, seine grausame Verneinung der eigenen Naturgabe
um des »Geistes« willen, die sich hier verwandtschaftlich
wiederholt. Ach, die Kunst! Wie recht hatte Buddha, sie als
den allerbestimmtesten Abweg vom Heil zu bezeichnen! Es
ist ein langer, stürmischer Brief an die Wesendonk aus Venedig, vom Jahre 1858, worin er der Freundin dies auseinander-
setzt, nachdem er ihr von seinem Plan eines buddhistischen
Dramas »Die Sieger« erzählt. Buddhistisches Drama, da eben

liegt der Haken. Es ist eine *contradictio in adjecto* – das ist ihm klar geworden angesichts der Schwierigkeit, den vollkommen befreiten, aller Leidenschaft enthobenen Menschen, den Buddha eben, für die dramatische und namentlich musikalische Darstellung brauchbar zu machen. Das Reine, Heilige, durch Erkenntnis Pazifierte ist künstlerisch tot, Heiligkeit und Drama sind nicht zu vereinen, das ist klar. Und es ist ein Glück, daß Cakyamuni-Buddha den Quellen zufolge vor ein letztes Problem gestellt, in einen letzten Konflikt verwikkelt wird: er hat sich zu dem Entschlusse durchzuringen, das Tschandalamädchen Sawitri gegen seine bisherigen Grundsätze in die Gemeinschaft der Heiligen aufzunehmen. Gottlob, er wird dadurch zu einem möglichen Objekt der Kunst. Wagner freut sich – und im gleichen Augenblick fällt ihm die Lebensverbundenheit der Kunst, die Erkenntnis ihrer Verführermacht schwer aufs Gewissen. Hat er sich nicht dabei ertappt, das Drama zu wollen und nicht die Heiligkeit? Ohne die Kunst könnte er – ein Heiliger sein, mit ihr wird er's nie. Das höchste Wissen, die tiefste Einsicht, wenn sie ihm zuteil würden, sie würden ihn immer nur wieder zum Dichter, zum Künstler machen; in seelenvoller Anschaulichkeit würden sie vor ihm stehen als entzückendes B i l d , das schöpferisch auszuführen er nicht umhin können würde. Ja, mehr noch: an dieser teuflischen Antinomie hat er gleich noch einmal Gefallen! Sie ist abscheulich, aber sie ist bezaubernd interessant, – gleich möchte man eine psychologisch-romantische Oper daraus machen, was Wagner denn auch in dem Brief an Frau Wesendonk schon so ziemlich tut. Dieser Brief ist der Entwurf zu einer solchen. Goethe konstatiert: »Man weicht der Welt nicht sicherer aus als durch die Kunst, und man verknüpft sich nicht sicherer mit ihr als durch die Kunst.« Man sehe, was aus der gelassen dankbaren Feststellung im Kopf eines Romantikers wird!

Aber wie es nun stehe mit der Kunst, welch ein Betrug um wahrhaftes Sinnenglück und um das Heil zugleich sie nun sei – das Werk, dank elastischer Kräfte, die er im Stillen bewundern muß, schreitet unaufhaltsam fort; die Partituren häufen sich, und das ist die Hauptsache. Dieser Mensch weiß so wenig wie wir alle, wie richtig zu leben wäre; er wird gelebt, und das Leben erpreßt von ihm, was es haben will, sein Werk nämlich, unbekümmert darum, in welchen Gedankennetzen er sich windet: »Kind! Dieser ›Tristan‹ wird was F u r c h t - b a r e s ! Dieser letzte Akt!!! Ich fürchte, die Oper wird verboten – falls durch schlechte Aufführung nicht das Ganze parodiert wird –; nur mittelmäßige Aufführungen können mich retten! Vollständig g u t e müssen die Leute verrückt machen – ich kann mir's nicht anders denken. So weit hat's noch mit mir kommen müssen!! O weh! – Ich war eben im vollsten Zuge! Adieu!« Ein Zettel an die Wesendonk. Ein unbuddhistischer Zettel, erfüllt von phantastisch-erschrokkenem Gelächter über die lebenstolle Verruchtheit dessen, was er da treibt. Gewaltige Ressourcen von guter Laune, von unverwüstlicher Lebensschnellkraft finden sich in diesem mürben Melancholiker, dessen Krankheit eben nur eine unbürgerliche Abart der Gesundheit ist. Welcher vitale Zauber muß ausgegangen sein von dem Menschen, dessen persönlichen Umgang Nietzsche nicht aufhörte das eine große Glückserlebnis seiner Tage zu nennen! Vor allem fehlt es nicht an der unschätzbaren Fähigkeit, das Pathos beiseite zu werfen und sich der Banalität zu überlassen; nach getanem hochgespanntem Tagewerk den Eintritt menschlicher Fidelitas zu erklären, wie er es in Bayreuth mit dem stehenden Ausruf: »Nun aber kein ernstes Wort mehr!« unter seinen Künstlern zu tun pflegt, diesem Theatervölkchen, das er zur Verwirklichung seines Werkes braucht, und mit dem er sich, selbst Theaterblut durch und durch, ein guter Kamerad vom Thespis-Karren, trotz großen Abstandes im Geistigen, vortrefflich versteht. Sein schlichter Freund Heckel aus Mannheim, der erste Aktionär von Bayreuth, weiß Prächtiges darüber zu berichten. »Sehr oft«, schreibt er, »herrschte im persönlichen Verkehr zwischen Wagner und seinen Künstlern heitere Ausgelassenheit. Bei der letzten Klavierprobe im Saale des Hotels ›Sommer‹ stellte er sich tatsächlich aus Übermut a u f d e n K o p f .« – Das erinnert wieder an Tolstoi – ich meine die Szene, wo der greise Prophet und betrübte Christ seinem Schwiegervater Beers aus purem vitalem Übermut auf die Schulter turnt. Man ist Künstler, so gut wie die Tenöre und Theaterlerchen, die einen »Meister« nennen – das heißt: ein im G r u n d e lustiger und zum Belustigen gewillter Mensch, ein Veranstalter von Unterhaltungen und Lebensfesten – in tiefem und der Gesundheit sehr zuträglichem Gegensatz hierin zum erkennenden, wissenden und richtenden Menschen, zum Menschen des absoluten Ernstes gleich Nietzsche. Es ist ratsam einzusehen, daß der Künstler, auch der in den feierlichsten Regionen der Kunst angesiedelte, kein absolut ernster Mensch ist, daß es ihm um Wirkung, um hohe Vergnüglichkeit zu tun ist und daß Tragödie und Posse aus ein und derselben Wurzel kommen. Eine Beleuchtungsdrehung verwandelt die eine in die andere; die Posse ist ein geheimes Trauerspiel, die Tragödie – zuletzt – ein sublimer Jux. Der Ernst des Künstlers – ein nachdenkliches Kapitel. Auch anstößig kann man es finden: sofern nämlich der geistige, der Wahrheitsernst des Künstlermenschen in Frage steht, denn der künstlerische, der berühmte »Ernst im Spiel« steht außer Frage, – diese reinste und rührendste Form menschlichen Hochsinns. Aber was ist von jenem anderen zu halten, von dem Ernste zum Beispiel des Wahrheitssuchers, des Denkers und Bekenners Richard Wagner? Durch die asketisch-christlichen Ideen und Lehrmeinungen seines Alters, diese Abendmahlsphilosophie der Heiligung durch Enthaltung vom »Fleischgenuß« in jedem Sinne des Wortes, – durch diese Gesinnungen und Erkenntnisse, deren »Ausdruck« das Parsifalwerk ist, und durch den Parsifal selbst – wird unleugbar der Sinnlichkeitsrevolutionarismus von Wagners jungen Tagen, der die Atmosphäre, den Gesinnungsgehalt des »Siegfried« bildet, von Grund aus dementiert, durchstrichen und widerrufen. Es gibt ihn nicht mehr, es dürfte ihn nicht mehr geben. Wäre es dem Künstler im geistigen Sinne ernst mit den neuen, späten und doch wohl endgültigen Wahrheiten, so müßten die Werke der früheren Epoche, da sie als irrtümlich, sündig, verderblich erkannt sind, verleugnet und getilgt, von ihres Schöpfers eigner Hand verbrannt werden, um nie wieder die Menschheit ihren das Heil verhindernden Wirkungen auszusetzen. Aber er denkt nicht daran. Er kommt tatsächlich nicht einmal auf den Gedanken!

Wer wollte so schöne Werke zerstören? Alles bleibt nebeneinander bestehen und wird weiter gespielt, denn der Künstler ehrt seine Biographie. Er gibt sich den verschiedenen physiologischen Stimmungen des Lebensalters hin und stellt sie in Werken dar, die einander geistig widersprechen, die aber alle schön und erhaltenswert sind. Neue »Wahrheits«-Erlebnisse bedeuten dem Künstler neue Spielreize und Ausdrucksmöglichkeiten, weiter nichts. Er glaubt genau so weit an sie – er nimmt sie genau so weit ernst –, als es erforderlich ist, um sie zum höchsten Ausdruck zu bringen und den tiefsten Eindruck damit zu machen. Es ist ihm folglich sehr ernst damit, zu Tränen ernst, – aber nicht ganz u n d a l s o g a r n i c h t. Sein künstlerischer Ernst ist »Ernst im Spiel« und absoluter Natur. Sein geistiger ist nicht absolut, denn er ist Ernst zum Zwecke des Spiels. Unter Kameraden ist der Künstler denn auch derart bereit, seine Feierlichkeit zu verspotten, daß Wagner die Parsifal-Dichtung an Nietzsche mit der Eintragung schicken konnte: »Richard Wagner, Oberkirchenrat.« Aber Nietzsche war kein Künstler-Kamerad; ein so gutmütig augenblinzelndes Entgegenkommen vermochte nicht seinen tödlich-grämlichen, seinen absoluten Ernst versöhnlich zu stimmen, gegen die römelnde Christlichkeit eines Spielplanes, von dem er doch sagte, er sei eine höchste Herausforderung an die Musik. Wenn Wagner kindisch war und eine Brahms-Partitur wütend vom Flügel hinunterschmiß, so war eine solche Eskapade von Künstlereifersucht und Alleinherrschaftswillen ein tiefer Schmerz für Nietzsche, und er sagte: »In diesem Augenblick war Wagner nicht groß!« Wenn Wagner sich im Trivialen erholte, dalberte und sächsische Anekdoten erzählte, so wurde Nietzsche rot für ihn – und wir verstehen seine Scham über eine solche Behendigkeit im Wechsel des Niveaus, obgleich etwas in uns – es mag unser Künstlertum sein – uns rät, sie nicht zu gut zu verstehen.

Die Bekanntschaft mit der Philosophie Arthur Schopenhauers ist d a s große Ereignis im Leben Wagners; keine frühere intellektuelle Begegnung, etwa die mit Feuerbach, kommt dieser an persönlicher und historischer Bedeutung gleich: denn sie bedeutete höchsten Trost, tiefste Selbstbestätigung, geistige Erlösung für den, dem sie in so vollkommenem Sinne »zukam«, und sie hat ohne Zweifel erst seiner Musik den entfesselnden Mut zu sich selbst gegeben. Wagner glaubte wenig an die Wirklichkeit der Freundschaft; die Schranken der Individuation, die die Seelen trennen, machten in seinen Augen, nach seiner Erfahrung, die Einsamkeit unüberwindbar, volles Verstehen unmöglich. Hier fühlte er sich verstanden und verstand vollkommen: »Mein Freund Schopenhauer«. »Ein Himmelsgeschenk in meine Einsamkeit.« »Aber einen Freund habe ich«, schreibt er, »den ich immer von neuem lieber gewinne. Das ist mein alter, so mürrisch aussehender, und doch so tief liebevoller Schopenhauer! Wenn ich mit meinem Fühlen am weitesten und tiefsten geraten bin, welche ganz einzige Erfrischung, beim Aufschlagen jenes Buches mich plötzlich so ganz wieder zu finden, so ganz verstanden und deutlich ausgedrückt zu sehen, nur eben in der ganz anderen Sprache, die das Leiden schnell zum Gegenstande des Erkennens macht... Das ist eine ganz wundervolle Wechselwirkung und ein Austausch der allerbeglückendsten Art: und immer ist diese Wirkung neu, weil sie immer stärker ist ... Wie schön, daß der alte Mann gar nichts davon weiß, was er mir ist, w a s i c h m i r d u r c h i h n b i n.«

Das Glück eines solchen Wiedererkennens ist unter produktiven Menschen nur möglich, wo verschiedene Sprachen geredet werden; sonst wird er zur Katastrophe, zum tödlichen Falle des »Er oder ich«. In einer Beziehung wie dieser, von einer Kategorie zur anderen, von der Gestalt zum Gedanken, ist alle Eifersucht aufgehoben, die sonst das Nebeneinander, die Duplizität der seelischen Fälle erzeugt. Das *Pereant qui ante nos nostra dixerunt* gilt nicht mehr, auch nicht die Goethesche Künstlerfrage: »Lebt man denn, wenn andere leben?« Im Gegenteil, daß der andere lebt, ist Hilfe in der Not, selig-unverhoffte Bekräftigung und Erläuterung des eigenen Seins. Niemals wahrscheinlich in aller Seelengeschichte hat die Bedürftigkeit des dunklen, des getriebenen Menschen, des Künstlers nach geistiger Stütze, nach Rechtfertigung und Belehrung durch den Gedanken eine so wundervolle Befriedigung erfahren, wie es diejenige war, die Wagner durch Schopenhauer zuteil wurde.

»Die Welt als Wille und Vorstellung« – wieviel Erinnerung
an eigenen jugendlichen Geistesrausch, an eigenes Empfängnisglück voller Melancholie und Dankbarkeit kommt herauf
beim Gedanken an die Verbindung des Wagnerwerkes mit
diesem weltkritisch-weltordnenden Buch, dieser Erkenntnis-Dichtung und Künstler-Metaphysik von Trieb und Geist,
Wille und Anschauung, diesem ethisch-pessimistisch-musikalischen Gedankenwunderbau, der so tiefe, epochale und
menschliche Verwandtschaft aufweist mit der Tristanpartitur! Die alten Worte bieten sich an, mit denen der Jüngling
im Roman das Schopenhauer-Erlebnis seines bürgerlichen
Helden beschrieb: »Eine unbekannte, große und dankbare
Zufriedenheit erfüllte ihn. Er empfand die unvergleichliche
Genugtuung, zu sehen, wie ein gewaltig überlegenes Hirn sich
des Lebens, dieses so starken, grausamen und höhnischen
Lebens bemächtigte, um es zu bezwingen und zu verurteilen... Die Genugtuung des Leidenden, der vor der Kälte und
Härte des Lebens sein Leiden beständig und bösen Gewissens
versteckt hielt und plötzlich aus der Hand eines Großen und
Weisen die grundsätzliche und feierliche Berechtigung erhält,
an der Welt zu leiden – dieser besten aller denkbaren Welten,
von der mit spielendem Hohne bewiesen ward, daß sie die
schlechteste aller denkbaren sei.« Sie steigen wieder empor,
die alten Dankes- und Verherrlichungsworte, die einer für
immer nachzitternden geistigen Beglückung gelten, diesem
nächtlichen Erwachen aus kurzem, tiefem Schlaf, einem Aufwachen, jäh und köstlich erschrocken, im Herzen den Keim
einer Metaphysik, die das Ich als Täuschung, den Tod als
Befreiung aus seiner Unzulänglichkeit, die Welt als Produkt
des Willens und als sein ewiges Eigentum erweist, solange er
sich nicht in Erkenntnis selbst verneint und aus dem Wahn
zum Frieden findet. Das ist der Nachsatz, die angefügte Weisheits- und Heilslehre einer Willens-Philosophie, die mit Friedensweisheit und Ruhe ihrer Konzeption nach wenig zu tun
hat – einer Konzeption, die nur von einer durch Unbändigkeit gequälten Willens- und Triebnatur gefaßt werden konnte,

in welcher freilich der Trieb zur Läuterung, Vergeistigung, Erkenntnis ebenso stark war wie der finster drängende Trieb – einer welterotischen Konzeption, die ausdrücklich das Geschlecht als den Brennpunkt des Willens anspricht und den ästhetischen Zustand als denjenigen reiner und interesseloser Anschauung verstanden wissen will, als die einzige und vorläufige Möglichkeit, von der Tortur des Triebes loszukommen. Aus dem Willen, aus der Begierde wider besseres Wissen ist diese Philosophie geboren, die des Willens intellektuelle Verneinung ist, und so hat Wagner, eine dem Philosophen tief und brüderlich verwandte Natur, sie erlebt und als ganz sein eigen, ganz ihn aussprechend, mit höchster Dankbarkeit aufgegriffen. Auch seine Natur setzte sich ja zusammen aus dunkel drängendem und quälendem Macht- und Genußwillen und Drang nach sittlicher Läuterung und Erlösung, aus Leidenschaft und Ruhesehnsucht; und ein Gedankensystem, das die eigentümlichste Mischung aus Pazifismus und Heroik darstellt, das das »Glück« für Chimäre erklärt und zu begreifen gibt, das Höchst- und Besterreichbare sei ein heroischer Lebenslauf – wie mußte sie eine Natur wie Wagner beglücken und ihr wie von ihr selbst abgezogen, für sie geschaffen erscheinen!

Man findet in wageroffiziellen Werken allen Ernstes die Behauptung, der Tristan sei unbeeinflußt von Schopenhauerscher Philosophie. Das zeugt von sonderbarer Uneinsichtigkeit. Die erzromantische Nachtverherrlichung dieses erhaben morbiden, verzehrenden und zaubervollen, in alle schlimmsten und hehrsten Mysterien der Romantik tief eingeweihten Werkes ist freilich nichts spezifisch Schopenhauerisches. Die sinnlich-übersinnlichen Intuitionen des Tristan kommen von weiter her: von dem inbrunstvollen Hektiker Novalis, der schreibt: »Verbindung, die auch für den Tod geschlossen ist, ist eine Hochzeit, die uns eine Genossin für die Nacht gibt. Im Tode ist die Liebe am süßesten; für den Liebenden ist der Tod eine Brautnacht, ein Geheimnis süßer Mysterien.« Und der in den »Hymnen an die Nacht« klagte: »Muß immer der Morgen wieder kommen? Endet nie des Irdischen Gewalt? Wird nie der Liebe geheimes Opfer ewig brennen?« Tristan und Isolde nennen sich »Nachtgeweihte« – das steht wörtlich bei Novalis: »Der Nacht Geweihte.« Und geistesgeschichtlich noch merkwürdiger, noch bezeichnender für die Herkunft, den Gefühls- und Gedankengrund des Tristanwerkes sind seine Beziehungen zu einem Büchlein von üblem Leumund, zu Friedrich von Schlegels »Lucinde«, worin es heißt: »Wir sind unsterblich wie die Liebe. Ich kann nicht mehr sagen, meine Liebe oder deine Liebe, beide sind sie gleich und vollkommen eines, so viel Liebe als Gegenliebe. Es ist Ehe, ewige Einheit und Verbindung unserer Geister, nicht bloß für das, was wir diese oder jene Welt nennen, sondern für eine wahre, unteilbare, namenlose, unendliche Welt, für unser ganzes, ewiges Sein und Leben.« – Hier ist das Gedankenbild des Todes- und Liebestrankes: »Darum würde ich auch, wenn es mir Zeit schiene, ebenso froh und ebenso leicht eine Tasse Kirschlorbeerwasser mit dir ausleeren, wie das letzte Glas Champagner, was wir zusammen tranken mit den Worten von mir: So laß uns den Rest unseres Lebens austrinken!« – Hier ist auch der Gedanke des Liebestodes: »Ich weiß, auch du würdest mich nicht überleben wollen, du würdest dem voreiligen Gemahle auch im Sarge folgen und aus Lust und Liebe in den flammenden Abgrund steigen, in den ein rasendes Gesetz die indischen Frauen zwingt und die zartesten Heiligtümer der Willkür durch grobe Absicht und Befehl entweiht und zerstört.« – Hier ist die Rede von dem »Enthusiasmus der Wollust«, was zugleich eine echt Wagnerische Formel ist. – Hier ist in Prosa ein erotisch-quietistischer Lob- und Preisgesang auf den Schlaf, das Paradies der Ruhe, die heilige Stille der Passivität, die im Tristan einlullendes Hornmotiv und Gesang der geteilten Violinen geworden ist. – Und es war nicht mehr und nicht weniger als ein literarhistorischer Fund, als ich schon als junger Mensch in dem Liebesdialog zwischen Lucinde und Julius die ekstatische Replik anstrich: »O ewige Sehnsucht! – Doch endlich wird des Tages fruchtlos Sehnen, eitles Blenden sinken und erlöschen, und eine große Liebesnacht sich ewig ruhig fühlen« – und an den Rand schrieb: »Tristan.« Ich weiß noch heute nicht, ob diese wörtliche Anlehnung, diese Wiederkehr des Gleichen als unbewußte Reminiszenz je sonst bemerkt worden ist, – so wenig ich weiß, ob philologisch bekannt ist, daß Nietzsches Buchtitel »Die fröhliche Wissenschaft« aus Schlegels »Lucinde« stammt.

Durch seinen Nachtkultus, seine Verfluchung des Tages kennzeichnet der Tristan sich als romantisches und mit allem romantischen Denken und Empfinden tief verbundenes Werk, das der Patenschaft Schopenhauers als solches nicht bedurft hätte. Die Nacht ist Heimat und Reich aller Romantik, ihre Entdeckung, immer hat sie sie als die Wahrheit ausgespielt gegen das eitle Wähnen des Tages, – das Reich der Sensibilität gegen die Vernunft. Ich vergesse nicht, welchen Eindruck es mir machte, als ich zuerst Linderhof, das Schloß Ludwigs, des kranken und schönheitssüchtigen Königs, besuchte und in den Größenverhältnissen der Innenräume eben diese Präponderanz der Nacht ausgedrückt fand. Die Wohn- und Tagesräume des in wundervoller Bergeinsamkeit gelegenen Lustschlößchens sind klein und vergleichsweise unscheinbar, bloße Kabinette. Nur einen Saal von verhältnismäßig ungeheueren Maßen gibt es darin, in Gold und Seide und weitläufig schwerer Pracht: das Schlafzimmer mit seinem Prunkbett unterm Baldachin und flankiert von goldenen Kandelabern, – der eigentliche Festsaal des Königshauses, der Nacht geweiht. Dies betonte Dominieren der »schöneren Hälfte« des Tages, der Nacht, ist ur- und erzromantisch; die Romantik ist darin verbunden mit allem mütterlich-mondmythischen Kultus, der seit menschlichen Frühwelten der Sonnenverehrung, der Religion des männlich-väterlichen Lichtes entgegensteht; und im allgemeinen Beziehungsbann dieser Welt steht Wagners Tristan.

Wenn nun aber die Wagnerschriftsteller erklären, »Tristan und Isolde« sei ein Liebesdrama, das als solches die höchste Bejahung des Willens zum Leben in sich schließe und darum nichts mit Schopenhauer zu tun habe; wenn sie darauf bestehen, die darin besungene Nacht sei die Nacht der Liebe, »wo Liebeswonne uns lacht«, und sollte dies Drama durchaus eine Philosophie enthalten, so sei diese das genaue Gegenteil der Lehre von Schopenhauers Metaphysik, – so herrscht da eine befremdende psychologische Unempfindlichkeit. Die Verneinung des Willens ist der moralisch-intellektuelle Bestandteil von Schopenhauers Philosophie, der essentiell wenig entscheidend ist. Er ist sekundär. Sein System ist eine Willensphilosophie von erotischem Grundcharakter, und ebensofern sie das ist, ist der Tristan erfüllt, durchtränkt von ihr. Die Fackel, deren Erlöschen zu Beginn des zweiten Aktes des Mysterienspieles im Orchester vom Todesmotiv akzentuiert wird; der verzückte Ausruf der Liebenden »Selbst dann bin ich die Welt« mit dem Sehnsuchtsmotiv aus der Tiefe der psychologisch-metaphysisch untermalenden Musik, – das sollte nicht Schopenhauer sein? Wagner ist im Tristan nicht weniger Mythopoet als im Ring: auch in dem Liebesdrama handelt es sich um einen Weltentstehungsmythos. »Sehnsüchtig«, schrieb er 1860 aus Paris an Mathilde Wesendonk, »blicke ich oft nach dem Lande Nirwana. Doch Nirwana wird mir schnell wieder Tristan; sie kennen die buddhistische Weltentstehungstheorie. Ein Hauch trübt die Himmelsklarheit« – und er schreibt die vier chromatisch aufsteigenden Töne hin, mit denen sein *opus metaphysicum* beginnt und mit denen es aushaucht, das *gis-a-ais-h* –; »das schwillt an, verdichtet sich und in undurchdringlicher Massenhaftigkeit steht endlich die ganze Welt wieder vor mir«. Es ist der symbolische Tongedanke, den man als »Sehnsuchtsmotiv« zu bezeichnen pflegt, und der in der Kosmogonie des Tristan den Anfang aller Dinge bedeutet, wie im Ring das Es-Dur des Rheinmotives. Es ist Schopenhauers »Wille«, repräsentiert durch das, was Schopenhauer den »Brennpunkt des Willens« nannte, das Liebesverlangen. Und diese mythische Gleichsetzung des süßleidig-weltschöpferischen Prinzips, das zuerst die Himmelsklarheit des Nichts trübte, mit dem sexuellen Begehren ist dermaßen schopenhauerisch, daß die Ableugnung der Adepten zum wunderlichen Eigensinn wird.

»Wie könnten wir sterben«, fragt Tristan in Wagners erstem Entwurf, der noch nicht versifizierten Vorform der Dichtung, »was wäre an uns zu töten, was nicht Liebe wäre? Sind wir nicht ganz nur Liebe? Kann unsere Liebe je enden? Könnte ich die Liebe je nicht mehr lieben wollen? Wollt' ich nun sterben, stürbe da die Liebe, die wir ja doch nur s i n d ?« Die Stelle zeigt die unumwundene dichterische Gleichsetzung von Wille und Liebe. Diese steht einfach für den Willen zum Leben, der im Tode nicht enden kann, sondern frei wird aus den bedingenden Fesseln der Individuation. Es ist übrigens von großem Interesse, wie in dem Drama der Liebesmythus geistig festgehalten wird und von jeder historisch-religiösen Trübung und Störung bewahrt bleibt. Wendungen wie »Fahr er zur Hölle oder zum Himmel«, die noch im Entwurf stehen, fallen bei der Ausführung weg. Das ist ohne Zweifel eine bewußte Entfärbung vom Historischen, aber sie bleibt auf das Geistig-Philosophische beschränkt und findet nur diesem zuliebe statt. Sie geht bewunderungswürdigerweise zusammen mit der intensivsten landschaftlich-rassemäßig-kulturellen Koloristik, einer stilistischen Spezialisierung von unglaubwürdiger Sicherheit des Fühlens und Könnens, – Wagners Mimikrykunst triumphiert nirgends geheimnisvoller als in der Stilgebung des Tristan, die sich nicht aufs Sprachliche beschränkt, sich nicht in Redewendungen aus dem Geist der höfischen Epik erschöpft, sondern auf irgendeine intuitiv-geniale Weise das Keltische, eine englisch-normannisch-französische Atmosphäre in den Wort-Ton-Komplex aufzunehmen und ihn damit zu durchdringen weiß, – mit einer Einfühlung, die zu erkennen gibt, wie sehr und eigentlich die Wagnersche Seele in einer vornationalstaatlichen europäischen Sphäre beheimatet ist. N u r im Gedanklich-Spekulativen herrscht die Enthistorisierung und freie Vermenschlichung, im Dienste des erotischen Mythus. Um seinetwillen werden Himmel und Hölle ausgeschlossen. Es gibt kein Christentum, das doch als historisch-atmosphärisch gegeben wäre. Es gibt überhaupt keine Religion. Es gibt keinen Gott, – niemand nennt ihn, ruft ihn an. Es gibt ausschließlich erotische Philosophie, atheistische Metaphysik, den kosmogonischen Mythos, in dem das Sehnsuchtsmotiv die Welt hervorruft.

Wagners gesunde Art, krank zu sein, seine morbide Art, heroisch zu sein, ist nur ein Beispiel für das Kontradiktorische und Verschränkte seiner Natur, ihrer Doppel- und Mehrdeutigkeit, die sich uns schon in der Vereinigung scheinbar so widersprechender Grundanlagen wie der mythischen und

der psychologischen bekundete. Der Begriff des R o m a n -
t i s c h e n ist noch der tauglichste, sein Wesen auf einen Nen-
ner zu bringen; aber gerade er ist ja dermaßen komplex und
schillernd, daß er mehr den Verzicht auf Definition als diese
selbst bedeutet.

Nur im Romantischen vereinigen sich die Möglichkeiten
von Popularität und letzter Ausgesuchtheit, reizverwöhnter
»Verruchtheit« (um ein Lieblingswort E. T. A. Hoffmanns
zu brauchen) der Mittel und Wirkungen – es macht allein
jene »doppelte Optik« möglich, von der Nietzsche anläßlich
Wagners spricht, und die zugleich auf die Gröbsten und die
Feinsten Rücksicht zu nehmen weiß – unbewußt natürlich, es
wäre banal, hier den Gedanken des Spekulativen hineinzu-
tragen – mit dem Effekt, daß Schöpfungen wie »Lohengrin«
Geister wie den Dichter der »Fleurs du Mal« beseligten und
zugleich einer schlichten Erhebung im Volkstümlichen dienen
können, ein Kundrysches Doppelleben als Sonntagsopern
und Liebesobjekt vielerfahrener, leidender und überfeinerter
Seelen führen. Das Romantische – im Bunde mit der Musik
nun gar, nach der es von Grund aus trachtet und ohne die
es sich nicht zu erfüllen vermochte – kennt keine Exklusivi-
tät, kein »Pathos der Distanz«, es bedeutet niemandem: »Das
ist nichts für dich«; mit einer Seite seines Wesens ist es auch
für den letzten, und man sage nicht, daß das bei aller großen
Kunst so sei. Das Kindliche mit dem Erhabenen zu vereinigen, mag großer Kunst auch sonst wohl gelungen sein; die
Vereinigung aber des Märchentreuherzigen mit dem Ausgepichten, der Kunstgriff, das Höchstgeistige als Orgie des Sin-
nenrausches zu verwirklichen und »populär« zu machen, die
Fähigkeit, das Tiefgroteske in Abendmahlsweihe und klin-
gelnden Wandlungszauber zu kleiden, Kunst und Religion
in einer Geschlechtsoper von größter Gewagtheit zu verkop-
peln und derlei heilige Künstlerunheiligkeit mitten in Europa
als Theater-Lourdes und Wundergrotte für die Glaubens-
lüsternheit einer mürben Spätwelt aufzutun, – dies alles ist
nur romantisch, es ist in der klassisch-humanen, der eigentlich vornehmen Kunstsphäre durchaus undenkbar. Der Per-
sonenzettel des »Parsifal« – was für eine Gesellschaft im

Grunde! Welche Häufung extremer und anstößiger Ausge-
fallenheit! Ein von eigener Hand entmannter Zauberer; ein
desperates Doppelwesen aus Verderberin und büßender Mag-
dalena mit kataleptischen Übergangszuständen zwischen den
beiden Existenzformen; ein liebesiecher Oberpriester, der auf
die Erlösung durch einen keuschen Knaben harrt; dieser reine
Tor und Erlöserknabe selbst, so anders geartet als der auf-
geweckte Erwecker Brünhildes und in seiner Art ebenfalls
ein Fall entlegener Sonderbarkeit – sie erinnern an das Sam-
melsurium von Unheimlichkeiten, zusammengepackt in der
berühmten Kutsche, die A. v. Arnim von Brake nach Brüssel
fahren läßt: die verführerische Zigeunerhexe, die in Wirklichkeit eine alte Vettel ist, den toten Bärenhäuter, den Golem,
der sich als schönes Weib gebärdet, und den Feldmarschall
Cornelius Nepos, der eine Alraunwurzel ist, gewachsen
unterm Galgen, wo, mit Heine zu reden, »die zweideutigsten
Tränen eines Gehenkten geflossen sind«. Der Vergleich mutet
blasphemisch an, und doch stammen die feierlichen Charaktere des »Parsifal« aus derselben Geschmackssphäre eines
romantischen Extremismus wie Arnims skurrile Personagen;
ihre novellistische Einkleidung würde das leichter erkennbar
machen; nur die mythisierenden und heiligenden Kräfte der
Musik verhüllen die Verwandtschaft, und ihr pathetischer
Geist ist es, aus dem das Ganze sich nicht wie bei dem Litera-
turromantiker als schaurig-scherzhafter Unfug, sondern als
hochreligiöses Weihespiel gebiert.

Die Reizbarkeit durch das irisierende Problem der Kunst
und des Künstlertums, der melancholische Sinn für die Iro-
nien, die da zwischen Wesen und Wirkung spielen, ist typisch
jugendlich, und ich erinnere mich an manche hierher gehö-
rige Äußerung meiner jungen Jahre, die kennzeichnend war
für die durch Nietzsches Kritik hindurchgegangene Wagner-
passion, diktiert von jenem »Erkenntnisekel«, den man als
das Jugendlich-Eigenste von ihm zu lernen wußte. Nietzsche
erklärt, er fasse die »Tristan«-Partitur nur mit Handschuhen
an. »Wer wagte das Wort«, ruft er, »das e i g e n t l i c h e Wort
für die *ardeurs* der ›Tristan‹-Musik?« Ich bin der etwas tanten-
haften Komik dieser Fragestellung heute viel zugänglicher als

mit fünfundzwanzig Jahren. Denn was ist da zu wagen? Sinnlichkeit, ungeheure, spiritualisierte, ins Mythische getriebene und mit äußerstem Naturalismus gemalte, durch keine Erfüllung zu stillende Sinnlichkeit, das ist das »Wort« – und man fragt sich, woher auf einmal bei Nietzsche, dem »freien, sehr freien Geiste«, die Gehässigkeit gegen das Geschlechtliche kommt, das in seiner Frage auf so psychologisch-denunziatorische Weise angedeutet wird. Fällt er nicht aus seiner Rolle eines Beschützers des Lebens gegen die Moral? Kommt nicht der Erzmoralist, der Pastorensohn zum Vorschein? Er wendet auf den »Tristan« die Mystikerformel »Wollust der Hölle« an. Gut, und man braucht die Tristanmystik nur mit derjenigen von Goethes »Seliger Sehnsucht« und ihrer »Höheren Begattung« zu vergleichen, um inne zu werden, wie wenig wir überhaupt uns bei Wagner in Goethescher Sphäre befinden. Aber wieviel l e i d e n d e r die Seelenlage des Abendlandes im Laufe des neunzehnten Jahrhunderts gegen die Epoche Goethes geworden, dafür ist Nietzsche selbst am Ende kein schlechteres Beispiel als Wagner. Wirkungen zugleich narkotischer und aufpeitschender Art, wie Wagner sie zeitigt, bringt auch das Meer hervor – in dessen Angesicht niemand es passend fände, Enthüllungspsychologie zu treiben. Was großer Natur recht ist, sollte großer Kunst billig sein, und Baudelaire, wenn er durchaus positiv-moralinfrei, in naiver Künstlerbegeisterung von der »Ekstase aus Wonne und Erkenntnis« spricht, in die das »Lohengrin«-Vorspiel ihn versetzt habe, und von »Räuschen des Opiums« schwärmt, von der »außerordentlichen Lust, die in den hohen Orten kreist«, bekundet entschieden mehr Lebensmut und Freigeistigkeit als Nietzsche mit seiner suspektvollen »Vorsicht«. Nur freilich bleibt sein Wort von der Wagnerei als von einer »leichteren Sinnlichkeitsepidemie, die es nicht weiß«, zu Recht bestehen, und eben nur dieses »Die es nicht weiß« ist es, was einem gewissen Klarheitsbedürfnis auf die Nerven fallen mag angesichts von Wagners romantischer Popularität; es mag einen Grund abgeben, »lieber nicht dabei zu sein«.

Wagners dramatische Fähigkeit, das Volkstümliche und das Geistige in einer Gestalt zu binden, offenbart sich am schönsten in dem Helden seiner revolutionären Epoche, in Siegfried. Das »atemlose Entzücken«, das der zukünftige Theaterdirektor von Bayreuth eines Tages als Zuschauer einer Kasperltheatervorstellung empfand – er erzählt davon in seinem Aufsatz »Über Schauspieler und Sänger« –, dies Entzücken ist praktisch, ist produktiv geworden in der Inszenierung des »Ringes«, dieser idealen Volksbelustigung mit ihrem unbedenklichen Helden. Wer wollte die hohe Ähnlichkeit dieses Siegfried mit dem kleinen Pritschenschwinger des Jahrmarkts verkennen? Zugleich jedoch ist er Lichtsohn und nordischer Sonnenmythus, was ihn nicht hindert, drittens etwas sehr Modernes aus dem neunzehnten Jahrhundert, der freie Mensch, der Brecher alter Tafeln und Erneuerer einer verderbten Gesellschaft, Bakunin, wie Bernard Shaws vergnügter Rationalismus ihn einfach immer nennt, zu sein. Ja, er ist Hanswurst, Lichtgott und anarchistischer Sozialrevolutionär auf einmal, das Theater kann nicht mehr verlangen; und diese Kunst der Mischung ist nur der Ausdruck von Wagners eigenem gemischten und in allen Stücken mehrdeutigem Wesen. Er ist kein Dichter und ist kein Musiker, sondern etwas Drittes, worin diese beiden Eigenschaften auf eine sonst nicht vorkommende Weise verschmelzen, nämlich ein Theaterdionysos, der unerhörte Ausdrucksvorgänge dichterisch zu unterbauen und gewissermaßen zu rationalisieren weiß. Aber soweit er also eben dennoch Dichter ist, ist er es nicht in einem modernen, kulturellen und literarischen Sinn, nicht aus dem Geiste und dem Bewußtsein, sondern auf eine viel frömmere und tiefere Weise: die Volksseele ist es, die aus ihm und durch ihn dichtet; er ist nur ihr Mundstück und Werkzeug, nur »Bauchredner Gottes«, um Nietzsches guten Witz zu wiederholen. Zum mindesten ist dies die korrekte und orthodoxe Auffassung seines Dichtertums, und eine gewisse mächtig geartete Stümperei, die, kulturell und literarisch gesprochen, darin einschlägig ist, scheint diese Auffassung zu stützen. Dabei aber ist er imstande, in einem Briefe zu schreiben: »Schlagen wir die Kraft der Reflexion nicht zu gering an, das bewußtlos produzierte Kunstwerk gehört Perioden an, die von der unseren fernab liegen: das

Kunstwerk der höchsten Bildungsperiode kann nicht anders als im Bewußtsein produziert werden.« – Das ist ein Schlag ins Gesicht für die Theorie einer durchaus mythischen Herkunft seiner Produktion; und wirklich findet sich in dieser neben Dingen, die den Stempel der Inspiration und blind-seligen Hingerissenheit an der Stirne tragen, so viel sinnig und witzig Gedachtes, Anspielungsvolles, verständig Gewobenes, so viele kluge Zwergenarbeit neben dem Riesen- und Götterwerk, daß es unmöglich ist, an Trance- und Dunkelschöpfung zu glauben. Der außerordentliche Verstand, den er in seinen kritischen Schriften bekundet, dient zwar nicht eigentlich dem Geiste, der »Wahrheit«, der abstrakten Erkenntnis, sondern seinem Werk, das er erläutern, rechtfertigen, dem er innerlich und äußerlich den Weg bereiten soll, – aber eine Tatsache ist er darum nicht weniger. Es bliebe die Möglichkeit, daß er bei der Produktion ganz und gar ausgeschaltet gewesen sei und der einflüsternden Volksseele den Platz geräumt habe. Aber unser Gefühl, das dem nicht so gewesen sein könne, wird durch allerlei mehr oder weniger authentische Überlieferungen aus seinem Lebenskreise bestätigt, des Inhalts, daß Ausdauer sehr oft bei ihm habe für Spontaneität eintreten müssen; daß er nach eigener Aussage sein Bestes nur mit Hilfe der Reflexion habe leisten können; durch solche ihm in den Mund gelegten Äußerungen wie: »Ach, ich habe versucht und versucht, nachgedacht und nachgedacht, bis ich endlich das herausbekam, was ich brauchte.«

Kurzum, sein Dichter- und Künstlertum unterhält sowohl Beziehungen zu Perioden, »die von der unseren fernab liegen«, wie es solchen angehört, in denen die Entwicklung des Großhirns ins Modern-Intellektualistische sich längst vollzogen hat; und dem entspricht die unauflösliche Mischung von Dämonie und Bürgerlichkeit, die sein Wesen ausmacht, – sehr ähnlich wie bei Schopenhauer, der gerade hierin ihm zeitgenössisch und individuell aufs nächste verwandt ist. Der unbürgerliche Extremismus seiner Natur, den er der Musik in die Schuhe schiebt – »Sie macht mich nun einmal eigentlich ganz zum exklamativen Menschen«, sagte er, »und das Ausrufungszeichen ist im Grunde die einzige mir genügende Interpunktion, sobald ich meine Töne verlasse!« –, dieser Extremismus äußert sich in dem enthusiastischen Charakter aller seiner Zustände, namentlich der depressiven; er tritt zutage in seinen äußeren Schicksalen (denn Schicksal ist ja nur Auswirkung des Charakters), in seinem Mißverhältnis zur Welt, seinem zerrissenen, verfemten, gehetzten, hin und her geworfenen Leben, wie er es in dramatischer Lyrik durch den Mund seines Wehwalt-Siegmund ausspricht: »Mich drängt es zu Männern und Frauen: wieviel ich traf, wo ich sie fand, ob ich um Freund, um Frauen warb, immer doch war ich geächtet, Unheil lag auf mir. Was Rechtes je ich riet, andern dünkte es arg; was schlimm immer mir schien, andere gaben ihm Gunst. In Fehde fiel ich, wo ich mich fand; Zorn traf mich, wohin ich zog. Gehrt' ich nach Wonne, weckt' ich nur Weh.« – Da kommt jedes Wort aus Erfahrung; es ist keines darin, das nicht genau auf sein eigenes Leben gemünzt wäre, und nichts anderes sagen diese schönen Verse, als was er in Prosa an Mathilde Wesendonk schreibt: »– da mich die Welt, genau genommen, doch eigentlich nicht will«, oder an ihren Mann: »– daß ich so schwer in dieser Welt unterzubringen bin, so daß es an tausend Irrungen dabei nicht fehlen kann. Es ist eine liebe Not mit mir... So sind wir denn, die Welt und ich, zwei Starrköpfe gegeneinander, von denen natürlich der mit dem dünneren Schädel eingeschlagen werden muß – wovon ich wahrscheinlich oft meine nervösen Kopfschmerzen habe.« – Diese verzweifelte Scherzhaftigkeit gehört zum Bilde. Gelegentlich – um sein achtundvierzigstes Jahr – spricht er von der »tollen Laune«, mit der er, in Weimar, alle Welt erfreut habe, und zwar einfach, weil er nicht ernst werden dürfe, überhaupt nicht mehr, ohne in fast auflösende Weichheit zu verfallen. »Dies ist ein Fehler meines Temperamentes, der jetzt immer mehr überhand nimmt: ich wehre dem noch so gut ich kann, denn es ist mir, als ob ich mich einmal geradezu verweinen müßte.« – Welche ausschweifende Schwäche! Welche Kapellmeister-Kreisler-Exzentrizität! Er hat das leidenschaftliche Auf und Ab, die wilde und tragische Pathetik seines Wesens, ganz ins Schwarze, Verfluchte und nach Ruhe, Erlösung Schmachtende stilisiert, am ausdrucksvollsten im

Holländer gemalt, es zur Belebung und Färbung dieser Figur wundervoll benutzt: es sind die großen Intervalle, in denen die Gesangspartie des Holländers hin und her wogt, womit allein schon, und besonders charakteristisch, dieser Eindruck wilder Bewegtheit erzielt wird.

Nein, das ist kein bürgerlicher Mensch im Sinne irgendwelcher Regelrechtheit und Angepaßtheit. Und doch ist die Luft der Bürgerlichkeit um ihn, die Luft seines Zeitalters, wie sie um Schopenhauer, den kapitalistischen Philosophen, ist: der moralistische Pessimismus, die Verfallsstimmung mit Musik, die echt neunzehntes Jahrhundert sind, und die es mit Monumentalität, mit großer Form verbindet, als sei Größe das Zubehör der Moral. Um ihn, sage ich, ist die Atmosphäre des Bürgerlichen, und zwar nicht nur in dieser allgemeinen Bedeutung, sondern in einer viel persönlicheren noch. Ich will nicht darauf bestehen, daß er ein Revolutionär von 48, ein Mittelklassenkämpfer und also ein politischer Bürger war; denn er war es auf seine besondere Weise, als Künstler und im Interesse seiner Kunst, die revolutionär war und für die er sich ideelle Vorteile, verbesserte Wirkungsbedingungen vom Umsturz des Bestehenden versprach. Aber intimere Züge seiner Persönlichkeit muten mitten in aller Genialität und Besessenheit ausgesprochen bürgerlich an, so wenn er nach dem Einzuge ins Asyl auf dem grünen Hügel bei Zürich aus dem Gefühl des Behagens an Liszt schreibt: »Alles ist nach Wunsch und Bedürfnis für die Dauer hergerichtet und eingeräumt; alles steht am Platz, wo es stehen soll. Mein Arbeitszimmer ist m i t d e r D i r b e k a n n t e n P e d a n t e r i e u n d e l e g a n t e n B e h a g l i c h k e i t hergerichtet; der Arbeitstisch steht an dem großen Fenster ...« Die pedantische Ordnung und auch die bürgerliche Eleganz der Umgebung, die er zur Arbeit braucht, stimmen zu dem Einschlage von Überlegtheit und klugem Kunstfleiß, dessen die Dämonie seiner Produktion nicht entbehrt und der eben ihr bürgerliches Teil ausmacht: seine spätere Selbstinszenierung als »Deutscher Meister« mit der Dürermütze hatte ihre gute innere und natürliche Berechtigung, und man täte unrecht, über dem Feuerflüssig-Vulkanischen in dieser Produktion das altdeutsch-kunstmeisterliche Element zu übersehen – das Treublickend-Geduldige, Handwerksfromme und Sinnig-Arbeitsame, das auch darin und ihr wesentlich ist. An Otto Wesendonk schreibt er: »Über den Stand meiner Arbeit lassen Sie sich kurz berichten. Als ich sie ergriff, gab ich mich der Hoffnung hin, sie in vorzüglicher Schnelle beenden zu können... Teils war ich von Sorgen und Kummer aller Art so sehr gefangen, daß ich an und für sich oft lange Zeit zur Produktion unfähig war; teils aber lernte ich auch bald mein eigentümliches Verhalten zu meinen jetzigen Arbeiten (die ich nun einmal durchaus nicht flüchtig machen kann, sondern an denen ich nur soweit Gefallen finden darf, als ich das kleinste Detail davon nur guten Einfällen verdanke und es demgemäß ausarbeite) so fest und unveränderlich erkennen, daß ich auf eine nur so hingeworfene, skizzenhafte Arbeit, wie sie einzig in der kurzen Zeit möglich gewesen wäre, verzichten mußte.« – Das ist die »Treue und Redlichkeit«, die Schopenhauer von seinen kaufmännischen Vorfahren geerbt und ins Intellektuelle übertragen zu haben erklärte. Es ist Solidität, bürgerliche Arbeitsakkuratesse, wie sie sich in seinen keineswegs hingewühlten, sondern höchst sorgfältig-reinlichen Partituren spiegelt, – derjenigen seines entrücktesten Werkes zumal, der »Tristan«-Partitur, einem Musterbild klarer, penibler Kalligraphie.

Es ist nun aber sogar nicht zu leugnen, daß Wagners Liebhaberei für bürgerliche Eleganz eine Neigung zur Ausartung zeigt, die starke Neigung, einen Charakter anzunehmen, der nichts mehr mit deutschem sechzehnten Jahrhundert, Meisterwürde und Dürermütze zu tun hat, sondern schlimmes internationales neunzehntes Jahrhundert ist – mit einem Worte: den Charakter des Bourgeoisen. Der nicht nur altbürgerliche, sondern modern bourgeoise Einschlag in seiner menschlichen und künstlerischen Persönlichkeit ist unverkennbar – der Geschmack am Üppigen, am Luxus, am Reichtum, Samt und Seide und Gründerzeitpracht: ein Zug des Privatlebens zunächst, der aber tief ins Geistige und Künstlerische reicht. Am Ende sind Wagners Kunst und das M a k a r t b u - k e t t (mit Pfauenfedern), das die gesteppten und vergoldeten Salons der Bourgeoisie schmückte, ein und derselben zeitlichen und ästhetischen Herkunft, und es ist bekannt, daß er beabsichtigte, sich von Makart Kulissen malen zu lassen. An Frau Ritter schreibt er: »Ich habe seit einiger Zeit wieder einen Narren am Luxus (wer sich denken kann, was er mir ersetzen soll, wird mich allerdings für sehr genügsam halten): des Vormittags setze ich mich in diesen Luxus hin und arbeite: – das ist nun nur das Notwendigste, und ein Vormittag ohne Arbeit ist ein Tag in der Hölle...« – Man weiß nicht, was bürgerlicher anmutet: die Luxusliebe oder daß ein Vormittag ohne A r b e i t so ganz unerträglich erscheint. Aber wir nähern uns hier dem Punkt, wo das Bourgeoise ins unheimlich Künstlerische, Tolle und Anrüchige zurückschlägt, ein Gepräge rührender und ehrwürdig interessanter Krankhaftigkeit annimmt, worauf das Wort »bürgerlich« schon wieder durchaus nicht mehr passen will, – dem wunderlichen Gebiete der S t i m u l a t i o n, das Wagner in einem Brief an Liszt mit recht zurückhaltenden Worten umschreibt: »Doch eigentlich nur mit wahrer Verzweiflung nehme ich immer wieder die Kunst auf; geschieht dies und muß ich wieder der Wirklichkeit entsagen, – muß ich mich wieder in die Wellen der künstlerischen Phantasie stürzen, um mich in einer eingebildeten Welt zu befriedigen, so muß wenigstens meiner Phantasie auch geholfen, meine Einbildungskraft muß unterstützt werden. Ich kann dann nicht wie ein Hund leben, ich kann mich nicht auf Stroh betten und mich in Fusel erquicken: ich muß irgendwie mich geschmeichelt fühlen, wenn meinem Geist das blutig schwere Werk der Bildung einer unvorhandenen Welt gelingen soll... Als ich jetzt wieder den Plan der Nibelungen und ihrer wirklichen Ausführung faßte, mußte vieles dazu wirken, um mir die nötige künstlerisch-wollüstige Stimmung zu geben: ich müßte ein besseres Leben, als zuletzt, führen können!« – Der »Narr«, den er »am Luxus hat«, das schmeichlerische Mittel, das seiner Einbildungskraft zu Hilfe kommen muß, ist bekannt. Es sind die eiderdaunengefütterten seidenen Schlafröcke, in die er sich hüllt, die mit Blenden und Rosengirlanden gezierten Atlasbettdecken, unter denen er schläft, diese tastbaren Andeutungen verschwenderischer Üppigkeit, für die er Schulden zu Tausenden macht. Die bunten Atlasgewänder sind der Luxus, in dem er sich vormittags zur Arbeit, zum blutig schweren Werke setzt. Mit ihnen ausstaffiert, gewinnt er die »künstlerisch-wollüstige Stimmung«, urnordische Heroik, hehre Natursymbolik heraufzuführen, den sonnenblonden Heldenknaben am sprühenden Amboß sein Siegschwert schmieden zu lassen – Bilder, die die Brust deutscher Jugend von Hochgefühlen männlicher Herrlichkeit schwellen lassen.

Der Gegensatz beweist nicht das mindeste. Niemand empfindet Schillers faule Äpfel im Pult, von deren Geruch Goethe beinahe ohnmächtig geworden wäre, als Argument gegen die echte Erhabenheit seines Werkes. Wagners Arbeitsbedingungen waren zufällig kostspieliger, und übrigens könnte man sich kostümliche Nachhilfen denken, mönchische, soldatische etwa, die dem strengen Kunstdienste besser entsprächen als Atlasschlafröcke. Aber hier wie dort handelt es sich um ein Stück harmlos-unheimlicher Künstlerpathologie, von der nur Spießbürger sich verwirren lassen. Ein Unterschied freilich ist nicht wegzuleugnen. In Schillers Werk ist nichts von den faulen Äpfeln, deren Moderduft ihn stimulierte. Aber wer wollte verkennen, daß der Atlas auf irgendeine Weise auch in Wagners Werk enthalten ist? Es ist wahr: Schillers idealistischer Wille verwirklicht sich in der Wirkung seines Werkes, in der Art, wie es die Menschheit eroberte, reiner und unzweideutiger, als Wagners ethische Gesinnung sich in der Wirkungsart seines Werkes ausprägt. Seine kulturreformatorische Meinung war gegen die Kunst als Luxus, gegen den Luxus in der Kunst gerichtet, sie galt der Reinigung, Vergeistigung des Operntheaters, dessen Begriff ihm schlechthin mit dem der Kunst zusammenfiel. Er nannte Rossini verächtlich »den im üppigsten Schoße des Luxus dahinlächelnden, wollüstigen Sohn Italias«, die italienische Opernmusik überhaupt eine »Lustdirne«, die französische eine »kaltlächelnde Kokette«. Äußert dieser kunstmoralische Haß und Gegenwille sich mit vollem Glück in dem Wesen und den Mitteln seiner Kunst, in dem, wodurch sie die bürgerliche Gesellschaft Europas und der Welt in ihren Bann zog und sich unterwarf? Ist es nicht das Wonnevolle, das Sinnlich-Sehende, Sinnlich-Verzehrende, das Schwerberauschende, Hypnotisch-Streichende, das dick und üppig Abgesteppte, mit einem Worte das höchst Luxuriöse seiner Musik, was ihr die bürgerlichen Massen in die Arme trieb? Eichendorff, in dem Liede von den kecken Gesellen, deren einer sein Leben in böser Lust vertut, spricht, um das Element der Verführung zu kennzeichnen, von den »buhlenden Wogen«, von »der Wogen farbigem Schlund«. Das ist wunderbar. Nur ein Romantiker vermag so suggestiv die Sünde zu schildern, und Wagner hat es ihm im »Tannhäuser« und »Parsifal« darin gleich getan. Aber ist nicht auch sein Orchester ein solcher »farbiger Schlund«, aus dem man, wie Eichendorffs junger Fant, »müde und alt« erwacht?

Wenn etwas an diesen Fragen zu bejahen ist, so handelt es sich um das, was man eine »tragische Antinomie« nennt, um einen der Gegensätze und verschlungenen Widersprüche in Wagners Wesen, denen wir hier nachhängen. Ihrer sind viele; und da ein gut Teil davon das Verhältnis von Meinung und Wirkung betrifft, ist es sehr wichtig, die vollkommene und ehrwürdige Reinheit und Idealität seines Künstlertums zu betonen und jedes Mißverständnis davon abzuwehren, das sich aus der Massigkeit, dem massenberückenden Charakter von Wagners Erfolg ergeben könnte. Jede Kritik, auch die Nietzsches, neigt dazu, die Wirkungen einer Kunst als bewußte und berechnete Absicht in den Künstler zurückzuverlegen und die Idee des Spekulativen zu suggerieren – sehr fälschlich, ganz irrtümlich und gerade als ob nicht jeder Künstler genau das machte, was er i s t, was ihn selber gut und schön dünkt –, als ob es ein Künstlertum gäbe, dessen Wirkungen ihm selber ein Gespött und nicht zuerst auch Wirkungen auf ihn, den Künstler, gewesen wären! Möge Unschuld das letzte Wort sein, das auf eine Kunst anwendbar sei, – der Künstler ist unschuldig. Ein Monstreerfolg, wie Wagners Musiktheater ihn »erzielt« hat, ist großer Kunst sonst überhaupt niemals zugefallen. Der Erdball ist, fünfzig Jahre nach des Meisters Tode, allabendlich in diese Musik eingehüllt. Imperialistisch-weltunterwerfende, gewaltig agaçante, despotische, aufwiegelnd-demagogische Elemente sind enthalten in dieser Kunst des Theaters und der Massenerschütterung, die auf Ehrgeiz, ungeheuren cäsarischen Machtwillen als auf ihr eigentliches Agens schließen lassen könnten. Die Wahrheit sieht anders aus. »So viel sage ich Ihnen«, schreibt Wagner aus Paris an die Geliebte, »nur das Gefühl meiner R e i n h e i t gibt mir diese Kraft. Ich fühle mich r e i n : ich weiß in meinem tiefsten Inneren, daß ich stets für andere, nie für mich wirkte; und meine steten Leiden sind mir des Zeugen.« Wenn das nicht wahr ist, so ist es doch dermaßen wahrhaftig, daß jede Skepsis verstummt. Er weiß von keinem Ehrgeiz. »Aus Größe, Ruhm und Volksherrschaft«, versichert er Liszt, »mache ich mir gar nichts.« – Auch aus Volksherrschaft nicht? Vielleicht in der milden, meisterlichen Form der Volkstümlichkeit, wie sie als Ideal, Wunschtraum, romantisch-demokratische Kunst- und Künstlergesinnung mit so viel Biederkeit und herzlichem Pomp aus den »Meistersingern« spricht. Ja, die Popularität des Hans Sachs, gegen den die »ganze Schul« nichts ausrichtet, weil halt das Volk ihn so auf Händen trägt, ist ein Wunschtraum. Es ist in den »Meistersingern« ein Liebäugeln mit dem Volk als höchstem Kunstrichter, das das Gegenteil kunstaristokratischer Strenge bedeutet und kennzeichnend ist für Wagners demokratisch-revolutionäres Kunstgefühl, seine Auffassung der Kunst als eines freien Appells an das Volksgefühl, – sehr im Gegensatz zu einem klassisch-höfischen, vornehmen Kunstbegriff von einst, aus dem Voltaires Wort kam: »Quand la populace se mêle de raisonner, tout est perdu.« – Dennoch, wenn dieser Künstler Plutarch liest, empfindet er, anders als Karl Moor, Widerwillen gegen die »großen Männer«, und um alles möchte er nicht ihresgleichen sein. »Häßliche, kleine, gewaltsame Naturen, unersättlich – weil sie so gar nichts in sich haben und deshalb immer nur von außen in sich hineinfressen müssen. Gehe man mir mit diesen großen Männern! Da lobe ich mir Schopenhauers Wort: nicht der Welteroberer, sondern der Weltüberwinder ist der Bewunderung wert! Gott soll mir diese ›gewaltigen‹ Naturen, diese Napoleone usw. vom Halse halten.« – War er ein Weltüberwinder oder ein Welteroberer? Für welches von beidem ist sein »Selbst dann bin ich die Welt«, akzentuiert mit dem Thema der Welterotik, die Formel? –

Die Insinuation des Ehrgeizes in irgendeinem gemein-weltlichen Sinn ist auf alle Fälle schon darum hinfällig, weil hier zunächst ganz ohne Hoffnung auf unmittelbare Wirkung, ohne jede Aussicht darauf, die ja die wirklichen Umstände und Zustände gar nicht zuließen, geschaffen wurde – im leeren Phantasieraum, für eine imaginäre Idealbühne, an deren Verwirklichung vorerst nicht zu denken war. Wahrhaftig, es ist nicht von kluger Berechnung und ambitiöser Ausnützung gegebener Möglichkeiten die Rede in Worten, wie er sie an Otto Wesendonk schreibt: »Denn das sehe ich: ganz bin ich nur, was ich bin, wenn ich schaffe. Die eigentliche Aufführung meiner Werke gehört einer geläuterteren Zeit an, einer Zeit, wie ich sie erst durch meine Leiden vorbereiten muß! – Meine verwandtesten Kunstfreunde haben eben nur Staunen für meine neuen Arbeiten: zur Hoffnung fühlt sich jeder, der unserem öffentlichen Kunstleben nähersteht, zu schwach. Ich begegne da nur Mitleid und Wehmut. – Und sie haben ja so recht. Nichts lehrt mich mehr, wie furchtbar ich alles um mich her übersprungen habe.« – Nie hat die Einsamkeit, Wirklichkeitsfremdheit des Genies ergreifendere Worte gefunden. Aber wir nun, die letzten Jahrzehnte des neunzehnten Jahrhunderts und das erste Drittel des zwanzigsten mit dem Weltkriege und dem in Zersetzung übergehenden Spätkapitalismus – wir, in deren Tagen Wagners Kunst die großen Theater beherrscht und an allen Punkten der zivilisierten Welt in vollkommenen Aufführungen triumphiert –, wir wären diese »geläutertere Zeit«, die er »durch seine Leiden vorbereiten mußte«? Ist die Menschheit von 1880 bis 1933 die rechte, um durch den Riesenerfolg, den sie einer Kunst bereitet, die Höhe und Güte dieser Kunst zu erweisen?

Fragen wir nicht. Sehen wir, wie seine Größe sich darin bewährt, daß sie der Welt entgegenkommen, sich ihr anbequemen möchte – und es nicht vermag! Ein komisches Öperchen, ein Satyrspiel zum »Tannhäuser«, zur Erholung für ihn und die Leute, der beste Wille zum Leichten und praktisch Genießbaren: es werden die »Meistersinger« daraus. Etwas Italienisches nun einmal, Melodiöses und lyrisch Sangbares, mit wenigen Personen, leicht aufzuführen, es muß doch gehen:

und was ihm unter den Händen entsteht ist der »Tristan«. –
Man kann sich nicht kleiner machen, als man ist, man kann
sich nicht anders machen; man macht, was man ist, und Kunst
ist Wahrheit – die Wahrheit über den Künstler.

Es hat also mit der ungeheuren Weltwirksamkeit dieser
Kunst persönlich und ursprünglich eine sehr geistige und
reine Bewandtnis: kraft ihres Niveaus vor allem schon, das
keine tiefere Verachtung kennt, als die für den Effekt, die
»Wirkung o h n e U r s a c h e «; dann aber weil alles Imperi-
ale, Demagogische, Massenunterwerfende darin zunächst
völlig überpraktisch und ideal zu verstehen ist, auf ganz erst
zu revolutionierende Bedingungen bezogen werden muß –
und vornehmlich gilt diese künstlerische Unschuld, wo ein
vielfältig instrumentierter Begeisterungswille sich im n a t i o -
n a l e n A p p e l l , als Feier und Verherrlichung des Deutschtums äußert, wie es unmittelbar etwa im »Lohengrin« durch
König Heinrichs »Deutsches Schwert« und in den »Meistersingern« durch Hans Sachsens biederen Mund geschieht. Es
ist durch und durch unerlaubt, Wagners nationalistischen
Gesten und Anreden den heutigen Sinn zu unterlegen – denjenigen, den sie heute hätten. Das heißt sie verfälschen und
mißbrauchen, ihre romantische Reinheit beflecken.

Die nationale Idee stand damals, als Wagner sie als trau-
lich-wirksames Element in sein Werk eingehen ließ, das heißt
bevor sie verwirklicht war, in ihrer heroischen, geschichtlich
legitimen Epoche, sie hatte ihre gute, lebensvolle und echte
Zeit, war Poesie und Geist, ein Zukunftswert. Demagogie
ist es, wenn heute die Bassisten die Verse vom »Deutschen
Schwert« oder gar jenes Kern- und Schlußwort der Meistersinger: »Zerging in Dunst das Heil'ge römische Reich, uns
bliebe gleich die heil'ge deutsche Kunst« tendenziös ins Par-
terre donnern, um eine patriotische Nebenwirkung damit zu
erzielen. Gerade diese Verse, die ersten, die feststanden und
sich schon am Schlusse der frühesten Skizze, der Marienba-
der vom Jahre 1845, finden, beweisen die vollendete Geistigkeit und Politikfremdheit des Wagnerschen Nationalismus:
sie bekunden eine schlechthin anarchische Gleichgültigkeit
gegen das Staatliche, falls eben nur das geistig Deutsche,

die »Deutsche Kunst« bewahrt bleibt. Daß er dabei nicht eigentlich an die deutsche Kunst, sondern an sein Musiktheater dachte, das nicht durchaus deutsch ist und nicht nur Weber, Marschner und Lortzing, sondern auch Spontini und die Große Oper in sich aufgenommen hat, ist eine Sache für sich. Im Grunde mochte er denken, wie der größte Unpatriot, Goethe, nach Börnes Vorwurf dachte: »Was wollen die Deutschen? Sie haben ja mich.«

Richard Wagner als Politiker war sein Leben lang mehr Sozialist und Kulturutopist im Sinne einer klassenlosen, vom Luxus und vom Fluche des Goldes befreiten, auf Liebe gegründeten Gesellschaft, wie er sie sich als das ideale Publikum seiner Kunst erträumte, denn Patriot im Sinne des Machtstaates. Sein Herz war für die Armen gegen die Reichen. Die Teilnahme an den revolutionären Umtrieben von 1848, die ihn ein zwölfjähriges quälendes Exil kostete, hat er später, als er sich des »ruchlosen« Optimismus schämte und die gegebene Tatsache von Bismarcks Reich, so gut es gehen wollte, mit der Verwirklichung seiner Träume verwechselte, nach Möglichkeit verkleinert und verleugnet. Er ist den Weg des deutschen Bürgertums gegangen: von der Revolution zur Enttäuschung, zum Pessimismus und einer resignierten, machtgeschützten Innerlichkeit. Dennoch steht das in einem gewissen Sinn sehr undeutsche Wort in seinen Schriften: »Wer sich unter der Politik hinwegstiehlt, belügt sich selber!« Ein so lebendiger und radikaler Geist war sich selbstverständlich der Einheit des humanen Problems, der Untrennbarkeit von Geist und Politik bewußt; er hat nicht der bürgerlich-deutschen Selbsttäuschung angehangen, man könne ein unpolitischer Kulturmensch sein – diesem Wahn, der Deutschlands Elend verschuldet hat. Sein Verhältnis zum Vaterland war bis zur Reichsgründung und bis zu seiner Bayreuther Niederlassung das des Einsamen, Unverstandenen, Abgestoßenen, voll von Kritik und Hohn. »Ach, wie bin ich voll Enthusiasmus für den deutschen Bund germanischer Nation!« schreibt er aus Luzern im Jahre 1859. »Daß mir um Gottes willen der Frevler L. Napoleon nichts an meinem lieben deutschen Bunde betaste: ich wäre zu tief betrübt, wenn da irgend etwas anders

würde!« Die Sehnsucht nach Deutschland, die ihn im Exil
verzehrt, wird durch die Wirklichkeitserfahrungen der Heimkehr bitter enttäuscht. »Es ist ein elendes Land«, ruft er, »und
ein gewisser Ruge hat Recht, wenn er sagt: ›Der Deutsche ist
niederträchtig.‹« – Wohlgemerkt: so böse Äußerungen gelten
nur der deutschen Unbereitschaft, sein Werk aufzunehmen;
sie haben den kindlich-persönlichsten Akzent. Deutschland
ist gut oder schlimm in dem Maß, wie es an ihn glaubt oder
in solchem Glauben versagt. Noch 1875 aber antwortet er in
einer Gesellschaft auf die rühmende Bemerkung, so wie ihm
sei das deutsche Publikum noch keinem entgegengekommen,
mit bitterem Humor: »O ja! der Sultan und der Khedive von
Ägypten haben Patronatsscheine genommen.«

Es ehrt sein Künstlerherz, daß er gleichwohl, anders als
Nietzsche, in der Neugründung des Reiches durch Bismarcks
Kriege die Erfüllung seiner deutschen Wünsche erblicken
konnte, im »Reich«, für das Nietzsche nicht genug Worte leidenschaftlicher Vermaledeiung fand, den rechten und echten
Boden für sein Kulturwerk zu erkennen bereit und fähig war.
Die – kleindeutsche – Wiedererstehung des deutschen Reiches, ein Phänomen überwältigenden historischen Erfolges,
stärkte, wie der Freund Heckel sagt, in Wagner den Glauben
an die Entwicklung einer deutschen Kultur und Kunst, das
heißt: an die Wirklichkeitsmöglichkeit seines Kunstwerks,
der sublimierten Oper. Aus diesem Vertrauen kam der »Kai-
sermarsch«, es kam daraus das Gedicht an das deutsche Heer
vor Paris, das nur beweist, daß Wagner ohne Musik kein
Dichter ist; es kam daraus die unglaubwürdig geschmacklose,
in jedem Sinn selbstverräterische Satire auf das agonierende
Paris im Jahre 71 »Eine Kapitulation«. Vor allem entstammte
diesem Vertrauen sein Manifest »Über die Aufführung des
Bühnenfestspiels ›Der Ring des Nibelungen‹ – worauf eine
einzige Freundesanmeldung, eben von dem Pianofortehänd-
ler Heckel in Mannheim, erfolgte. Die Widerstände gegen
Wagners Wollen und seine Ansprüche, die Scheu sich zu ihm
zu bekennen blieben groß; aber in die Zeit der Reichsgründung fällt auch die Gründung des ersten Wagnervereins und
die Ausgabe der Patronatsscheine für die Bühnenfestspiele;

die Etablierung, die Verwirklichung, kompromißreich wie jede andere, begann. Wagner war Politiker genug, seine Sache mit der des Bismarckschen Reiches zu verbinden: er sah einen Erfolg ohnegleichen, er schloß den seinen daran, und die europäische Hegemonie seiner Kunst ist das kulturelle Zubehör zur politischen Hegemonie Bismarcks geworden. Der große Staatsmann, mit dessen Werk er das seine vermählte, verstand von diesem überhaupt nichts, hat sich nie auch nur darum gekümmert und hielt Wagner für einen verdrehten Kerl. Aber der alte Kaiser, der auch nichts davon verstand, kam nach Bayreuth und sagte: »Ich hätte nicht gedacht, daß Sie's durchsetzen würden!« Das Wagnerwerk war als nationale Angelegenheit installiert, war reichsoffiziell geworden und ist gewissermaßen mit diesem schwarzweißroten Reiche verbunden geblieben – so wenig es seinem tiefsten Wesen nach und selbst nach der Art seines Deutschtums mit irgendwelchen Macht- und Kriegsreichen zu tun hat.

Wo von Wagners kontradiktorischer Natur in der Verschlungenheit ihrer Widersprüche die Rede ist, darf das grandiose Zugleich und Ineinander von Deutschheit und Mondänität nicht übergangen werden, das zu dieser Natur gehört und sie in absolut einmaliger, zum Nachdenken anreizender Weise auszeichnet. Es gab immer und gibt auch heute eine deutsche Kunst hohen Ranges – ich denke besonders an das Gebiet der Literatur –, die so ganz dem stillen und heimlichen Deutschland angehört, so speziell und intim deutsch ist, daß sie – sehr edler Weise – eben nur im »Heimlichen« zu wirken und Verehrung zu erzeugen vermag – und der europäischen, der Weltmöglichkeit entbehrt. Das ist ein Schicksal wie ein anderes, es hat nichts mit dem Werte zu tun. Viel geringeres Erzeugnis, demokratische Gebrauchs- und Allerweltsware, überschreitet mit Leichtigkeit alle Grenzen und wird, da sie gemein ist, überall nur allzu gut verstanden; aber auch Werke, die jener exklusiven Heimkunst an Rang und Würde nichts nachgeben, erweisen sich als mit dem Tropfen demokratisch-europäischen Öles gesalbt, der ihnen die Welt öffnet, ihnen internationales Verständnis sichert.

Wagners Kunst ist dieser Art; nur daß bei ihr nicht gut von einem »Tropfen« jenes Salböls die Rede sein kann – sie trieft davon. Ihre Deutschheit ist tief, mächtig und unbezweifelbar. Die Geburt des Dramas aus der Musik, wie sie sich mindestens einmal, auf der Höhe von Wagners Schaffen, in »Tristan und Isolde«, rein und zauberhaft vollendet, konnte nur aus deutschem Leben kommen, und als deutsch im höchsten Sinne des Wortes darf man ihre gewaltige Sinnigkeit, ihren mythischen Hang und metaphysischen Drang, vor allem schon ihr tief ernstes Selbstgefühl als Kunst ansprechen, den hohen und feierlichen Begriff der Kunst, eigentlich des Theaters, von dem sie erfüllt ist, und den sie mitteilt. Bei alldem aber ist sie von einer Weltgerechtigkeit, Weltgenießbarkeit, wie sie keiner deutschen Kunst dieses Ranges je mitgegeben wurde, und man hält sich in dem bevorzugten Gedankenkreise ihres Schöpfers, wenn man von der empirischen Erscheinung auf ihren »Willen«, ihren Charakter zurückschließt. Schon früher einmal habe ich auf das Buch eines Nichtdeutschen, des Schweden Wilhelm Peterson-Berger, »Richard Wagner als Kulturerscheinung«, hingewiesen, das sich über diesen Punkt mit besonderer Klugheit äußert. Der Verfasser spricht da von Wagners Nationalismus, von seiner Kunst als einer national deutschen, und bemerkt, daß die deutsche Volksmusik die einzige Richtung sei, die von seiner Synthese nicht umfaßt werde. Zu Charakterisierungszwecken könne er wohl mitunter, wie in den »Meistersingern« und im »Siegfried«, den deutschen Volkston anschlagen, aber dieser bilde nicht den Grundton und den Ausgangspunkt seiner Tondichtung, sei niemals der Ursprung, aus dem sie spontan hervorsprudele, wie bei Schumann, Schubert und Brahms. Es sei notwendig, zwischen Volkskunst und nationaler Kunst zu unterscheiden; der erstere Ausdruck ziele nach innen, der letztere nach außen. Wagners Musik sei mehr national als volkstümlich; sie habe wohl viele Züge, die n a m e n t l i c h d e r A u s l ä n d e r als deutsch empfinde, aber sie habe – so drückt der Schwede sich aus – dabei ein unverkennbar kosmopolitisches Cachet. –

Hier ist, wie mir scheint, die eigentümliche Bewandtnis, die es mit Wagners Deutschtum hat, mit großer Feinheit erfühlt und ausgedeutet. Ja, Wagner ist deutsch, ist national, auf beispielhafte – vielleicht allzu beispielhafte Weise. Denn a u ß e r - d e m , daß dieses Werk eine eruptive Offenbarung deutschen Wesens ist, ist es auch eine schauspielerische Darstellung davon, und zwar eine Darstellung, deren Intellektualismus und plakathafte Wirksamkeit bis zum Grotesken, bis zum Parodischen geht und bestimmt scheint, ein neugierig schauderndes Weltpublikum zu dem Ausrufe hinzureißen: »Ah, ça c'est bien allemand, par exemple!« Dies Deutschtum also, so wahr und mächtig es sei, ist modern gebrochen und zersetzt, dekorativ, analytisch, intellektuell, und seine Faszinationskraft, seine eingeborene Fähigkeit zu kosmopolitischer, zu planetarischer Wirkung kommt daher. Wagners Kunst ist die sensationellste Selbstdarstellung und Selbstkritik deutschen Wesens, die sich erdenken läßt, sie ist danach angetan, selbst einem Esel von Ausländer das Deutschtum interessant zu machen, und die leidenschaftliche Beschäftigung mit ihr ist immer zugleich eine leidenschaftliche Beschäftigung mit diesem Deutschtum selbst, das sie kritisch-dekorativ verherrlicht. Darin beruht ihr Nationalismus, aber dieser Nationalismus ist in einem Maße mit europäischer Artistik durchtränkt, das ihn zu irgendwelcher Simplifizierung, auf deutsch: Versimpelung, im tiefsten untauglich macht.

»Sie werden der Sache Dessen dienen, den die Zukunft zum berühmtesten unter den Meistern machen wird.« Diesen Satz schreibt Charles Baudelaire im Jahre 1849 an einen wagnerbegeisterten jungen deutschen Kunstkritiker. Die Voraussage, deren Sicherheit erstaunlich ist, kommt aus leidenschaftlicher Liebe, wahlverwandtschaftlicher Passion, und es zeugt von dem kritischen Genie Nietzsches, daß er diese Verwandtschaft erkannte, ohne von ihren Äußerungen zu wissen. »Wenn Baudelaire seinerzeit der erste Prophet und Fürsprecher Delacroix' war«, sagt er in den Studien zum »Fall Wagner«, »vielleicht, daß er heute der erste ›Wagnerianer‹ von Paris sein würde. Es ist viel Wagner in Baudelaire.« Erst Jahre später kommt ihm der Brief vor Augen, worin Wagner dem französischen Dichter für seine Huldigungen dankt, und er triumphiert. Ja, Baudelaire, der früheste Verehrer Delacroix', dieses Wagners der

Malerei, war in der Tat auch der erste Wagnerianer von Paris und einer der ersten wirklichen, tiefergriffenen und künstlerisch verständnisvollen Wagnerianer überhaupt. Seine Tannhäuser-Schrift vom Jahre 1861 war das erste entscheidende und bahnbrechende Wort über Wagner und ist das historisch wichtigste geblieben. Ein Glück des Sich-selbst-Wiederfindens in den künstlerischen Intentionen eines anderen, wie Wagners Musik es ihm bereitete, hat er sonst nur einmal noch, bei der literarischen Bekanntschaft mit Edgar Allan Poe erfahren. Sie beide, Wagner und Poe, sind Baudelaires Götter – eine sonderbare Zusammenstellung für das deutsche Ohr! Die Nachbarschaft rückt Wagners Kunst auf einmal in eine Beleuchtung, sie fügt sie in seelische Zusammenhänge, in denen ihre patriotischen Ausleger uns nicht gewöhnt haben sie zu sehen. Eine farbige und phantastische, tod- und schönheitsverliebte Welt abendländischer Hoch- und Spätromantik tut sich auf bei seinem Namen, eine Welt des Pessimismus, der Kennerschaft seltener Rauschgifte und einer Überfeinerung der Sinne, die allerlei synästhetischen Spekulationen schwärmerisch nachhängt, den Träumen Hoffmann-Kreislers von der Entsprechung und innigen Verbindung zwischen den Farben, Klängen und Düften, von der mystischen Wandlung der einsgewordenen Sinne... In diese Welt ist Richard Wagner hineinzusehen, hineinzuverstehen: der glorreichste Bruder und Genosse all dieser am Leben leidenden und dem Mitleid zugetanen, die Verzückung suchenden, die Künste vermischenden Symbolisten und Anbeter des »art suggestif« mit dem Bedürfnis »d'aller au delà, plus outre que l'humanité«, wie Maurice Barrès sagte, der letzte mit diesen Wassern Getaufte, der Liebhaber Venedigs, der Tristanstadt, der Dichter des Blutes, der Lust und des Todes, der Nationalist am Ende und Wagnerianer von Anfang bis zu Ende.

Sind es Wellen / sanfter Lüfte?
Sind es Wogen / wonniger Düfte?
Wie sie schwellen, / mich umrauschen,
soll ich atmen, / soll ich lauschen?
Soll ich schlürfen, / untertauchen,

süß in Düften / mich verhauchen?
In des Wonnenmeeres / wogenden Schwall,
in der Duftwellen / tönenden Schall,
in des Weltatmens / wehendem All –
ertrinken – / versinken –
unbewußt – / höchste Lust!

Das ist das äußerste und höchste Wort dieser Welt, ihre Krönung, ihr Triumph, geprägt und gesättigt von ihrem Geiste,
dessen europäische, mystisch-sinnliche Artistik durch Wagner und den frühen Nietzsche die Stilisierung ins deutsch
Bildungsmäßige erhält, die Beziehung auf die Tragödie, mit
den Richtpunkten Euripides, Shakespeare und Beethoven.
Nietzsche, in seiner Gereiztheit durch eine gewisse deutsche
Unklarheit in psychologischen Dingen, korrigiert das später reuig, indem er Wagners europäische Artistik überbetont
und sein deutsches Meistertum verhöhnt. Mit Unrecht. Wagners Deutschtum war echt und mächtig. Und daß das Romantische auf deutsch und in der Maske treuen Meistertums auf
seinen Gipfel kam und seinen Welterfolg beging, war ihm seinem Wesen nach vorbestimmt.
   Ein letztes Wort über Wagner als Geist, über sein Verhältnis zu Vergangenheit und Zukunft. Denn auch hier besteht
eine Doppeltheit und Verschränktheit scheinbarer Widersprüche in seinem Charakter, die dem Gegensatz von Deutschtum
und Europäismus entspricht. Es sind r e a k t i o n ä r e Z ü g e
in Wagners Erscheinung, Züge von Rückwärtsgewandtheit
und dunklem Vergangenheitskult; man könnte die Vorliebe
fürs Mystische und Mythisch-Ursagenhafte, den protestantischen Nationalismus der »Meistersinger« sowohl als das
Katholisieren im »Parsifal«, die Neigung zum Mittelalter, Ritter- und Fürstenwesen, zu Wundern und Glaubensinbrunst
in diesem Sinne deuten. Und doch verbietet jedes Gefühl für
die eigentliche und wahre Natur dieses durch und durch auf
Neuerung, Änderung, Befreiung bestellten Künstlertums
es aufs strikteste, seine Sprache und Ausdrucksweise wörtlich zu nehmen und nicht als das, was sie ist: ein Künstleridiom eben sehr uneigentlicher Art, mit dem auf Schritt und

Tritt ganz anderes, vollkommen Revolutionäres gemeint ist. Diesen bei aller seelischen Schwere und Todesverbundenheit lebengeladenen und stürmisch-progressiven Schöpfergeist, den Verherrlicher des aus freiester Liebe geborenen Weltzertrümmerers; diesen verwegenen musikalischen Neuerer, der im »Tristan« mit einem Fuß schon auf atonalem Boden steht, und den man heute ganz sicher einen Kulturbolschewisten nennen würde; diesen Mann des V o l k e s , der Macht, Geld, Gewalt und Krieg sein Leben lang innig verneint hat und sein Festtheater, was auch die Epoche daraus gemacht haben möge, einer klassenlosen Gemeinschaft zu errichten gedachte: ihn kann kein Geist der Restauration und des muckerischen Zurück – es darf ihn jeder zukünftig gerichtete Wille für sich in Anspruch nehmen.

Aber es ist müßig, große Männer aus der Verewigung ins Jetzt zu beschwören, um ihnen ihre – etwaige – Meinung über Probleme gegenwärtigen Lebens abzufragen, die ihnen so nicht gestellt waren, und denen sie geisterfremd sind. Wie würde Richard Wagner sich stellen zu unseren Fragen, Nöten und Aufgaben? Dies »würde« ist hohl und phantomhaft, es ist keine Denkbarkeit. Meinungen sind sekundär, schon zu ihrer Zeit; wie sehr sind sie es erst später! Was bleibt, ist der Mensch und das Produkt seines Kampfes, sein Werk. Begnügen wir uns, Wagners Werk zu verehren als ein gewaltiges und vieldeutiges Phänomen deutschen und abendländischen Lebens, von dem tiefste Reize ausgehen werden allezeit auf Kunst und Erkenntnis.

Hans Knappertsbuschs
Rundschreiben vom 3. April 1933
und Thomas Manns Tagebucheintrag

Euer Hochwohlgeboren!

Herr Thomas Mann hat das Wagner-Jahr dazu benützt, um in einem zu Amsterdam gehaltenen Vortrag ein deutsches Genie, den größten Musikdramatiker aller Zeiten, zu verunglimpfen.

Wie jeder produktive und reproduktive Musiker bin ich zwar an mitunter sehr seltsame Kunsturteile gewöhnt und darin geübt, sie zu ignorieren. Hier scheint mir aber Stillschweigen nicht am Platze zu sein.

Bayern und München sind stolz auf den positiven Teil ihrer Beziehungen zu Richard Wagner, den sie König Ludwig II. verdanken. Was geschehen kann, um die negativen Seiten dieser Beziehungen auszugleichen, wird von der Münchner Wagner-Pflege, die zu betreuen derzeit ich die große Ehre habe, mit heißem Bemühen seit Jahr und Tag getan. Wer es deshalb wagt, den Mann, der deutsche Geistesmacht wie ganz wenige der Welt dargetan hat, öffentlich zu verkleinern, soll seine blauen, hier weiß-blauen Wunder erleben!

Ich habe zunächst einem kleineren Kreise von Gleichgesinnten, den Herren Professor Dr. Hans Pfitzner, Verlagsdirektor Wilhelm Leupold und Chefredakteur Adolf Schiedt von der Münchener Zeitung, Generalintendant Frhr. Clemens von Franckenstein und Staatstheaterdirektor Dr. Arthur Bauckner, die Veröffentlichung des anliegenden Protestes vorgeschlagen und volle Zustimmung gefunden. Um der Kundgebung eine breite Basis zu geben, möchte ich mich nunmehr beehren, auch Euer Hochwohlgeboren anheimzustellen, Ihre Unterschrift unter den Protest zu setzen.

Ich sehe Ihrer sehr geschätzten möglichst umgehenden Antwort entgegen und bitte um Zusendung des beiliegenden Protestes.

Mit dem Ausdruck ausgezeichneter Hochschätzung

sehr ergeben
Bayrischer Staatsoperndirektor

Tagebuch vom 16.4.1933

[...]

K. erfährt von Frau Klöpfer, daß durch das *Münchener Radio* eine Kundgebung M.ᵉʳ »Kunstfreunde«, darunter Knappertsbusch und der nationalsozialistische Bürgermeister, gegen den Wagner-Aufsatz ergangen ist und gegen die »Verunglimpfung unseres deutschen Meisters im Auslande«. Schauriger, deprimierender und erregender Eindruck von dem reduzierten, verwilderten und gemeinbedrohlichen Geisteszustand in Deutschland.

Protest der Richard-Wagner-Stadt München und Thomas Manns Tagebucheintrag

Nachdem die nationale Erhebung Deutschlands festes Gefüge angenommen hat, kann es nicht mehr als Ablenkung empfunden werden, wenn wir uns an die Oeffentlichkeit wenden, um das Andenken an den großen deutschen Meister Richard Wagner vor Verunglimpfung zu schützen. Wir empfinden Wagner als musikalischdramatischen Ausdruck tiefsten deutschen Gefühls, das wir nicht durch ästhetisierenden Snobismus beleidigen lassen wollen, wie das mit so überheblicher Geschwollenheit in Richard-Wagner-Gedenkreden von Herrn Thomas Mann geschieht.

Herr Mann, der das Unglück erlitten hat, seine früher nationale Gesinnung bei der Errichtung der Republik einzubüßen und mit einer kosmopolitisch-demokratischen Auffassung zu vertauschen, hat daraus nicht die Nutzanwendung einer schamhaften Zurückhaltung gezogen, sondern macht im Ausland als Vertreter des deutschen Geistes von sich reden. Er hat in Brüssel und Amsterdam und an anderen Orten Wagners Gestalten als »eine Fundgrube für die Freudsche Psycho-Analyse« und sein Werk als einen »mit höchster Willenskraft ins Monumentale getriebenen Dilettantismus« bezeichnet. Seine Musik sei ebensowenig Musik im reinen Sinn, wie seine Operntexte reine Literatur seien. Es sei die »Musik einer beladenen Seele ohne tänzerischen Schwung«. Im Kern hafte ihm etwas Amusisches an.

Ist das in einer Festrede schon eine verständnislose Anmaßung, so wird diese Kritik noch zur Unerträglichkeit gesteigert durch das fade und süffisante Lob, das der Wagnerschen Musik wegen ihrer »Weltgerechtheit, Weltgenießbarkeit« und wegen dem Zugleich von »Deutschheit und Modernität« erteilt wird.

Wir lassen uns eine solche Herabsetzung unseres großen deutschen Musikgenies von keinem Menschen gefallen, ganz sicher aber nicht von Herrn Thomas Mann, der sich selbst am besten dadurch kritisiert und offenbart hat, daß er die »Gedanken eines Unpolitischen« nach seiner Bekehrung zum republikanischen System umgearbeitet und an den wichtigsten Stellen in ihr Gegenteil verkehrt hat. Wer sich selbst als dermaßen unzuverlässig und unsachverständig in seinen Werken offenbart, hat kein Recht auf Kritik wertbeständiger deutscher Geistesriesen.

Amann Max, Verlagsdirektor, M. d. R.; *Bauckner* Arthur, Dr., Staatstheaterdirektor; *Bauer* Hermann, Professor, Präsident der Vereinigten Vaterländischen Verbände Bayerns; *Berrsche* Alexander, Dr., Musikschriftsteller; *Bestelmeyer* German, Geheimrat, Professor, Dr., Präsident der Akademie der bildenden Künste; *Bleeker* Bernhard, Professor, Bildhauer; *Boehm* Gottfried, Professor, Dr.; *Demoll* Reinhard, Geheimrat, Professor, Dr.; *Doerner* Max, o. Akademieprofessor; *Dörnhöffer* Friedrich, Geheimrat, Professor, Dr., Generaldirektor der Bayerischen Staatsgemäldesammlung a. D.; *Feeser* Friedrichfranz, Generalmajor a. D.; *Fiehler* Karl, Oberbürgermeister; *v. Franckenstein* Clemens, Generalintendant der Bayerischen Staatstheater; *Gerlach* Walther, Professor, Dr.; *Groeber* Hermann, o. Akademieprofessor; *Gulbransson* Olaf, o. Akademieprofessor; *Hahn* Hermann, Geheimrat, o. Akademieprofessor; *v. Hausegger* Siegmund, Geheimrat, Professor, Dr., Präsident der Akademie der Tonkunst; *Heß* Julius, o. Akademieprofessor; *Hoeflmayr* Ludwig, Geheimer Sanitätsrat, Dr.; *Jank* Angelo, Geheimrat, o. Akademieprofessor; *Klemmer* Franz, o. Akademieprofessor; *Knappertsbusch* Hans, Professor, Bayerischer Staatsoperndirektor; *Küfner* Hans, Geheimrat, Dr., rechtsk. Bürgermeister; *Langenfaß* Friedrich, Dekan; *Leupold* Wilhelm, Verlagsdirektor der Münchener Zeitung; *v. Marr* Carl, Geheimrat, Akademiedirektor a. D., Kunstmaler; *Matthes* Wilhelm, Musikschriftsteller; *Miller* Karl, o. Akademieprofessor; Musikalische Akademie: der Vorstand: Eduard Niedermayr, Michael Uffinger, Hermann Tuckermann, Emil Wagner; *Ottow* Fred,

Chefredakteur der München-Augsburger-Abendzeitung; *Pschorr* Josef, Geh. Kommerzienrat, Präsident der Industrie- und Handelskammer; *Pfitzner* Hans, Professor, Dr., General- musikdirektor; *Röschlein* Christoph, I. Präsident der Hand- werkskammer von Oberbayern; *Schemm* Hans, bayerischer Staatsminister; *Schiedt* Adolf, Chefredakteur der Münchener Zeitung; *Schinnerer* Adolf, o. Akademieprofessor; *Schmelzle* Hans, Dr., Staatsrat, Präsident des Bayerischen Verwaltungs- gerichtshofes; *Sittmann* Georg, Geheimrat, Dr., Professor; *Strauss* Richard, Dr., Generalmusikdirektor; *Wagner* Adolf, bayerischer Staatsminister; *Westermann* Fritz, I. Vorsitzen- der des Bayreuther Bundes.

[Münchner Neueste Nachrichten, 16./17.4.1933]

Tagebuch vom 19.4.1933

[...]

Gestern, nachdem ich etwas gearbeitet, Verschärfung des Münchener Falles durch einen vielfach unterzeichneten ›Pro- test der Wagner-Stadt München‹ in der Oster-Ausgabe der M. N. N.. Frank überbrachte das hundsföttische Dokument. Heftiger Choc von Ekel und Grauen, durch den der Tag sein Gepräge erhielt. Entschiedene Befestigung des Entschlusses, nicht nach M. zurückzukehren und mit aller Energie unsere Niederlassung in Basel zu betreiben.

[...]

Nachher bei Frank im Palace zur Beratung der Münchener Aktion gegen mich und eine erforderliche Erwiderung.

Abends Kombination von Adalin und Phanodorm, worauf ich bis ½6 Uhr ruhig schlief, dann allerdings nicht mehr.

Schrieb heute nach dem Frühstück die Erwiderung, die wohl gelang. Frank kam und bewirkte die letzte Milderung des ruhig u. würdig abgefaßten Briefes.

[...]

Erwiderung auf den ›Protest der Richard-Wagner-Stadt München‹ und Tagebucheintrag

»Die Passion für Wagners zaubervolles Werk begleitet mein Leben, seit ich seiner zuerst gewahr wurde und es mir zu erobern, es mit Erkenntnis zu durchdringen begann.« – Das ist ein Satz aus einem umfangreichen kritischen Versuch, den ich unter dem für seine Haltung, sein Gefühl bezeichnenden Titel ›Leiden und Größe Richard Wagners‹ im Aprilheft der ›Neuen Rundschau‹ veröffentlicht habe. Solcher Sätze enthält der Aufsatz viele, aber das hat ihn nicht davor bewahrt, zum Gegenstand eines heftigen Protestes zu werden, der, versehen mit den Namen einer großen Anzahl von Münchner Honoratioren, nicht nur durch die ›Münchner Neuesten Nachrichten‹, sondern auch durch das Münchner Radio verbreitet worden ist.

Sein Text, der von schweren Schmähungen meines Charakters und meiner Gesinnung voll ist, nimmt auf den großen Essay nicht ausdrücklich und unmittelbar Bezug; er führt nicht seinen Titel an, nennt nicht die Stelle seines Erscheinens und erschwert dadurch die Kontrolle der gegen mich erhobenen Vorwürfe. Er spricht von Vorträgen, die ich in mehreren Städten des Auslandes gehalten, und mit denen ich draußen den Namen des deutschen Meisters verunglimpft hätte. Zum Beweis löst der Verfasser aus dem Zusammenhang des ›Rundschau‹-Aufsatzes einige Zitate, die, unter die Masse der Rundfunkhörer geworfen, dem Verständnis meiner Absichten gefährlich werden und die nationale Entrüstung gegen mich aufrufen konnten.

Wirklich habe ich der 52 Seiten langen Studie, einem mit inniger Hingabe geschriebenen Resumé meines Wagner-Erlebnisses, das Material zu einem Vortrag entnommen, mit dem ich aus Anlaß des zurückliegenden Gedenktages bisher viermal öffentlich hervorgetreten bin. Während es sich bei dem Aufsatz um ein der literarischen Aufnahme zugedachtes, an Brechungen und Abtönungen des Gedankens reiches Bekenntnis handelte, war der Vortrag für einen festlichen Zweck bestimmt und verzichtete selbstverständlich auf manche psychologische Schärfe, die einem solchen Zweck hätte zuwiderlaufen können. Ich habe ihn zuerst am 10. Februar auf Einladung der Münchner Goethe-Gesellschaft im Auditorium maximum der Münchner Universität gehalten – unter dem herzlichen Beifall einer halbtausendköpfigen Hörerschaft und ohne den leisesten Widerspruch zu erfahren. Ich habe ihn zur Feier von Wagners fünfzigstem Todestag im Amsterdamer Concert-Hause wiederholt, dann, auf Französisch in Brüssel und Paris: jedesmal unter der gespannten Anteilnahme eines für Wagner glühenden Publikums. Die Vertreter des Deutschen Reiches in den verschiedenen Hauptstädten waren bei diesen Veranstaltungen zugegen und haben mir ihren Dank für den Dienst ausgedrückt, den ich damit dem deutschen Namen geleistet. Der Protest der »Wagner-Stadt München« aber, wie die Gesamtheit der Unterzeichner sich nennt, zeiht mich des Gegenteils.

Ich bin der deutschen Öffentlichkeit und mir selbst die Feststellung schuldig, daß dieser Protest aus einem schweren Mißverständnis hervorgegangen ist und mir nach Inhalt und Ausdrucksweise schweres, bitteres Unrecht zufügt. Kaum einer der ehrenwerten und sogar hervorragenden Männer, die ihren Namen daruntersetzten, kann den Aufsatz ›Leiden und Größe Richard Wagners‹ überhaupt gelesen haben, denn nur vollkommene Unkenntnis der Rolle, die Richard Wagners gigantisches Werk in meinem Leben und Dichten seit jeher gespielt hat, konnte sie bestimmen, an dieser bösen Handlung gegen einen deutschen Schriftsteller teilzunehmen.

Aufrichtig bitte ich die stillen Freunde meiner Arbeit in Deutschland, sich an meiner Verbundenheit mit deutscher Kultur und Überlieferung, an meiner Verbundenheit mit *ihnen* nicht irre machen zu lassen.

Tagebuch vom 21.4.1933

[...] Schon beim Frühstück meldet Frank telephonisch in freudiger Erregung einen 6 Spalten langen Artikel der N. Z. Z. von ihrem Musikreferenten Schuh gegen die Münchener Aktion. K. holt Exemplare der Zeitung, und wir lesen mit Vergnügen den ausgezeichnet geschriebenen und für die Münchener Trottel vernichtenden Aufsatz.

[...]

Lektüre der Dokumente zum »Fall Wagner« und Besprechung der Lage. Die Kinder drängen auf vollständige Liquidierung der Münchener Verhältnisse, auch auf den Weggang der beiden Alten, der aber kaum zu erreichen sein wird.

Brief von K.'s Mutter, dem die Abschrift eines Briefes des alten Geheimrats an einen der Unterzeichner, einen Physik-Professor beiliegt. Rührende Handlung des alten Mannes aus ehrlicher Erbitterung über soviel Fälschung, Dummheit, Leichtfertigkeit und Niedertracht. Es wird immer klarer, daß nicht Einer der Unterzeichner das Rundschau-Heft überhaupt in der Hand gehabt hat.

[...]

Zwei Tagebucheinträge 1942

Pacif. Palisades, Sonntag den 20. IX. 42

Hitze. Müde, irritiert, leidend. Schrieb etwas ohne
Freude am neuen Abschnitt. War mit K. und dem Kleinen auf der Promenade. Zu Tische Lotte Walter. Gelesen
in Klaus' Buch. Nachmittags Brief über die Gedichte von
Kavaphis nach Jerusalem. Abends Eva Herrmann. Erika
berichtet über ihre Unterredung mit ihr über ihre Liebes-
Affaire, die von den spirits gestört wird. – Abendnach-
richten über verstärkte und erfolgreiche Gegenangriffe der
Russen in Stalingrad. Kämpfende Frauen. Die Russen auch
sonst im Angriff. Nachricht vom Tode des v. Kleist von den
Deutschen geleugnet, von den Russen aufrecht erhalten.
Bombardierung Münchens mit 200 Flugzeugen und größ-
ten Kalibern. Die Explosionen bis in die Schweiz hörbar, die
Erde viele Meilen weit erschüttert. Der alberne Platz hat es
geschichtlich verdient.

Pacif. Palisades, Montag den 21. IX. 42

Hitze. Weißer Anzug den ganzen Tag. Geschrieben an
dem Kapitel der Audienzen. Mittags nur einige Schritte.
Nach dem Lunch mit Erika. Die Kürzungen im Vortrag.
Ihre Abreise vor 4 Uhr. Wir bleiben allein mit dem Kleinen zurück. – Brief von Bermann, der »Deutsche Hörer«
herausbringen will. Langer Brief von Klopstock über Lun-
gen-Chirurgie. Nachmittags Arbeit mit C. K. Gegen Abend
Spaziergang. Abendessen allein mit K. Die Nachrichten aus
Rußland von demselben erschütternden u. hoffnungsvollen
Charakter wie die letzten Tage. Fanatische und unbrech-
bare Verteidigung der Stadt. Die Hitleriten überall dort in
der Defensive. München schwer getroffen. Erneute Hoff-

nung, daß dieser scheußliche Irrwitz trotz Gewalt und Müh
in einem Blutwirbel zu Grunde gehen wird. – Gelesen in The
American Imago und in Inside Asia.

Deutsche Hörer!
Radiosendung 1943

Wir Europäer, selbst wenn wir im Begriff sind, die Bürgerpapiere der Neuen Welt zu nehmen, wollen stolz sein auf unser altes Europa. Es ist ein bewunderungswürdiger Erdteil! Wieviel leichter, bequemer hätten seine Völker es haben können, wenn sie Hitlers infame »Neue Ordnung« hingenommen, sich in die Sklaverei ergeben, mit Nazi-Deutschland, wie man es nennt, kollaboriert hätten. Sie haben es nicht getan.

Jahre, voll von brutalstem Terror, von Marter und Hinrichtungen, haben nicht genügt, ihren Widerstandswillen zu brechen. Im Gegenteil, sie haben ihn nur stärker gemacht, und das von Hitler »geeinigte Europa, das zur Verteidigung seiner heiligsten Güter gegen die Invasion der Fremden zusammensteht«, ist die erbärmlichste aller Nazi-Lügen. Die Fremden, gegen die es die heiligsten Güter zu verteidigen gilt, das sind sie, die Nazis, und sonst niemand. Nur eine dünne, korrupte Oberschicht, Verräterpack, dem nichts heilig ist als Geld und Vorteil, arbeitet mit ihnen zusammen. Die Völker weigern sich dessen, und je deutlicher sich der Sieg der Alliierten abzeichnet, desto mehr gewinnt, selbstverständlich, ihre Auflehnung gegen das Unerträgliche an Zuversicht.

Sieben Millionen Menschen sind zur Zwangsarbeit deportiert, fast eine Million sind exekutiert oder ermordet worden, und Zehntausende hält die Hölle der Konzentrationslager. Es hilft nichts – der ungleiche, heroische Kampf geht weiter.

Wißt ihr Deutschen, daß von euren und den italienischen Truppen in den okkupierten Ländern gut und gern einhundertfünfzigtausend ums Leben gekommen sind? Wißt ihr, daß mindestens zweihundertfünfzig Quislinge – das ist ja der Sammelname für die Eingeborenen, die den Nazis dienen – in den Ländern Europas ermordet worden sind? Durch Sabotage ist die Kriegsproduktion in der Achse in manchen Gegenden um dreißig Prozent gekürzt worden. Das ist das Werk der Untergrundorganisationen, die, namenlos, ruhmlos, überall ihr Leben daransetzen, um Gefangenen zur Flucht zu verhelfen, Kriegsmaterial zu zerstören und durch die Verbreitung illegaler Druckschriften den Geist des Widerstandes im Volk zu unterhalten – Zeitungen, deren Auflagen bisweilen in die Hunderttausende gehen.

Ich sage: Ehre den Völkern Europas! Und ich füge etwas hinzu, was im Augenblick manchem, der mich hört, befremdlich klingen mag: Ehre und Mitgefühl auch dem deutschen Volk! Die Lehre, daß man zwischen ihm und dem Nazitum nicht unterscheiden dürfe, daß deutsch und nationalsozialistisch ein und dasselbe seien, wird in den Ländern der Alliierten zuweilen nicht ohne Geist vertreten; aber sie ist unhaltbar und kann sich nicht durchsetzen. Zu viele Tatsachen sprechen dagegen: Deutschland hat sich gewehrt und fährt fort, sich zu wehren, so gut wie die anderen. Was sich jetzt in den unterjochten Ländern untergründig abspielt, ist ja mehr oder weniger eine Wiederholung dessen, was vorher seit zehn Jahren in Deutschland geschah, und nutzt zum Teil die Erfahrungen der deutschen Illegalen.

Wer nennt die Zahl derjenigen, die im Himmler-Staat ihren Idealismus, ihren unbeugsamen Glauben an Recht und Freiheit mit Marter und Tod bezahlt haben? Bei Kriegsausbruch gab es in Deutschland zweihunderttausend politische Häftlinge, und in der deutschen Presse läuft die Veröffentlichung von Todesurteilen und verhängten Freiheitsstrafen wegen Hochverrats, Sabotage u. s. w. ununterbrochen weiter – wobei es sich doch nur um die Fälle handelt, deren man habhaft werden konnte und die man zugeben will. Das ist das hinter dem Führer geeinte Deutschland!

In diesem Sommer wurde die Welt aufs tiefste bewegt von den Vorgängen an der Münchener Universität, wovon die Nachricht durch Schweizer und schwedische Blätter, erst ungenau, dann mit immer ergreifenderen Einzelheiten, zu uns gedrungen ist. Wir wissen nun von Hans S c h o l l, dem Überlebenden von Stalingrad, und seiner Schwester, von Christoph Probst, dem Professor Huber und all den andern; von dem österlichen Aufstande der Studenten gegen die obszöne Ansprache eines Nazi-Bonzen im Auditorium maximum, von ihrem Märtyrertod, von der Flugschrift, die sie verteilt haben und in der Worte stehen, die vieles gutmachen, was in gewissen unseligen Jahren an deutschen Universitäten gegen den Geist deutscher Freiheit gesündigt worden ist. Ja, sie war kummervoll, diese Anfälligkeit der deutschen Jugend – gerade der Jugend – für die nationalsozialistische Lügenrevolution. Jetzt sind ihre Augen geöffnet, und sie legen das junge Haupt auf den Block für ihre Erkenntnis und für Deutschlands Ehre – legen ihn dorthin, nachdem sie vor Gericht dem Nazi-Präsidenten ins Gesicht gesagt: »Bald werden Sie hier stehen, wo ich jetzt stehe«; nachdem sie im Angesicht des Todes bezeugt: »Ein neuer Glaube dämmert an Freiheit und Ehre!«

Brave, herrliche junge Leute! Ihr sollt nicht umsonst gestorben, sollt nicht vergessen sein. Die Nazis haben schmutzigen Rowdies, gemeinen Killern in Deutschland Denkmäler gesetzt – die deutsche Revolution, die wirkliche, wird sie niederreißen und an ihrer Stelle eure Namen verewigen, die ihr, als noch Nacht über Deutschland und Europa lag, wußtet und verkündetet: »Es dämmert ein neuer Glaube an Freiheit und Ehre!«

Erinnerungen ans
Münchner Residenztheater 1950

Sehr verehrter Herr Intendant, Sie konnten auf meine herzliche Anteilnahme rechnen bei Ihrer Benachrichtigung von
der für die Jahreswende bevorstehenden Wiedereröffnung des
aus den Ruinen neuerstandenen Residenztheaters. Das ist ein
rechtes Fest für ganz München und besonders für die vielen
Freunde der Kunst, der Dichtung, des Theaters, die es birgt;
ein Ereignis, von dem eine Verheißung neuen Lebens, neuer
Freude ausgeht auf die leiderfahrene Stadt und zu dem der
weitentfernte einstige Mitbürger seine aufrichtigen Glück-
wünsche sendet.

Man hat sehr klug daran getan, auf die Restauration des
alten Rokoko-Saals, reizend wie er war, zu verzichten, auf
den Versuch, ins Es-war-einmal zurückzukehren und ein Bild
zu schaffen, das beinahe so aussähe, als ob nichts geschehen
wäre. Viel edler im Gemüt, aus dem Schutt das ganz Neue,
entschlossen Moderne, klar und heiter Vorwärtsblickende
unsentimental und tapfer erstehen zu lassen. Die Würde einer
langen und glänzenden künstlerischen Geschichte, die sich
dort abgespielt, bleibt der Stätte trotzdem erhalten.

Als ich nach München kam, zur Zeit der Regentschaft,
thronte über dem theatralischen Leben der Stadt der bis zur
Komik meisterliche Mann, der auf den Spielzetteln schlicht
als ›Herr Possart‹ figurierte, in all seiner amtlichen Pracht
aber Generalintendant Professor Doktor Ernst Ritter von
Possart hieß. Nur Exzellenz wurde er nicht, so sehr er sich
danach sehnte. Der alte Luitpold mochte ihn nicht. Aber
er war exzellenter als alle Exzellenzen und bei Gala-Ge-
legenheiten denn auch mit Orden bedeckt vom gedrun-
genen Hals bis zum Unterleib. Ich werde nimmer seinesglei-

chen sehen. Komödiant großen Stils, Diplomat, Höfling, geriebener Verwaltungsmensch, ist und bleibt er, mit seinem verzuckerten Zynismus, seinem verklärten Schmierentum, dem erzenen Wohllaut seiner Stimme, dem auf Hochglanz polierten, idealischen Realismus, Sprechkunst, die jedes Wort zu einem erstaunlichen Treffer ins Schwarze machte, – vollkommen unvergeßlich. Wollte er sein Haus gepackt voll haben bis zum letzten Sitz- und Stehplatz, so brauchte er nur ein Stück anzusetzen, in dem er selber auftrat: ›Ein Fallissement‹ von Björnson also, den ›Clavigo‹, oder eine Scharteke wie ›Des Königs Befehl‹ von Töpfer, worin allein schon seiner Maske als Friedrich der Große immer bei offner Szene applaudiert wurde. Als Napoleon in ›Madame Sans-Gêne‹ saß er beim Aufgehen des Vorhangs in der berühmten Chasseur-Uniform, quittengelb im Gesicht, die dünne schwarze Haarsträhne in der Stirn, ganz vorn auf einem Empiresofa, während im Hintergrund eine scheue Gruppe von Generälen und Hofleuten beisammen stand. Er las mit stark aufgetragenem Ingrimm eine Ausgabe der ›London Times‹, die von Schüler, Ackermanns Nachfolger, in der Maximilianstraße besorgt worden war und die er schließlich brutal zusammenknüllte. Erzen sagte er: »Rustan!« – »Sire?« – »Wie spät?« – »Zwei Uhr, Sire.« – »Kaffee!« Es war überwältigend. Und wiederum überwältigend, durch das drastische ›Sitzen‹ jeder Silbe war es, wenn er zu dem knicksenden Chor der Hofdamen sagte: »Meine Damen, ich empfehle Ihnen zu tun, was die Kaiserin bereits getan hat: gehen Sie schlafen!« Seine Pointen bestanden oft in einem drastischen Durchbruch von Mauscheln – gekonnt natürlich, wie alles an ihm, wohllautend-idealisch, gutsitzend und wirksam aufs äußerste.

Mit Napoleon hatte er eigentlich physiognomisch so wenig Ähnlichkeit wie mit Friedrich dem Großen, aber sein Komödianten-Genie bewerkstelligte trotzdem eine so weitgehende Einheit seiner Person mit der historischen Figur, daß die Suggestion lange nachwirkte und man sich den Kaiser beim besten Willen nicht anders vorzustellen wußte als in Possarts Erscheinung und Gebaren. Bis zum heutigen Tag ist mir etwas von dieser Festlegung durch den starken Schauspieler geblieben.

Vollendung ist ein großer Genuß, und ihr Erlebnis haftet, – am festesten sogar, wenn ein gut Teil Heiterkeit mit der Erinnerung an soviel gegossenes Meistertum verbunden ist. Am vollendetsten war er vielleicht als Carlos im ›Clavigo‹, denn da durfte er einfach sprechen, und zwar kalt, amüsant und weltklug-zynisch. Es ist erstaunlich, wie genau ich nach fünfzig Jahren den Tonfall im Ohr habe, in dem er spottete: »Narre, das ist deine Schuld. Ich kann nie ohne Weiber leben, und mich hindern sie an gar nichts.« Aber ebenso genau höre ich, wie er als Advokat Behrent die Havanna des uneingestanden bankrotten Großhändlers zurückweist: »Ich bin zwar sonst ein *Freund* einer guten Zigarre, aber ich habe heute keine *Lussst* zu rauchen – ich dankä!« Es ging einem durch und durch, und Hofschauspieler Schneider als Großhändler ließ es denn auch an Betretenheit nicht fehlen.

Man hätte eigentlich diese Rede für unnachahmlich halten sollen, aber im Gegenteil reizte sie außerordentlich zur Nachahmung, und nicht wenige Leute in München konnten sie glänzend nachmachen, besonders solche vom Hoftheater, Basil etwa und Putscher, am komischsten wohl Waldau, der die Schauspielerin Frau von Hagen geheiratet hatte und den darum Possart, als er schon etwas dämlich im Kopf geworden war, immer »Liebster Hagen« nannte. Ich erinnere mich an eine Probe, bei der Waldau zum Gaudium der Kollegen die ganze Zeit wie Possart sprach, ein Übermut, bei dem der Gewaltige ihn überraschte. »Nun ja«, artikulierte er schneidend, »wenn man den ganzen Morgen den Herrn Intendanten kopiert, so kann man natürlich am Abend nichts.« Das glaubte er wohl selber nicht. Waldau konnte auch am Abend etwas, sogar sehr viel, und eine der unvergeßlich schönsten Vorstellungen, die ich im Residenztheater erlebte, war die Premiere von Hofmannsthals liebenswertem Lustspiel ›Der Schwierige‹ mit Waldau – nie übertroffen – in der Rolle des Hans Karl Bühl.

Aber das war später. Zu der alten Garde des Hofschauspiels, die Possart umgab, gehörte der unvergleichliche Causeur noch nicht. Es war ein Ensemble, das mir vielleicht nur in der Erinnerung so glänzend vorkommt, weil meine Jugend überhaupt in Bewunderung aufging; und doch meine ich, daß sich selten so viele ausgezeichnete Kräfte zu wohlabgestimmtem und vornehmem Zusammenspiel vereinigt haben. Schneider und Basil nannte ich schon. Aber da waren auch noch Häusser, Keppler, Wohlmut, Suske, Stury, Rémond (ein ausgezeichneter Kaiser im zweiten ›Faust‹ und ein prachtvoller Todesengel in Hofmannsthals ›Der Tor und der Tod‹), die elegante Heese, die schöne Dandler, die reizende Ida Hoffmann, die Hauptmanns Hannele spielte. Etwas später trat der so glücklich begabte Rheinländer Lützenkirchen hinzu, dessen ganze steigende und sich neigende Sternenbahn ich durch die Jahrzehnte verfolgt habe; und im Lauf der sich wandelnden Zeiten, nach dem ersten Weltkrieg, haben ja noch Schauspieler ersten Ranges, wie Albert Heine und Steinrück, auf dieser an Atmosphäre so reichen Bühne gestanden, die in der Ehrwürde künstlerische Frische bewahrte.

Daß ich selbst einst dort stehen würde, ließ ich mir nicht träumen, als ich mit Zwanzig oder Fünfundzwanzig im Hintergrund des kleinen Prunksaals auf der Heizung saß und lernend, genießend, bewundernd der trainierten Diktion der Darsteller lauschte, die zur Kunst gereinigte persönliche Manier ihres Spieles ins Auge faßte, hingegeben an das, was mich mein Leben lang in der Welt am brennendsten interessiert hat: die Kunst des Ausdrucks, des Vortrags. Daß ich aber dort stand, geschah vor nun fünfundzwanzig Jahren, als man meinen fünfzigsten Geburtstag an jener schönen Stätte beging. Fritz Strich, nun längst Ordinarius der Literaturgeschichte in Bern, damals noch der Münchner Universität angehörig, hielt die so kluge wie zu Herzen gehende Festrede, und bevor ich selbst auf der Bühne zu Worte kam, sah ich mich unverhofft, ein staunender Parsifal, von einem Reigen lieblicher Blumenmädchen umschwebt, von denen eine mir gar einen Lorbeerkranz aufs Haupt zwingen wollte, – was ihr aber denn doch nicht gelang.

Auch das ist eine Erinnerung ans ›alte Residenztheater‹, eine persönliche und festlich freundliche – ich durfte sie nicht ganz übergehen. Von denen, die nun auf dem neuen, höchst fortgeschritten konstruierten Schauplatz ihr Spiel treiben werden, ist mir gewiß kaum einer bekannt. Aus meiner Ferne aber wünsche ich ihnen allen recht herzlich ein frohes Wirken, gute Stücke, gute Rollen, volle Häuser, den Segen der Musen, des Geistes hellen Sieg über die Qual der Zeit, – kurz, Hals- und Beinbruch!

Herzliche Wünsche für Münchens Wohl

Der Nobelpreisträger ist mit seiner Frau (links) und seiner Tochter Erika in Stockholm eingetroffen, wo er seinen 75. Geburtstag feiert. Der Dichter hat uns den nebenstehenden Brief übermittelt, in dem er schreibt: »Für Münchens Wohl, seine völlige Erholung von den Schrecken und Schäden des Krieges, die Wiederherstellung seines künstlerischen Lebens hege ich herzlichste Wünsche.« (AB)

Diesem Bilde, das unsere Ankunft zeigt im guten Stockholm, einer Stadt, die mir und meiner Arbeit immer viel Ehre und Freundlichkeit erwiesen hat, gebe ich schönste Grüße mit an München und meine Freunde dort. Das Wiedersehen mit ihnen, im vorigen Jahr, und mit der Stadt, in der ich vierzig Jahre meines Lebens verbrachte, ist mir eine sehr liebe, bewegende Erinnerung. Für Münchens Wohl, seine völlige Erholung von den Schrecken und Schäden des Krieges, die Wiederherstellung seines künstlerischen Lebens hege ich herzlichste Wünsche.

Thomas Mann

Stockholm, den 4. Mai 1950

An den Oberbürgermeister
von München

Noch sehe ich nicht, wie ich mich aus dem Wust von Dankesschuld, den der nun allmählich abklingende Tumult dieses Geburtstages bei mir zurückgelassen, je herausarbeiten soll. Aber Eines muß unverzüglich geschehen: Ihnen und Herrn Dr. von Miller muß ich sogleich danken für den herrlichen Kupferstich, dem ich den besten Wandplatz im Hause frei mache, wo er mir eine tägliche Augenweide sein wird, und für den wahrhaft guten Brief, der das Geschenk begleitet und selber eines ist. Ich bin ja München, wo ich die Hälfte meines Lebens verbrachte, von Herzen zugetan, lieber Herr Oberbürgermeister, und nie habe ich Ihrer Stadt gegrollt, auch zu Zeiten nicht, wo mir Böses kam von dort, denn ich wußte wohl, daß es nicht das wahre und eigentliche München, nicht sein »ewiger, unzerstörbarer Genius Loci« war, von dem es mir kam. Ich versichere Sie: Wann immer ich Münchner Laute höre, Münchner Tonfall, wird es mir warm ums Herz und allen Leuten sage ich: »Es ist doch merkwürdig, seit ich zurück von drüben, habe ich doch eine ganze Anzahl deutscher Städte gesehen und wiedergesehen, aber wo ich mich am wohlsten fühlte, das war München.« –

Am Vorabend meines Geburtstages war eine Feier hier in Zürich im Schauspielhaus, bei der ich schließlich auch zu reden hatte. Da versprach ich mich und, statt meiner Hochschätzung der intelligenten und herzlichen Empfänglichkeit des Züricher Publikums Ausdruck zu geben, sagte ich »das Münchner Publikum«. Alle Radiosender haben es gehört nebst der Heiterkeit, die es erregte. Eine kleine »Fehlleistung« – die tief blicken läßt.

Ich erwähne sie, um Ihnen einen Begriff zu geben von der Freude, mit der ich Ihre Gedenken, Ihr Geschenk aufgenommen habe. Den beiden Häuptern Münchens, Ihnen und Herrn von Miller, der Münchner Stadt selbst meine wärmsten Grüße!

(1955)

Werkverzeichnis:

Die Rechte aller in diesem Buch enthaltenen Werke von Thomas Mann liegen beim S. Fischer Verlag, Frankfurt, und wurden auch dort veröffentlicht.

»Gladius Dei«, aus: Frühe Erzählungen, S. 222-242, GKFA 2.1, Hrsg. Terence J. Reed (S. Fischer Verlag, FFM 2004)

»Beim Propheten«, aus: Frühe Erzählungen, Seite 408-418, GKFA 2.1, Hrsg. Terence J. Reed (S. Fischer Verlag, FFM 2004)

»Musik in München«, aus: Essays II, S. 184-202, GKFA 15.1, Hrsg. Hermann Kurzke (S. Fischer Verlag , FFM 2002)

Briefe an Ida Boy-Ed vom 11.5.1919 und 25.5.1919, aus: Briefe II, S. 289f., GFKA 22, Hrsg. Thomas Sprecher, Hans R. Vaget und Cornelia Bernini (S. Fischer Verlag, FFM 2004)

»[Was dünkt Euch um unser bayerisches Staatstheater?]«, aus: Essays II, S. 295-298, GFKA 15.1, Hrsg. von Hermann Kurzke (S. Fischer Verlag, FFM 2002)

»Briefe aus Deutschland [III]«, aus: Essays II, S. 686-696, GFKA 15.1, Hrsg. Hermann Kurzke (S. Fischer Verlag, FFM 2002)

»München als Kulturzentrum«, aus: Reden und Aufsätze 2, S. 220-226, GW X (S. Fischer Verlag, FFM 1974)

»Rede zur Eröffnung der ›Münchner Gesellschaft 1926‹«, aus: Nachträge, S. 594-599, GW XIII (S. Fischer Verlag, FFM 1974)

»Unser München« (Verkehrsverband von München und Südbayern, München 1930)

»[München und das Weltdeutsche]«, aus: Reden und Aufsätze 2, S. 911-913, GW X (S. Fischer Verlag, FFM 1974)

»Lebensabriß«, aus: Ein Appell an die Vernunft, Essays 1926-1933, S. 177-222, Hrsg. Hermann Kurzke und Stephan Stachorski (S. Fischer Verlag, FFM 1994)

»Leiden und Größe Richard Wagners«, aus: Achtung, Europa!, Essays 1933-1938, S. 11-72, Hrsg. Hermann Kurzke und Stephan Stachorski (S. Fischer Verlag, FFM 1995)

»Hans Knappertsbusch, Rundschreiben vom 3. April 1933«; »Tagebuch vom 16.4.1933«; »Protest der Richard-Wagner-Stadt München«, (veröffentlicht in den »Münchner neueste Nachrichten, am 16./17.4.1933); »Tagebuch vom 19.4.1933«; »Erwiderung auf den ›Protest der Richard-Wagner-Stadt München‹ (1933)»; »Tagebuch vom 21.4.1933«, aus: Im Schatten Wagners. Thomas Mann über Richard Wagner, S. 233-239, Hrsg. Hans R. Vaget (Fischer Taschenbuch Verlag, FFM 2005)

Zwei Tagebucheinträge vom September 1942, (»Sonntag den 20.IX.42« und »Montag, den 21.IX.42«), aus: Tagebücher 1940-1943, S. 476, Hrsg. Peter de Mendelssohn (S. Fischer Verlag, FFM 1982)

»Erinnerungen ans Münchner Residenztheater«, aus: Reden und Aufsätze 3, S. 517-521, GW XI (S. Fischer Verlag, FFM 1974)

Thomas Mann

Buddenbrooks
Verfall einer Familie
Roman
Band 9431

Königliche Hoheit
Roman
Band 9430

Der Zauberberg
Roman
Band 9433

Joseph und seine Brüder
Roman
I. Die Geschichten Jaakobs
Band 9435
II. Der junge Joseph
Band 9436
III. Joseph in Ägypten
Band 9437
IV. Joseph, der Ernährer
Band 9438

Lotte in Weimar
Roman
Band 9432

Doktor Faustus
Das Leben des deutschen
Tonsetzers
Adrian Leverkühn,
erzählt von einem Freunde
Roman
Band 9428

Der Erwählte
Roman
Band 9426

**Bekenntnisse des
Hochstaplers Felix Krull**
Der Memoiren erster Teil
Band 9429

Fischer Taschenbuch Verlag

Thomas Mann
Sämtliche Erzählungen

Der Wille zum Glück
und andere Erzählungen
1893 – 1903
Band 9439

Schwere Stunde
und andere Erzählungen
1903 – 1912
Band 9440

Unordnung und frühes Leid
und andere Erzählungen
1919 – 1930
Band 9441

Die Betrogene
und andere Erzählungen
1940 – 1953
Band 9442

Fischer Taschenbuch Verlag

Weitere Bände in der
Süddeutsche Zeitung Bibliothek

ISBN 978-3-86615-627-2
272 Seiten

ISBN 978-3-86615-628-9
752 Seiten

ISBN 978-3-86615-644-9
192 Seiten

ISBN 978-3-86615-629-6
160 Seiten

Weitere Bände in der

ISBN 978-3-86615-631-9
464 Seiten

ISBN 978-3-86615-636-4
144 Seiten

ISBN 978-3-86615-633-3
240 Seiten

ISBN 978-3-86615-634-0
176 Seiten

Süddeutsche Zeitung Bibliothek

ISBN 978-3-86615-635-7
272 Seiten

ISBN 978-3-86615-630-2
160 Seiten

ISBN 978-3-86615-637-1
96 Seiten

ISBN 978-3-86615-638-8
176 Seiten

Weitere Bände in der
Süddeutsche Zeitung Bibliothek

ISBN 978-3-86615-639-5
208 Seiten

ISBN 978-3-86615-640-1
288 Seiten

ISBN 978-3-86615-642-5
288 Seiten

ISBN 978-3-86615-643-2
128 Seiten